这部散文集收藏了我对朋友的记忆,记录了近年我的游踪与心路。期待读者们同我敞心灵的交流,成为知心的朋友。

何龙邦

来自天堂的药方

中国当代小品文丛

何镇邦 著

中国长安出版社

图书在版编目（CIP）数据

来自天堂的药方 / 何镇邦著.—北京：中国长安出版社，2011.5
（中国当代小品文丛 / 吉霞主编；4）
ISBN 978-7-5107-0383-6

Ⅰ.①来… Ⅱ.①何… Ⅲ.①小品文－作品集－中国－当代 Ⅳ.①I267.3

中国版本图书馆CIP数据核字(2011)第053489号

来自天堂的药方

作　　者：何镇邦
出 版 人：黄少平
责任编辑：张　渊
出　　版：中国长安出版社
社　　址：北京市东城区北池子大街14号（100006）
电　　话：010-85099935（总编室）　010-85099946/47/48（发行部）
经　　销：全国新华书店
网　　址：http://www.ccapress.com
邮　　箱：ccapress@yahoo.com.cn
印　　刷：三河市明华装订厂
开　　本：880毫米×1230毫米　32开
印　　张：11.75
字　　数：180千字
版　　本：2011年10月第1版　2011年10月第1次印刷

书号：ISBN 978-7-5107-0383-6
定价：25.00元

目录

自序

001 来自天堂的药方

005 我的奶妈,我的童年

010 朱东润先生

020 蒋天枢先生

025 鲍正鹄先生

037 蒋孔阳先生

047 王运熙先生

052 潘旭澜先生

064 一位纯粹的文人

073 文坛常青树

077 梨花似雪忆彦周

083 典雅·真诚·简洁

089 布衣之交

094 文玲掠影

098 文坛老黄牛

103 一面之缘

106 我的朋友吕雷

109 谦和勤奋的张平

115 关于世旭的一点回忆

119 林那北的魅力

124 朴实真诚的刘兆林

128 福建出了个杨少衡

136 远看韩少功

139 与何立伟相聚于宜兴

142 "湘军"中一宿将

145 储福金的谦逊与坚守

148　说说叶兆言

151　几重惊叹

156　了不起的"业余作家"

163　聊聊陈染

168　徐坤的性格与才艺

172　洛杉矶人物志

192　在纽约邂逅张宁

195　金源故里行

206　琴岛觅琴声

210　品味西塘

222　关于紫砂陶器

226　茶园·竹海

233　满觉陇上桂花香

237　神农洞前的遐思

241　江南二章

248　西北二章

255 湘西四章

270 红河五章

282 海南三章

291 莆田三章

299 西藏三章

308 大洼三章

317 二访方屋排

327 鄂尔多斯的绿

331 忆包河

336 茶　赋

339 雅庄小记

342 听音乐的故事

345 心态、运动及其他

350 漫话我的读书生活

355 承认"平庸"也是一种进步

主编手记

自序

这是我面世的第五部散文集。

此前,我已陆续出版了四部散文集,它们是:《笔墨春秋》、《文化屐痕》、《文坛杂俎》和《边走边吃》。写作散文,并出版了这么几部散文集,这是很出乎我意料的事。大家知道,我的专业是从事当代文学的教学与研究,搞点文学评论工作的。没想到,从上个世纪九十年代初起,利用边边角角的时间写点散文,聊以自娱娱人,居然写上了瘾。近二十年来,写作并发表(出版)近百万字的散文作品。而且随着年龄的增长,论文或评论写不动了,散文写作逐渐成了我笔耕生活的主业。这正是,无意插柳柳成荫了。

我写散文,从来不讲究写作技巧,总是想写什么就写什么,想怎么写就怎么写,有点兴致所至,所谓"行其所当行,止其不可不止",挥洒成篇。这大概是我一向把散文写作当成"副业"之故。至于什么是好散文,我也不怎么去考究,或从理论上去思考。不像对小说,还要思考其叙述技巧与结构艺术，研究小说语言的审美特征，并打算写部《小说文体学》。正因为对小说从理论上想得多，并进行批评，于是不敢动笔写小说。散文适得其反，不从理论上去思考它，于是就大胆放开笔写起来了。不过我写散文也有一个基本要求，一是感情要真，一是语言力求美。可以说，真与美，是我对散文写作最基本的要求。

列于卷首的两篇短文，一是关于父亲辞世前为我开两服养胃药方的回忆，一是童年时我奶奶的逸事，算是对两位已逝的前辈的悼念。用《来自天堂的药方》这篇短文的篇名作为书名，更是一种深切的悼念之意。

其他五十几篇文字，或记述师友的行状，或描述近年来我的游踪，并借此表述我的心路，聊供读者诸君茶余饭后参阅。

何镇邦
2011年3月20日于北京亚运村之望云斋

来自天堂的药方

近来北京的天气闷热难熬,"桑拿天"接连不断,搞得人心情烦乱,肠胃也颇感不适,可能是湿热所致。老父健在时,只要打个电话问个药方,这种湿热造成的肠胃不适三两服药就可以解决了。可他老人家已仙逝近三周年了,到哪儿去找他开药方呢!妻子提醒我,三年前老人家仙逝前不是口授过两张治肠胃病的药方,去年清明节女儿回乡为她爷爷扫墓时,还让她带着药方回乡抓了二十服药带回北京呢。于是我找到这些剩下的药,也找到那两张由老父口授的药方,连服了两服药,肠胃的状况大为好转。于是,一家人都说,这些药方真得好好珍藏,它们可真是来自天堂的药方啊!

我家是祖传的中医世家,到我父亲这一代是第八代。我家祖传的是妇科,我还看到过历代传下来的手写的《妇科验方》呢;而我的外祖父则是当地有名的儿科医生,父亲与母亲结婚后,也曾随从外祖父学过医,外祖父也曾毫不保留地把儿科的验方和行医经验传给他。

于是，从父亲19岁开始行医起，先有家传的妇科验方，后又有外祖父传给他的儿科经验，医生似乎做得相当不错，在当地成为一个名医。但他似乎不满足于妇科和儿科的家传和外传，他不仅钻研时病和疑难杂症的诊治，而且把精力集中在肠胃病的研究治疗方面，成为一位在消化系统疾病方面颇有治疗经验的专家。从我懂事时起，就常看到他在研读《陈修园文集》。陈修园是清代福建的一位名医，也是一位儒医，是科举不第而改学医的，长于消化系统疾病的诊治，他的文集中，不少是这方面经验的总结。我在家乡上小学那些年，常看到父亲白天出门行医，晚上便在油灯下展读《陈修园文集》，对照白天治病的经验进行总结。于是，在治疗消化系统疾病尤其是脾胃疾病方面，他形成一套行之有效的治疗经验，也有相应的一些验方。小时候，我和两个弟弟，有病没病每到月底都要吃几服清胃的中药，对肠胃进行"大扫除"，健脾开胃。后来外出求学工作，每一次回家，他都要主动给我开方抓药，甚至亲自煎药，让我对胃进行"大扫除"，健脾开胃。于是，几十年来，我的脾胃一向很好。只是十年前，由于被戴上"糖尿病"的帽子，长期口服各种降糖药，大大伤了脾胃。对于这一点，父亲一直不放心，时常提醒我注意。

2002年初，由于家乡天气出奇的冷，气温居然降至3度左右，在那没有取暖设备的亚热带地区，年迈的父亲抵御不了这种严寒，使用电热毯时得了前列腺炎，久治不愈，导致肺心病发作。那年的五月底，我在浙江天台参加《人民日报》文艺部与中国石化长城润滑油公司联合举办的"新游记征文"的颁奖会，就接到父亲病危的消息，赶回家乡探望他。那一次经抢救，加上看到我回去精神好，很快就转危为安了。七月初，我应邀到广东东莞桥头镇参加一次作品研讨会，便绕道回到家乡探视病中的父亲。这一次，他虽然由于看到我的回来精神为之一振，身体稍好，在我到家的第三天上午，居然精神相当好，想为我把脉开方。可能是他也意识到自己的时日已不多，对我的肠胃又放心不下，于是强打起精神要为我诊病开方。记得那天他靠在被垛上，在为我的双手把完脉后，即命我拿来纸和笔，由他口授了两个处方。

其一：

黄芪20g　党参20g　白术12g　（泉州）神曲12g

砂仁4g　山楂15g　大枣2粒　茯苓15g

炙草12g　姜三片

　　　　　　　　　水一碗八分煎八分

其二：

党参20g　茯苓15g　白术12g　陈皮8g

川朴8g　（阳春）砂仁4g　炒内金7g　炙草12g

　　　　　　　　　水一碗八分煎八分

　　最近找到的这两张处方，都由我记在两张不大的纸片上，纸已发黄，处方下注明是2002年7月7日。记得口授完处方后，父亲已觉得很累，嘱我到街上的"乾济大药堂"各抓五服带回京不适时服用，然后就靠在被垛上休息了。

　　时间已过去三年多了，但当年父亲在病中靠在被垛上口授处方的情景，仍历历在目，没齿难忘。最近，找到这两张已发黄的处方，服了用这处方抓来的药，更让我对已经到天堂去的父亲思念不已。

　　先父何建榜，生于辛亥年二月（即1911年1月），卒于壬午年八月十二日（即2002年9月18日），享年92岁。福建省云霄县中医师，行医73年。

　　　　　　　　　　　　　　　　2006年7月

我的奶妈，我的童年

我出生于闽南一个小山村的中医世家里。那个村子小得只有几十户人家，且在群山环抱之中。为了便于行医，据说在我出生三个月之后，父亲就把家搬到离祖居山村十余华里的紧靠交通要道的一个有两百多户人家的林姓大村子里。搬到这个村子里，开始只能租房子住。我们家的邻居，是一位三十出头就寡居带着三个儿子两个女儿的农妇，叫吴万，她就是我的义务奶妈。

因为在我不到一岁半的时候，又有了一个妹妹，母亲实在照顾不过来。于是，邻居的农妇就主动提出要求承担照顾我的任务。吴万把自己的小女儿送到邻村当了童养媳，而义务地当了我的奶妈，这在当时来说是颇不容易做到的。从此，我就一直住在奶妈家里，直到六七岁后才回到自己的家，而且一直把奶妈称为"妈妈"，把她的家当作自己的家。

我的奶妈吴万，在农村里是一个了不起的人。她年轻守寡，拉扯着几个儿女过日子，可想那日子过得该是多么艰辛。她是个裹着小脚的女人，又不能到地里参加农业劳动，但她却熟悉种种农事，在家里组织指挥一家的农业劳动，我儿时曾在家里看她分配几个哥哥农活及检查农活进度的情况，为之感到骄傲和震惊；而到了夏收和秋收的时，她干脆搬到晒谷场边的旧屋里住，负责谷物翻晒的活儿。她虽然没上过学，可靠自学却认得不少字，而且能唱闽南、潮汕地区流行于农村家庭妇女中的"歌册"。这种"歌册"使用一种韵文来叙述各种历史故事或者社会新闻，实际上是传于民间的长篇叙事诗。我曾在奶奶那儿听到过《孟丽君》、《薛刚反唐》、《薛仁贵东征》等"歌册"里讲的故事，我猜想，奶奶大概是通过唱"歌册"而且认字和了解历史以及社会的；从某种意义上说，奶奶的"歌册"成了我最早的启蒙读物，而奶奶正是我的文学启蒙者。

儿时在奶奶身边的事情难以忘怀。

小时候，我很淘气。到溪滩上逮蛐蛐或是跟随放牛娃上山放牛是我儿时的乐事。有一次我和一群大都是六七岁的放牛娃在后山的一个墓地上由摔跤而引发一场群殴。我把其中的一个和我同龄的放牛娃打伤了，那个孩子的家长领着受伤的孩子到我家里告状。我父亲怒不可遏，准备了一种用细丝竹子做成的"扫帚篾"抽打我，打得我双腿布满血痕，疼痛难忍。母亲由于溺爱我而袒护；可是奶妈得知后一边抚摸，又一边赞成父亲的鞭打，要我汲取教训，不要打架，做个好孩子。看起来，奶妈的爱比较理性，疼爱而不溺爱。

从一岁多起，至九岁到县城上高小止，我大部分时间都生活在奶妈的身边。上小学三年级，发生了一件事情，更是表现出奶妈对我的爱。那是村里都要请外地的戏班到村里唱社戏，孩子们看戏是不老实的，要坐在戏台一侧看、而且一边看一边挤着，把我堂哥挤得掉下来了，他一急把我也拽下来了。两个人一翻滚，落地时他在上我在下，他倒没什么事，我的腿关节处却被地上竖着的一块砖头切开了一个大口子，人也跌得晕死过去了。经过伤口处理和敷上消毒的草药，伤口慢慢愈合。但由于怕影响上学，白天就由奶妈背着我到教室里上课，课间休息，还是由她抱着上厕所。经过三个月左右，伤口才完全愈合，可以自由行走。

童年最快活的事莫过于跟奶妈去走亲戚"做客"了。奶妈是她家里的总管，对外也管农事、亲友交往，对内要管理家务，即使在娶了三房儿媳妇之后，也还没有"退休"。因此,她是很少走亲戚"做客"的。我记得她只有偶尔回娘家当当姑奶奶,但每次回她的娘家,总是带着我,这便是我最快活的日子,因为去"做客",可以穿新衣服,更重要的是可以撒野,和小朋友们到山上采各种野果子吃。有一次,大概是我八岁时,她决定到两个女儿家走走,并决定带我去,我可高兴极了。我们清晨出发,先翻过一座山,在小姐姐家吃了中午饭并稍作休息,然后再翻过一座山,到达位于漳江出口处的一个大村子里的大姐家,在那儿住了一周,看戏、出海、进香,玩得可高兴了。这是我第一次出远门,也是我童年生活中难以忘却的一次旅行。

由于已有了母亲的爱,又有了奶妈的爱,我的童年有了双倍的爱,因此我的童年生活过得特别甜蜜,但是由于母亲和奶妈,我却未曾给予过什么回报。小时候,奶妈和母亲一起开玩笑说:"我们这么爱你,长大了,你怎么回报呢?这么吧,娶老婆的时候,让新娘子给我们端茶时,送上一粒柚子那么大的金枣就行。"(闽南习俗:新娘子在刚过门的大年初一要给长辈献茶,茶杯里要放一粒用金桔加糖制成的"金枣",称为"金枣茶")可是,无论是对我的母亲,还是对我的奶妈,这样的金枣我都从未送过。17岁离开家乡到上海上大学，22岁毕业后到北京工作以来，两位老人都受尽了牵挂之苦，我每次回家探亲，都未曾给她们带去什么贵重的东西，她们都说不需要，只要在她们身边待着，让她们看看就够了。到了20世纪70年代初的文化大革命中，我最后一次见到奶妈，她已经重病卧床不起了，彼此都很感伤，她话都说不清楚了，只是噙着眼泪深情地望着我……

2003年清明节，我率儿子、孙子返乡给父母和奶妈扫了墓，我和子孙在她老人家简朴的墓前长跪不起，就算是对她深深的爱的一点回报。

2005年4月

朱东润先生

朱东润先生（1896~1989），是我20世纪50年代在复旦大学中文系上学时受益最多的老师之一，也是复旦学人的楷模。他的为人治学，均体现了复旦学人的品格与风采。

学贯中西　成果斐然

朱先生早年曾留学英国，入伦敦私立西南学院学习。赴英留学之前，在上海南洋附属小学和中学部学习，师从唐文治先生，故于弱冠之年即学贯中西。1916年回国后，参加过讨袁斗争，又先后在《中国新报》任编辑和广西省立第二中学、南通师范、武汉大学、重庆中央大学、南京中央大学、无锡国专、江南大学、齐鲁大学、沪江大学等校任教，专注于文史研究，开辟中国史传文学研究和中国文学批评史研究，是中国史传文学的奠基者和国内有数的几位专治文学批评史的专家之一。著有《史记考索》、《八代传叙文学述论》、《张居正大传》、《中国文学批评史大纲》等著作。1952年院系调整时调到复旦大学中文系任教。从此，一直在复旦任教至去世，其间，1957~1981年任复旦中文系主任长达25年。

1956年秋，我从闽南一个偏僻的小县城考入复旦大学中文系学习时，对这位博学耿介的朱东润教授便早有耳闻。直至1957年秋新学期开始，原系主任郭绍虞先生调任校图书馆馆长，朱东润先生接任，此时朱先生已年逾花甲，但仍精神矍铄，讲起话来声如洪钟，抑扬顿挫。从此，见到朱先生的机会就多了。1958年后，我先后听过朱先生的《陆游研究》、《史传文学研究》、《中国文学史》宋元部分、《中国文学批评史》四门功课，接触朱先生的机会更多了，也受到他为人治学的颇多影响。

为人耿介　讲课风趣

1958年，全国在大跃进，也是朱东润先生学术上的丰收之年。他绝不当挂名的系主任，系里的大事小事，事必躬亲；好多事他要做主，于是行政工作相当忙。他还得参加一些社会活动，譬如1958年夏天，他曾被作为名教授抽调到上海金星钢笔厂参加劳动一个阶段。就是在这么繁忙的情况下,他还同时进行《陆游传》、《陆游研究》、《陆游选集》三个项目的研究写作活动,并于1959年同时完成三本书的写作与编选。这真是一种真正的大跃进精神。记得他告诉我们,1958、1959这两年夏天时,他常打赤膊在家里端坐于书桌旁,用羊毫在稿纸上书写这三本书的书稿,搞得挥汗如雨。因此,他的书稿,全是端正的小楷,这些书稿也称得上是书法的上品之作。一位年过花甲的老学者,用这种精神进行科研与著述,怎能不让人赞叹不已呢!

也就是在这个时候,他为中文系1956级文学专业的学生开设《陆游研究》专题研究课。他一方面选讲陆游诗作中的代表作,一方面阐述陆游的生平与思想,把他最新的研究成果引入课堂,因此听他的课,不仅得到广博的知识,也学到科学研究的方法。他常用古人诵读的方法吟诵陆游的诗,诸如他吟诵"四十从戎驻南郑"这首诗时的声调,至今仍记得住,吟得出来。这样的课,当然吸引了很多学生。

朱先生讲课不仅生动,旁征博引,注意启发学生的思维,教给学生的学习与研究的方法,而且经常夹带些风趣的"佐料"使课堂活泼生动。例如在讲到陆游的生平时,说到陆游官职很高,俸禄也颇丰,却无实权,插进一个笑话,说他这么一个复旦大学中文系主任、二级教授、却被派到金星钢笔厂当一个组装钢笔的工人使用。说到这里,哈哈一笑,一切都在笑声中。我们当然知道,对于一些浮夸和极"左"的做法,他是不满意的,于是就用讲笑话的方式来表达他的不满与讽喻。从这里,当然也可以看出朱先生耿介与风趣的性格。

生死相守　传为佳话

20世纪50年代末60年代初春夏之交傍晚的复旦校园里,常常可以看到这么一道生动有趣的景致:一位挺胸收腹迈着阔步的老学者,左手挎着一位个头不高裹着小脚的老太太在校园里散步。他们从第一宿舍走出来,穿过田野间的小路,在夕阳的映照下,显得从容不迫。有时,他们还走到作为学生宿舍的第十宿舍里来,在宿舍中鹅卵石铺就的小径上漫步,这时,他们就吸引了许多青年学生的目光,让人赞叹,让人羡慕!这一对在校园里散步的老人就是朱东润先生和朱师母邹莲舫。这一对,表面上看来不太相称,一位是颇具西方绅士风度的学者,一位是裹着小脚的家庭妇女,但是他们的内心世界十分和谐，是一对恩爱夫妻。"文革"中，朱先生因为抗战胜利后在当时的《观察》第六期上发过一篇题为《我从泰兴来》的散记，被打成"反共老手"，惨遭迫害；朱师母被当成"地主分子"而被批斗，于是一时想不开悬梁自尽。这时，朱先生冒着被查抄和批斗的风险关门写作《李方舟传》以纪念亡妻。50年代末和60年代初，朱先生携小脚师母散步于校园；"文革"之中，为被迫自尽的师母作传纪念这两件事，在复旦学人中传为佳话。尤其是朱东润先生在《李方舟传》的序言中这样写道："这本书是在惊涛骇浪中写成的，但是我的心境却是平静的，因为我相信人类无论受到什么样的遭遇，总会找到一条前进的道路。"由此也可以看到朱先生的倔强，当然也折射出复旦学人坚定乐观的品格。

笔耕不辍　终于讲席

20世纪60年代从复旦毕业来到北京工作以后，就很少见到朱东润先生，但我一直记挂着先生，并从各方面得知有关先生的信息。

1961年，先生出席全国大学文科教材会议，被委以重任，主编《中国历代文学作品选》一书。他以其学识与人缘，集复旦中文系和上海地区高校之力量，群策群力，完成这一重要教材，共三册、一百多万字，短期内成书，由中华书局出版，与郭绍虞先生主编的《中国历代文论选》（共三册）一起同时成为大学文科的重要教材。这两套书，至今仍珍藏在我的书柜里。

1963年开始，他又转入宋代诗人梅尧臣的研究，陆续撰成《梅尧臣传》、《梅尧臣集选注》与《梅尧臣集编年校注》等著作。

文化大革命中，陆续传来朱先生的一些不好的消息。朱先生被批斗，关进"牛棚"，朱师母不堪忍受对"地主分子"的批斗而悬梁自尽，等等，甚为担心焦虑。但粉碎"四人帮"后，传来一个好的消息，朱东润先生在复旦教授座谈会上拍案而起，喊出不仅有"四人帮"，还有帮四人的呢！要求肃清"四人帮"的余毒；并继续当中文系主任，以八十高龄为肃清"四人帮"余毒，重建复旦中文系，培养一流的人才而辛勤工作。听到后使人倍感振奋。尤其是朱先生以八十四高龄，作为中国老知识分子的代表，加入中国共产党，成为无产阶级先锋队中的一员，也洗刷尽"反共老手"的罪名，消息传来，尤其让人备受鼓舞。

"文革"之后，朱先生除担任复旦大学中文系主任之外，还担任不少社会工作。其中最主要的职务是国务院学位委员会第一届成员，并被评为第一批文科博士生导师。卸任系主任的职务后，年近九旬，仍然指导研究生。这一阶段，他又出版了《杜甫叙论》一书和修订编成《中国文学论集》。

1989年2月10日，朱东润先生终因病重多方抢救治疗无效而辞世，享年93岁，实现他生前所说的"教师终于讲席"的夙愿。

京西一夕　温暖终生

20世纪80年代初期，有一次朱东润先生来京参加国务院学位委员会，住在京西宾馆，打电话给我，要我去聊聊。我当然兴冲冲赶到京西宾馆。记得是个春天的晚上，朱先生正在孙子的陪伴下在房间里读英文原版书，看到我敲门进屋，立即站起来迎上来，双手紧握着我的手，深情地凝视我。我也激动得两眼滚动着泪花。此时，先生已年近九旬，仍然可以不戴眼镜而在灯下读英文原版书，说起话来声音仍然洪亮，中气颇足，他的健康状况使我这个老学生感到欣慰。

我们先闲聊了起来。他询问了我的工作、著述以及家庭情况，我一一报告。他感叹说，你们已年届中年，上有老、下有小、负担重、工资不高、稿费又低，实在不容易。他说他们那一代人，在生活境遇上比我们这一代知识分子要强，30年代他在国立武汉大学教书时，才是一个高级讲师，月薪就有三百大洋，过起日子是比较宽裕的。那时的版税也比较高，他说起《张居正大传》和《中国文学批评史大纲》的版税，可惜记不住了。先生的一番话使我感到温暖，我的心情立即放松下来，无拘无束地聊了起来。

然后聊到为人治学。他说，为人要正直；读书要读通读懂，在研究中要有创见，要敢于坚持；在遇到困难时，要相信前面总可以找到一条可以前进的路，要有信心奋斗下去。他以自己的经历为例，讲到30年代开始对《诗经》的研究，写出《国风出于民间论质疑》等一批有独到见解的关于"诗经"的论文；还有50年代初关于《离骚》作者的新见等几篇关于楚辞的论文，都是对史籍反复研读和体悟得出的，决非率尔之见，因此虽遭批评，甚至像郭沫若那样位高权重的人物的否定与嘲弄，也敢于坚持自己的学术见解，不改初衷。再以他在文化大革命中的遭遇为例，他作为"反动学术权威"被打倒，关进"牛棚"，师母被迫悬梁自尽，可谓遭遇灭顶之灾，但他仍坚强地活了下来，而且对中国共产党没有丧失信心，晚年还入了党。

京西宾馆一夕谈，使我更进一步认识到朱东润先生的气节风骨和治学之严谨学风，更加敬畏他，而他对我的关怀，也使我倍感温暖。这种教益和暖意可以说是终身受益。

聊了近两个小时，我告辞走出房间，朱先生坚持要送我到电梯前，他的腰板挺立得依然那么直，步履仍是那么坚定从容。临别时说，本来应写个字送我存念，但因客居北京，没有写字的工具，等回到上海再说，要我有机会去上海时到他府上去取。朱先生不仅是大学者，还是一位有名的书法家，对他的字我心仪已久，可是此后几年我一直没有机会去上海。1989年5月，我到复旦商谈合办作家班事宜时，朱先生已经辞世，再也要不到他的字了。此事终生引以为憾。

2010年3月5日~6日

附注：文中有关朱东润先生的生平材料参阅了复旦大学陈尚君、仇鹿鸣合作的《朱东润：著述真实人生》一文，此文载于上海《社会科学报》2009年9月3日第6版。

蒋天枢先生

戊子初夏时节，随赵本夫返乡到徐州考察黄河故道及汉文化，以便进一步解读他的长篇小说《地母》三部曲，尤其是最后一部《无土时代》，并试撰文评论之。到丰县参观大沙河果园及大片黄河故道湿地时，偶然间得知我在复旦大学中文系上学时的老师蒋天枢先生的故里蒋寨门就在附近，于是驱车探访蒋先生故里。蒋寨门村位于丰县西南隅，大沙河附近，是一个典型的北方村舍。蒋先生1903年11月16日（清光绪二十九年农历十月初三）诞生于此，并在此度过童年少年时光。我在赵本夫、徐州文联党组书记王雪春、丰县县委宣传部单部长、蒋先生的堂外孙郭清杰先生等一行的陪同下来到蒋寨门村，但见蒋先生的诞生地，已是一片旧垣残瓦，让人颇感惆怅。见到蒋先生一族弟，也是天字辈的，说他的名字乃蒋天枢先生所起，但他说自己极少见到蒋天枢先生，其他村人更是惶惶然不知所云。我只好在蒋氏祖宅房基地和村中小径上漫步，从记忆中去搜寻先师蒋天枢先生的音容笑貌。幸而翌日到徐州准备登车返京，见到《蒋天枢传》的作者朱浩熙先生，赠我一书。朱浩熙乃蒋先生的亲戚，60年代中期求学于北京大学，一直与蒋先生有较密切的交往，于是在蒋先生仙逝后多方搜集材料，写成此书，2002年由作家出版社出版。在回京的列车上以及返京之后，我断断续续地读了这本传记，半个世纪前授业于蒋先生庭前的一些往事翩然而至，不能自已，遂成此文。

1956年秋，我考进上海复旦大学中文系学习，为我们授课的老师中就有蒋先生。蒋先生，讳天枢，字秉南，曾就读于无锡国学专修馆（简称无锡国专），毕业于清华研究院，曾在东北大学当教授，40年代初转至复旦大学当教授直至逝世。他为我们讲授《中国文学史》第一段即先秦两汉文学，这是最难读的一段文学史。那一年，他53岁，正当盛年，但体态清癯、神情严肃、讲课时声音洪亮，一口未曾改变的徐州腔。我那时才17岁、对蒋先生有一种敬畏之感。加之当年作为蒋先生的助教，后来成了文学史家的章培恒先生刚因"胡风案"之牵连，被撤职开除党籍，终日不见欢颜。于是，一上文学史课，我们都得正襟危坐，有一种紧张之感。但蒋先生严肃归严肃，治学之严谨，对学生要求之严、关心之切，却是令人感动的。他不仅要我们学好课内的内容，还为我们开出一份"国学必读书目"，要我们在课外阅读；尤其是要我们做一些文言文的断句训练，对我们文言文阅读能力的提高很有好处。当时，我的一位同舍好友徐州籍的李振杰同学，还经常去蒋先生家串门，并按蒋先生要求在一两年内通读《资治通鉴》，得益更多。我虽然后来没有从事古典文学的教学与研究工作，但那点对后来的文艺理论以及当代文学评论颇有好处的古典文学功底，就是蒋天枢先生留给我的！上完先秦两汉文学之后，蒋天枢先生后来几年间又为我们开设《诗经研究》、《楚辞研究》等专题选修课，他把最新的研究心得都融进课程中，讲起课来，旁征博引，新论迭出，使我们颇受益。记得一首《离骚》，蒋先生几乎讲了一个学期（每周两节课），后来记得我为北京教育学院宣武分院的学员讲中国文学史课，《离骚》也讲了足足九个课时，就是从蒋先生那儿趸来的。蒋先生治学严谨，长于考据。记得1958年他在《复旦学报》上发表了一篇关于《诗经》一句诗的考据论文长达两万字，在一次批判厚古薄今的会上我同班一个同学以此为例进行嘲弄，蒋先生怫然离席；在讲授《楚辞研究》课时，对当时社会上有些借楚辞研究为名进行招摇撞骗的学术骗子严词痛斥。这一切，都给我留下深刻的印象。

蒋先生当年报考清华研究院，是冲着王国维先生去的。蒋先生还未入学，王国维先生已自沉昆明湖，但是蒋先生一直把王国维先生当作自己的导师，十分尊敬他。每次在课堂上提到王国维先生时从不直呼其名，只称其字"静安先生"，以表示尊崇之意。也不许我们直呼"王国维"之名，有谁这样叫了，他就双眼圆睁怒目斥之。至于对他的导师梁启超和陈寅恪先生，就是更加尊崇有加了。他同陈寅恪先生师生之谊，1953年秋与1964年初夏两度到广州探望恩师；陈寅恪先生以其著作与藏书相托，成为忠笃的弟子与托命之人；粉碎"四人帮"之后，他又以多病之躯，放下手中工作，为逝去的老师编成《陈寅恪文集》一套七种九册，并出版《陈寅恪先生编年事辑》一书，用去几年时间和几乎毕生的精力，出版后又分文不取。蒋天枢先生同陈寅恪先生之间的师生之深厚情谊，传为学界佳话，也为我辈树立典范，且更显蒋先生为人之高尚忠厚。

关于蒋天枢先生晚年上书陈云同志建议增设古典出

版机构改善古籍出版状况以及促进清华大学中文系复办之事，20世纪80年代末90年代初到清华中文系讲课时，就听当时主持中文系工作的徐葆耕先生说过。这次读先生的传记，才更清楚地了解事情的来龙去脉，对先生倍感敬佩。

先生一生经历坎坷、耿介清高，自律甚严，作为一位皓首穷经的真正的学者，一位道德高尚的长者，永远值得我们怀念！

2008年6月5日

鲍正鹄先生

2004年10月24日,是个星期天,天幕低垂,雨雪霏霏,一早就接到老同学李振杰的电话,说鲍正鹄先生当天凌晨在北京广安门医院辞世。我听后心里一紧,赶快打车到西三环昌运宫的鲍先生寓所,只见平日接待我们的那间书房兼客厅里已布置起一个庄严简朴的灵堂:淡淡的黄菊、先生的遗像。我含泪向先生鞠躬告别,并安慰守灵的师母杨搴以及鲍先生的小儿子小满。因翌日要赶到武汉参加首届郭沫若散文奖的颁奖活动,故不能到广安门医院向老师的遗体告别了。我向杨师母告知事由及致歉意后便匆匆离开。

博古通今　述而不作

1956年秋日,我跨进复旦大学的校门,鲍正鹄先生正好"三喜"临门:入党、晋升为副教授、出国应聘到埃及开罗大学讲学一年。于是我们入学的时候,他已跨出国门,赶赴战云密布的埃及,而未能谋面。但是,作为爱打听中文系家底的新生,我们对鲍先生的一切还是略有所闻。

鲍正鹄,祖籍浙江鄞县,出生于湖北汉阳,早年曾在无锡国专、中央剧专、成都金陵大学读书,后转入重庆北碚的复旦大学中文系就读,1941年在复旦毕业后留校,算是复旦自己培养出来的学者。

我们见到鲍正鹄先生时,已是1959年秋季开学的时候了,我们已上了三年级。这时,鲍先生刚从前苏联的列宁格勒大学讲学回来。原来,他1957年夏结束了在埃及开罗大学讲学后,旋即应聘转赴前苏联的列宁格勒大学讲学两年。他回国后立即给我们1956级文学专业的学生开设《鲁迅研究》和《中国近代文学研究》两门课。

果然名不虚传。鲍先生讲起课来,滔滔不绝,旁征博引,思路活跃,眼界开阔,富于启发性。由于他上过无锡国专,打下很坚实的国学基础,加上出国讲学三年刚刚归来,视野开阔,于是博古通今,讲课时常常有新鲜的见解。但他基本上是述而不作的,一些新鲜的见解只是在课堂上讲一讲,并不写成论文和专著。据说一位听他的《鲁迅研究》专题课的学生把他在课堂上讲的观点发挥写成论文,发表在国内一家有名的杂志上;那位学生拿着发表他论文的杂志去见鲍先生，告诉他该论文就是根据他在《鲁迅研究》课上讲的某一观点写成的，他听后一笑置之。这样富于启发性而又生动有趣的课当然很受我们的欢迎。尤其是他讲课时的风度也很吸引人，他在深秋时节，常披一件薄呢子大衣，带着两副眼镜（大概一副是近视镜，一副是老花镜），一上一下地换着戴，基本上是不写板书，全靠着他那流畅而又有魅力的语言传达他一个又一个独到新鲜的学术见解。这种既很有"派"又很有内容的课已过去半个世纪了，仍然历历在目。

最吸引人的还是他在我们四年级时开设的《中国近代文学研究》。我们早就得知，鲍先生对中国近代史及近代文学有较深入的研究，著有《鸦片战争》一书，这是他少有的一部专著。后来他曾告诉我，研究近代文学，既需要坚实的古代文学的基础，又需要一种现代的眼光，由于鲍先生博古通今、学贯中西，具备研究近代文学的良好条件，因此讲起课来，内容更丰富，更富有启发性。更重要的是他这门课开设得很特别，不是一般的老师讲、学生学的单纯地注入式的授课，而是师生一起动手进行研究，是互动式的、研究式的。他的做法是：先对中国近代文学的发展有个简括的阐述，作为课的导言，然后把《中国近代文学史稿》的写作提纲印发给我们听课的学生，把有关资料介绍一下，或指导大家分头去查找。然后一边讲授一边讨论，最后分工写作。初稿写成后由他统稿，交出版社出版。这就是1961年由中华书局上海编辑所出版的《中国近代文学史稿》，可以说是我国有关近代文学史的第一部专著。这部书就是在鲍先生指导下师生共同完成的。这本书的样书至今仍珍藏在我的书柜里。选修了这门课，不仅学到了知识，更重要的是学到了从事科学研究著书立传的基本方法。同时，也使我们同鲍先生之间的距离一下子拉近了。

到了我临毕业时，正鹄师已升任复旦大学副教务长。那时，我为复旦话剧团执笔写了一个多幕话剧《三代毕业生》。第一代毕业生是以当时复旦大学的副校长陈传纲为原型的。记得剧本初稿写成后，曾朗诵给陈副校长听，正鹄师也在场，他听了后提了不少修改意见。于是同他有了更多的接触。

同居京华　师生情深

我大学毕业分配到北京工作后不久，鲍正鹄先生也奉命调至高教部文科教材编审办公室任副主任，举家北迁，同住北京。开始由于我在一所中学教高中语文，比较自卑，未曾到鲍先生家拜访。文化大革命以后，尤其是鲍先生从干校回京，于1972年调任北京图书馆副馆长之后，又有了较密切的往来。我和一些复旦的老同学经常应邀到鲍先生新搬的鼓楼西大街113号新居聚会，聊天、喝酒、吃饭。鼓楼西大街113号，原是皮肤研究所，后来划归北图所有，改为北图职工宿舍。鲍先生住在这座旧楼偏楼的二楼上，共四间房子，朝北的是厨房与卫生间。房子相当破旧，到了冬天，要生四个煤球炉子取暖，朝北的厨房、卫生间简直成了冷库。这样的条件，鲍先生一家却住得其乐融融；因为有了相对安定的工作和生活，总要照顾一下老学生。我当时一人在京，老婆孩子均在福建，工作也不尽人意，不能发挥所学之长。这时鲍先生就帮助我策划调家属进京之事，并为我的工作调动出谋划策。那时候，一到鲍先生的家，除了闲聊外，就是商量这两方面的事。在生活方面，师母考虑到我单身在京，经常叫我到她家里吃饭。师母杨挈系金陵刻经处的著名居士杨仁山的曾孙女，名门闺秀，既工于绘画、又善烹饪。有一次在她家过年，吃到她烹制的葱烧海参和用鸡汤煮的白切羊肉等拿手菜肴，现在想起来还唇齿留香。鲍先生主政北图，也在借阅上为我提供了许多方便。70年代初期，我利用空闲时间研究柳宗元的诗文，他写了条子让我到北图的柏林寺善本库查阅有关资料，那时的鲍先生给我的帮助很多很多。几年间，由于经常出入鲍先生的家，他们把我看成他们家的一个成员，有时鲍先生出国回来，他带回的礼物中还有我的一份。20世纪80年代初，鲍先生和杨师母一起同赴法国巴黎，鲍先生在巴黎第七大学任教一年，回国时还给我带了一份丰厚的礼物，着实让我感动不已。

鲍先生对复旦有着深厚的感情，对从复旦走出来的老学生也有着深厚的感情。20世纪80年代初，我虽调中国作协创研部工作，却还借住在回民中学宿舍里。有一年夏天，复旦的老同学在我那里聚会，我把鲍先生也请来了；到朝鲜平壤校对《金日成文集》中文版路过北京的胡裕树先生也同鲍先生一道来了。我们一起在外面饭馆里聚餐后，回到我住的宿舍前的操场上聊天。鲍先生为我们讲了复旦的校史，讲到动情时，还唱起了当年由诗人刘大白先生作词的复旦校歌：

> 复旦复旦旦复旦,
>
> 巍巍学府文章焕。
>
> 学术独立、思想自由,
>
> 政罗教网无羁绊、无羁绊。
>
> 前程远,
>
> 向前向前向前进展。
>
> 复旦复旦旦复旦,
>
> 日月光华同灿烂。

鲍先生动情地唱着几十年前的复旦老校歌,强烈地感染着每一个在场的复旦同窗。记得那天晚上聊得极晚,尽情而散。

1987年年初,我从中国作协创作研究室调鲁迅文学院任教,主持全院教学工作。在工作上,也得到鲍正鹄先生极大的支持。他不仅先后两次到鲁迅文学院为学生授课,讲授《关于文学史研究》与《近代文学评述》等专题,还亲自写信让我到北京大学请到吴组湘、王瑶等先生来鲁迅文学院授课。平时还经常过问我的教学组织工作,把他的丰富经验传授给我。

这一切都使我受益匪浅,也感动万分。

冷眼热肠　紫竹逍遥

"冷眼热肠"是我复旦老同学林东海写鲍先生的一篇文章的标题,也是对鲍先生为人的概括。这里借用来做这一节的小标题。"紫竹逍遥"说的是鲍先生晚年住在北京西三环昌运宫中国社科院的一套只有七十多平米的小房里,这里紧靠紫竹院公园。陋室虽小,可公园很大,居陋室、逛公园,尚属逍遥也。听杨师母说,当年北京大学的邓广铭先生来访,因为家里太窄小,只好约在紫竹公园里见面了。但是,对于我们这些老学生来说,昌运宫社科院宿舍鲍先生的家,那间只有十几平方米的书房兼客厅,既是我们经常聚会的地方,也是我们什么时候想起都会觉得温馨和圣洁的地方。

鲍先生离休后,与师母蛰居在昌运宫的那套朴素的充满书香的"陋室"里,看书、读报,接待学生、友人来访,纵论天下大事;天气好时,到紫竹公园走走,过得倒还蛮惬意的。70年代末80年代初,他还在复旦兼任研究生导师,带过一些研究生,每年要到上海住上一段时间。后来不知为什么,辞了在复旦的兼职,不去上海了。他曾从中国社科院要到一笔经费,准备修订《中国近代文学史稿》，张罗了几年，终因所托非人，计划也搁了浅。从此，就很少出门。我因几度到湘西的张家界游览过，好几次在师母面前描绘张家界雄奇瑰丽的山川景色，把师母说动了心，准备去张家界写生。我也为他们的出行规划好了，第一站先到武汉，鲍先生在武汉大学讲学，武大古籍所的宗福邦教授已做了周到的安排；讲完学还可以到汉阳的归元寺看看，因为鲍先生就出生在归元寺附近。第二站到长沙，鲍先生在湖南师大讲学，湖南师大的凌宇教授也已做了周到的安排。第三站到湘西土家族苗族自治州首府吉首，由吉首大学接待，鲍先生在吉首大学讲学，然后偕同师母到张家界游览写生。计划落实后，1988年春天，我乘鲁迅文学院与武汉大学、华中师大及中国社会科学出版社在武汉举办首届文学批评学研讨会之机，做了打前站的工作。会后我在武汉恭候鲍先生与师母的到来，结果是鲍先生因健康的原因未能成行。事后，我和先生、师母均引以为憾事。不过几年之后，经几位老同学的安排，鲍先生与师母到我家乡巡回讲学，先后到福州、泉州、厦门、漳州等地，在福建师大、泉州师院、厦门大学、漳州师院等高校讲近代文学与古籍整理，反响颇强烈。返京后，我到鲍先生家探访，两位老人讲起福建之行，还是津津乐道。

、 鲍先生晚年悄悄地做了件大事，也是功德无量的好事。即替复旦大学已故老教授王欣夫（大隆）先生整理出版其遗著《蛾术轩箧存善本书录》。王欣夫先生是版本学、目录学方面的专家，苏州人，曾是苏州有名的书商，解放前夕弃商到复旦大学中文系任教，家中藏有一批善本图书，而且具有丰富的辨别鉴定古籍版本的经验，据说当年郭沫若先生碰到版本目录方面的问题都要向他请教。可是，这样一位操着苏白口音的版本学专家，50年代初期却排他上中国文学史的课，于是"现实主义"、"浪漫主义"总是倒腾不清楚。在鲍先生的提议下，从1956年开始，为我们1956级的学生开设《文献学与工具书使用法》这一特色课。王欣夫先生讲起这门课来，如鱼得水，把看家的本事都拿出来了，不仅为我们编写了讲义，还为我们举办过善本书展。王欣夫先生编写的讲义《文献学》我一直带在身边，到了70年代鲍先生调任北京图书馆副馆长后，才被他征用翻印作为北图职工的教材。由此小事看来，鲍正鹄先生与王欣夫先生的私交还是不错的。于是，他晚年不写自己的书，却用宝贵的时间为王欣夫先生整理校勘遗著。据我所知，此部大书的整理、标点、校勘共用了五六年时间，其中还有原王欣夫先生的助手徐鹏先生的协助。到这部大书由上海古籍出版社出版时，以繁体字排印，装帧精美，共170万字，正文竟有1864页之多，三四斤重。一位抱定终身述而不作的学者，却为整理他人的遗著耗费了多年宝贵的时间，这是一种什么样的精神！每想及此事，我就对鲍先生肃然起敬。

　　进入21世纪以来，鲍先生的身体每况愈下，肺气肿病时常发作，每天都要吸氧，更是少出门了。即使这样，我们这些老学生每次去拜访他，他都十分高兴，抖擞起精神同我们山南海北地聊起来，从复旦的旧闻与新事，从天下大事到政界、学界新闻逸事，从治学到家事，无所不聊。弄到我每次准备去拜访他之前都要先打电话通报，以便他先吸足了氧气，到达后可以痛快地聊一番。先生虽然关在斗室里，足不出户，却十分了解外面世界的消息，尤其是复旦的新闻，我大都是在他那里得知的。他也变得更加冷峻起来，常说起当年复旦党委书记杨西光干的不光彩的事，有时批评起他在社科院工作时的院长胡乔木与胡绳时一点也不留情面，而对于各种丑陋的社会现象，就更加不留情面地加以抨击了。所谓"冷眼向洋看世界",只是先生的一个方面;而另一方面,却对学生、朋友的事十分热心肠。就拿我来说吧,连我帮张光年编辑文集和在广东一个小报上发表文章的事,他都关心到了。这种冷眼与热肠的表现,是鲍先生晚年的一种鲜明的性格,也使我们对他更加敬畏。

  2004年的中秋节,我去先生府上贺节,他照例吸足了氧,聊了一个多小时,而且告诉我刚过了米寿的生日。没想到,刚过了一个多月,到了十月下旬那个阴冷的星期天,他竟悄然离开人世,离开我们!这怎能不让我辈痛苦不已呢!

  六年来,每到春节,我照例到先生家给师母贺节拜年,每一次踏进那间充满书香的简朴的书房,就让我再次回忆起先生的风范与教诲,就要激励自己多做点事,以不负先生的厚爱与期待。

2010年3月10日~11日

蒋孔阳先生

纳言敏行　坚毅执著

1956年秋天,我跨进复旦校门,成了蒋孔阳先生的学生。一年级上学期开了两门基础课,一为《文艺学引论》,一为《语言学引论》,分别由蒋孔阳先生与濮之珍先生讲授,于是,他们夫妇俩就成了我们跨进大学校门后学习上的引路人。

蒋孔阳先生那时刚三十出头,衣着相当讲究,每次来上课时,都穿着考究的西装,结领带,精神得很。他是那种"讷于言而敏于行"的人,不善言辞,说一口四川话,甚至于有点小口吃,不像他的夫人濮之珍先生那样伶牙俐齿,说一口流利的普通话。但蒋先生满腹锦绣,讲起课来,有相当精辟的观点,又有相当丰富的材料,只要认真听进去,必大有收获。据说他原来学的是财经,1946年从中央政治学院经济系毕业后,曾当过江苏镇江农业银行和上海海光图书馆的职员,由于英文好，翻译过一本书，1951年才转到复旦大学中文系任教。到复旦不久，他就被抽调到北京大学参加苏联专家毕达可夫的《文学概论》的培训班。他给我们开的《文艺学引论》课，用的就是培训班拟定的全国通用的教学大纲。但蒋孔阳先生不是照搬苏联专家毕达可夫的那一套，而是根据自己阅读中外名著的审美体验，对大纲有些增减，于是显得灵活和通脱得多。这门课讲完半年之后，也就是1957年夏天，他由《文艺学引论》的讲义改写而成的专著《文学的基本知识》由中国青年出版社出版。这本专著，用通俗生动的语言，形象活泼的例证，深入浅出地阐述文学的基本原理，成为广大文学青年的文学入门指导。我和我的同学们都喜欢这本书，我购得一册，请蒋先生签名，至今仍珍藏着。记得从此之后，我们就更敬佩蒋孔阳先生了。

　　蒋孔阳先生十分刻苦而勤奋，1959年下半年，在《文学的基本知识》出版之后，不久又由上海文艺出版社出版了另一部文艺理论专著《论文学艺术的特征》。可是，正当他才华横溢并崭露头角之时，厄运也就降临到他的头上。反右斗争前后，他同华东师大中文系的钱谷融先生被作为"修正主义文艺思潮"的两个代表人物，受到"姚棍子"（姚文元）等"左棍子"的挞伐和不公正的批判。到了1958年，他在系里又被作为一面"白旗"被拔掉。这种从社会到学校对他的批判，把他置于非常困难的境地，他不仅不能正常地进行研究和著述，连《文艺学引论》这样的课程也被迫停开。

到了1959年，情况有所好转，据说一位中央领导视察复旦时点了头，学校里让蒋孔阳先生为我们1956级文学专业学生开设了《西方资产阶级美学介绍》一课，要求只做客观介绍，不加评述与批判。蒋先生认真备了课，从康德、黑格尔一直到尼采、叔本华、克罗齐，对于西方（主要是德国）代表性的美学家一一做了比较全面也比较客观的介绍。为了开设这门课，他还亲自翻译了不少资料随讲课大纲发给我们。这样的课，在那个动乱闭塞的年代具有启蒙的作用，它不仅别开生面，独具一格，也为我们打开了一扇了解西方古典美学的窗户，当然很受我们的欢迎。我们的一点西方美学常识，也就是这门课给予我们的。文化大革命后的80年代初，与蒋先生重逢，他告诉我已把这门课整理成《德国古典美学》一书出版，颇受学术界的欢迎。我听后当然十分欣慰。

文化大革命中，蒋孔阳先生毫无疑问地遭了难。他被打成"反动学术权威"关进了"牛棚"。但当他有了一点自由的时候,又进了图书馆。这时,他不仅从文艺学转向美学,而且由西方美学转向中国古代美学。他从中国一些古代典籍中,尤其是从春秋战国时期诸子百家的典籍中,发现了中国最早的美学乃隐匿于乐论之中,于是他披砂沥金,进行关于先秦音乐美学思想的搜集、整理和研究,历十数年,终于写成《先秦音乐美学思想论稿》一书出版,在中国古典美学研究方面具有开创性的意义。蒋孔阳先生就是这样,无论身处逆境还是顺境,都默默地坚毅执著地朝着自己规定好的学术目标前行,因此取得瞩目的学术成果。这一点,正是复旦学人学术品格的集中体现。

改革开放的历史新时期开启之后,蒋孔阳先生的际遇有了很大的改善,他的学术专著一本本地出版,他成为国内美学界毫无争议的学术带头人。但是,由于长期受到不公正的待遇,屡遭迫害,加上他过于勤奋,健康受到很大的摧残,身患多种疾病,尤其患了"梦游症"。因此,每次出差,要么由家人陪同,要么同钱谷融先生结伴,连住宿都要与钱先生同居一室。记得1984年冬他到北京参加中国作协"四大"临行前,濮之珍先生就嘱咐我多加照应。20世纪90年代之后，蒋先生也就七十岁左右，但由于高血压等病的原因，已显得有点老态了。每次见到他，都感到心疼。

师生之间　情深意长

蒋孔阳、濮之珍夫妇都非常关爱他们的学生，终其一生，都热心地为他们的学生服务。蒋孔阳先生尤其是一位关爱学生的师长。1958年，在他遭受不公正的批判之后，《文艺学引论》的课停开了，系里派他参加学生群众性的科研运动。记得1958年秋天，他总是准时参加我们的一些科研活动，默默地为我们查资料，出主意。在分头撰写《中国文学史》和《中国现代文学史》的群众性科研活动中，他一直陪伴我们，指导我们，并在这些活动中加深了师生之间的友谊。记得1962年秋我从复旦大学中文系毕业并被分配到北京工作离开复旦的前夜，到蒋孔阳先生家中辞行，他非常热情地接待了我，嘘寒问暖，殷殷嘱咐，聊至深夜。须知，那时的我，是一个刚跨出校门的青年人，要到举目无亲的北京工作，前途未卜，心里是很落寞的，有了蒋孔阳先生的关心与鼓励，心中犹如揣了一团火上路，前景恍惚一下子光明起来。因此，一辈子也难以忘却那一个到蒋先生家辞行之夜!

20世纪60年代初到北京工作之后,因为境遇不好,没有什么可以向老师汇报的,因此就很少同蒋先生联系。直到粉碎"四人帮"之后,蒋先生和我的境遇都有了改善。我于80年代初由北京的一所中学调入中国作协创作研究室工作,算是归了队;而蒋先生更是英雄有了用武之地,在文艺学尤其是美学研究方面硕果迭出,并受到社会应有的尊重。我们之间又开始时断时续地联系起来了。他的每一种学术著作出版,都要寄赠于我;我到上海出差或到复旦讲课,也都要到蒋先生家中拜访畅叙。

20世纪80年代之后,蒋孔阳先生在从事著述的同时,似乎把更多的时间和精力用于培养和扶助学生与晚辈,尤其是从事文艺学和美学研究的后学者。他常叹息为学生或晚辈作序的任务太重,给他增加了难以名状的负担。可是他却一边叹息着,一边又乐此不疲。而且他办事又那么认真,谁请他作序,他都要把为之作序的著作通读过。他总是要准确地评介人家的著作,谈出自己的见解,并给予热情的鼓励。我翻开他由首都师范大学出版社1994年2月出版的《文艺与人生》一书的目录,数了一下,收入他为学生或朋辈的著作写的序文就有六十六篇之多！对于一位年逾花甲、办事认真的学者来说，这该是一个多么沉重的负担啊！这种人梯精神又是多么崇高、多么值得我们敬佩！

  对于我的文学评论，蒋孔阳先生当然十分关注。我每出一部文学评论集寄给他后，他都认真阅读，或当面指正，或写信点拨。这都让我倍感温暖和备受鼓舞。1993年初秋，当我的一部文学评论集《文学的潮汐》由云南人民出版社出版后，寄了一册给蒋孔阳先生，请他指正；他于十分繁忙之中还抽出时间翻阅了拙著，并注意到其中一篇评论童庆炳、曾恬夫妇合著的长篇小说《淡紫色的霞光》较长的评论，对文章中提出的"如何处理好创作对象与创作主体之间的关系"问题，予以肯定，并热情鼓励我能写出这方面的专题文章。他在给我的信中这样写道：

  镇邦同志：
  你好！
  大函暨大著《文学的潮汐》都已收到。从信和大著来看，你是一个有"真情"的人。谢谢你，你的信和文章，给我带来了真挚的感情！

大著还来不及全部拜读，仅仅读了《人间真情一片》（应为《人间有真情》）这个题目就抓得很好，分析细致而真切，令人信服。最后提出的"如何处理好创作对象与创作主体之间的关系"问题，更是提出了一个大问题。我想，你可能早有准备，希望能够读到你在这方面的专题文章。

这几天过国庆，上海很热闹。看电视，北京也很热闹。但愿这一切都好起来！

祝

撰安

蒋孔阳

1993.10.2

蒋先生关怀学生、热情指导学生的深情于此短信中可见一斑。读了这封信，一股暖流涌上心头。遗憾的是，将近二十年了，我由于种种原因，未能完成由《人间有真情》这篇评论抽象出来的"关于创作对象与创作主体关系问题"这篇专题论文，有负老师的厚望！

同蒋孔阳先生最后一次见面，是在1994年5月下旬。我当时南下为《当代名家随笔丛书》组稿，由南京而苏州再到上海，在上海小住数日。一天下午，应蒋先生的热情邀请，我从客居的位于徐家汇的上海文艺出版社的"创作之家"赶赴复旦。当时上海市区的高架桥尚未修起来，一路堵车，路上走了近三个小时，下午四时许才赶到位于江湾五角场的复旦校园。先到潘旭澜先生府上组稿拜访，与潘公聊起来难以刹车，又蒙潘公赐晚饭，就多耽搁了一会儿。没想到蒋孔阳先生等得急起来，一再打电话到潘家催我过去。在潘先生陪同下来到蒋先生家门口时，便看到蒋先生迈着沉重的脚步走进走出地等待着我的到来，此情此景让我感动得热泪夺眶而出。蒋先生告诉我们，濮之珍先生到北京开会不在家，只有三女儿在家陪他，这一天又适逢她出门不在家，他居然为了接待我这个老学生而亲自出门买了各种水果还有香烟，这更让我感动得不知道说什么才好。我们在蒋先生那间并不宽敞却充满书香的书房里坐下来聊天，东拉西扯，不经意间竟过去了两个多钟头，时近晚上十点半钟，我不得不起身告辞。但蒋先生似乎还感到聊得不尽兴，留我再待一会儿，并请人为我们师生三人照了一张合照，一看，手表上的时针已指向十一时，不得不告辞了。这时，看到坚持要送我出门的蒋先生从沙发上站起来时颇感吃力，我突然感到一阵心酸：蒋先生衰老得太快了！没想到，这竟是我同蒋孔阳先生的诀别！现在回忆起来，如果那次早点去蒋先生家，能陪他多聊一会儿该多好啊！

  1999年春3月末，我南归为母扫墓路过上海时盘桓数日，期间曾到母校复旦大学探访师友，听到蒋孔阳先生因病住进苏州河畔的上海第一人民医院的消息，本想去医院探望病中的蒋先生，但被告知因病情危重不能随便探视，只好作罢。没想到过了三个多月后，即当年的六月间，我在山西太原参加张平的一部作品的研讨会时居然得到蒋先生病逝的噩耗！春天，蒋先生病重住院时不能到医院探视；夏天，他远行时又不能去沪上送别。这实在让我终生懊悔啊！

2010年3月22日

王运熙先生

1956年,我考进复旦大学中文系之际,王运熙先生刚满30岁,是个大龄未婚青年。他家住在市区,复旦宿舍又未分到房子,于是不回家时就住在复旦老校门口一进校门左边一座作为当年系办公室小楼楼上的单身宿舍里。我们这些学生时常会看到他住的房间里深夜时仍亮着灯光。偶尔在校园里见到他,也只是微笑一下,很少攀谈。直到第二年,他为我们授课时才有些往来。

王先生身量不高,身体单薄,戴着一副高度近视镜,也是那种敏于思而纳于言的学者。据说他1947年毕业于复旦大学中文系后留校任教,在陈子展先生指导下研究汉魏六朝文学,尤对六朝乐府清商曲感兴趣,已发表《吴声西曲的产生年代》、《吴声西曲的产生地域》、《论六朝清商曲中之和送声》等专题论文。不到30岁,就出版了《六朝乐府与民歌》(上海文艺联合出版社1955年版)这部古典文学研究专著,后来又出版了专著《乐府诗论丛》(古典文学出版社1958年版),因此，在复旦中文系以至国内古典文学研究界都颇有点名气，可以说是复旦大学自己培养出来的新一代古典文学研究专家，负有传承薪火任务。可是由于用功过度，加上性格的原因，王运熙先生有点少年老成，未老先衰的样子。

不过，一上课堂，讲起课来，王运熙先生则声音洪亮，青春焕发。1957年下半年，他为我们开设《中国文学史》课的魏晋南北朝段，后来又续讲隋唐五代段。这两个时段的文学史，按复旦中文系的常规，应由刘大杰先生开设（复旦大学中文系中国文学史通常由蒋天枢先生讲授先秦两汉段，刘大杰先生讲授魏晋南北朝隋唐五代段，朱东润先生讲授宋元段、赵景深先生讲授明清段、鲍正鹄先生讲授鸦片战争之后的近代文学史），由于刘大杰先生因病处于半休养状态，改为当时只是讲师的王运熙先生讲授。看得出来，王运熙先生是做了充分准备的，他讲起课来旁征博引、举一反三，让我们很是受惠。讲得起劲时，他还用带有上海郊区金山口音的古韵朗读诗文，略带拖腔，更引起了我们学习的兴趣。当时，有消息传出他正与我们班上一位大龄女同学谈恋爱，因此王先生每到我们班上课时，情绪特别高涨。只见他两眼放光,脸颊泛着红光,讲课时的声音那是相当地洪亮!王先生的课不仅能引起我们的兴趣,也特别实惠。他每周布置一定的作业,是从史书摘录下的一些关于作家的传记材料,让我们练习断句。这些作业,不仅加深了我们对作家的了解,也提高了我们的古汉语阅读的能力。魏晋南北朝是文学观念觉醒与发展的时代,整个文学界星光灿烂,诗文创作与文学理论批评都很活跃,中国古典小说于斯发轫。由于王运熙先生循循善诱与丰富多彩的讲授,魏晋南北朝文学像一块磁铁一样吸引着我,以至于我也差一点选择了魏晋南北朝文学作为我终身研究的方向。

此后,王运熙先生还为我们开设过《乐府民歌研究》与《李白研究》等专题课,均让我们受益匪浅。尤其是《李白研究》一课,他采用一种师生共同研究的方式,更是别开生面,让我们从中学到更多的东西,并受到科学研究基本功的训练。他当时刚好从人民文学出版社得到一项研究专题,同出版社签了《李白诗选》与《李白研究》两本书的出版合同。于是,他把这两本书的写作任务同《李白研究》专题课的讲授结合起来进行。他先把他选出的《李白诗选》的篇目印发我们,供我们讨论、分析,以此作为作业进行注释。同学们每人分到十多首,按王先生的要求在规定的时间内完成。随后,他进行统一修订后,再一次印发我们讨论。这样最终完成的《李白诗选》选注,就是后来由人民文学出版社出版的《李白诗选》,编选者是王运熙先生与复旦大学中文系1956级文学专业的学生。在完成《李白诗选》选注工作的同时,又开展了《李白研究》的研究与写作的工作。仍是先有王先生提纲挈领地讲授李白的生平创作的若干专题,诸如李白的生平创作分期问题、李白的"古风"诗、李白与杜甫等,然后列出全书的若干专题,由同学们自己选择题目并在一定时间内写出初稿,最终由王先生收阅后批改审定。当然,关键部分还是由王先生执笔。这就是在《李白诗选》之后由人民文学出版社出版的《李白研究》。在一个学期里,开设一门只有36课时的专题选修课,完成了两部在当时可以说具有全国领先水平的关于李白的著作。这可以说是高校文科教学的一个具有创新性的范例。通过选修这门课,我们不仅比较深刻地了解李白及其创作,而且经历了古典文学研究的基本流程,提高独立思考与科学能力。当然,王运熙先生在这门选修课中付出的心血比一般讲授一门选修课要多得多。可惜的是，这种创新性的课在当时，除了后来的鲍正鹄先生为我们开设《近代文学研究》时采用外，就很少被其他老师采用，后来就更是闻所未闻了。

王运熙先生后来转入唐代文学和中国文学批评史的研究，成为复旦中文系的中坚，也是全国著名的古典文学研究专家。他的学术成果颇丰，除了上文提及的两部专著外，还有《汉魏六朝唐代文学研究论丛》、《文心雕龙探索》、《中国古代文论管窥》等专著，并主编《中国文学批评史》、《中国文学批评通史》、《中国古代文学理论体系》等丛书。王运熙先生已届耄耋之年，早已退休在家颐养天年。我在复旦学习期间以及离开复旦之后，都同他联系不多，只在20世纪80年代初在兰州邂逅过他。那一次，他到兰州参加一个关于唐代文学的学术会议，我则因参加中国作协组织的中青年文学评论家赴西北参观访问团时在兰州逗留数日。大概是游览皋兰山时，偶然相遇，寒暄数句便匆匆分开，后来一直未能见到他。可是由于无论是治学，还是为人，我都很景仰他，故至今仍十分怀念他！

2011年1月13日

潘旭澜先生

1956年秋天,我踏进复旦大学的校园,戴上了复旦大学的白校徽;潘旭澜先生呢,正好从复旦大学中文系毕业留校任教,戴上了复旦大学的红校徽。就从五十多年前的那个秋天我们相识,开始了我们之间既是同乡、师生又是朋友的长达半个世纪的情谊。

亦师亦友

记得潘先生开始住在第十宿舍学生俱乐部旁边一座条形的旧楼底层,这座楼当时叫做"一字楼",由于是在学生宿舍区里,我就经常到他那儿串门聊天。无论是在第十宿舍的"一字楼",还是后来搬到第八宿舍的教工单身宿舍,他都同他的老同学,专治汉语史,又懂中医的周斌武老师同居一室。我们两个闽南人凑在一起,或用闽南话,或用普通话聊得很热闹,周斌武老师依然埋头备他的课,看他的书。我们聊的内容除了时事和日常生活外,大部分是关于学习方面的事,诸如他介绍系里的情况，询问我各门功课的学习情况，记得还曾为我开了一份"俄罗斯苏联文学必读书目"，共三十余种，包括果戈理、屠格涅夫、托尔斯泰、契诃夫、法捷耶夫、肖洛霍夫等人的代表作品，让我在一两年内读完。于是，汇报读书心得，谈论俄罗斯苏联文学，便成了那一两年我们见面时聊天的主要内容。1959年下半年，我上三年级时，潘先生为我们开设《中国现代文学史》，于是下课后到他宿舍里谈的也大多是有关现代文学史的话题了。潘先生在讲授现代文学史的同时，也用相当的时间和精力从事当代文学评论的写作，诸如关于杜鹏程的系列评论，后来发展成一部关于杜鹏程的作家论《诗情与哲理》，由人民文学出版社出版。他的文学评论，常常具有独到的新鲜的见解，文笔既犀利又稳健，有的文章是同扬州师院（即后来的扬州大学）的曾华鹏合写的，相当一部分发在《文学评论》之类的名刊上。这很让我眼热和羡慕。大学后期，我也对文学评论热衷起来，私下里把潘旭澜作为自己学习的榜样。于是，每次到潘先生的宿舍聊天，话题又转向有关文学评论的发展态势以及文学评论的写作方面了。由此看来，潘旭澜不仅在课堂上是我的老师，课下对我各方面的指导和教海,更是我的老师。虽然,后来彼此很熟了,他出于谦虚,老不承认是我的老师,只承认是我的朋友;但从这一段历史来看,潘旭澜先生的确是引导我走上文学评论道路的恩师;或者说我们之间是亦师亦友的关系。值得补充一句的是,他不仅在学业上关心指导我,在生活上也多方面关照我。1959年至1960年的冬春之交,我生了一场重病,每天潮热不退,拖了近一个月,实际上是急性肺结核,但被复旦校医院误诊为"疟疾",正是潘先生提醒了我,才到上海第六医院检查诊断,然后到叶家花园的上海结核病院住院治疗,才捡了一条命。从这一点说,潘先生还是我的救命恩人。

潘旭澜先生对学生在学业上悉心指导,生活上热心关怀的不止是我一人而已,沐浴他师恩的学生成百上千。2001年秋天,我和1956级同学返回母校做毕业40周年的聚会,适逢潘旭澜师七十大寿,他的许多学生从全国四面八方赶到上海为他祝寿,由此可见其师生情谊之深。2006年他发现患不治之症入院之际,他的许多学生专程赶到上海探望,不少学生在他病榻之旁流泪哭泣,久久不忍离去,由此也可见其师生情谊之深。无论是从旧的道德标准来说,抑或从新的道德标准来看,这种师生情谊都是崇高的，值得赞扬的！潘旭澜之所以受到历届学生之爱戴，不是没有原因的，那是他几十年来爱护学生、视学生如兄弟、如子女的结果，他不仅传授他们以丰富新鲜的知识，从各方面关心他们的生活，而且同他们交朋友，做他们的诤友，并处处为他们争取学习的机会，为他们说话。二十多年前，也就是1983年秋天，中国作协创作研究室在香山举办"当代作家写作学习研讨班"，为期一个月，住在香山别墅。我们邀请潘旭澜先生参加。他得到通知后，要求把他正在带的三位研究生也带来，以便开阔眼界，进行一次关于当代文学的生动的学习。我在请示有关领导后满足了他的这一要求。由此一事，足见他对学生的关心和爱护。他的博士生王彬彬，在读博时他对其要求甚严，有时还对他进行严厉的批评，但毕业后回南京工作，却处处为他争利益，抱不平，以至解决各种实际问题。2000年春，首届"紫金山文学奖"开评，我作为初评与终评的评委参加了评奖活动。王彬彬报的一本书不知什么原因没有通过终评，因为我在长篇小说组，不知道详情。后来在上海见到潘先生，他责问我为什么不许上王彬彬的作品，我无法回答，但很佩服他这种爱护学生的精神。另一位学生潘凯雄，1983年复旦中文系毕业后，由他推荐到《文艺报》，二十多年中，一直关心他，传为佳话。

治学严谨

潘旭澜的生活道路是坎坷不平的，由于家庭出身问题和在业务上勤于钻研，成绩骄人，于是被当作走"白专道路"的典型。因此，从毕业留校到粉碎"四人帮"他足足当了22年的助教，承受了很大的政治压力。即使这样，他仍然孜孜不倦地从事当代文学的研究与评论工作，在20世纪70年代末80年代初，成为国内高校中的第一位当代文学方面的教授和第一批博导。在半个世纪的岁月中，他除完成教学任务，带出一批硕士和博士研究生外，学术成果也相当丰硕，共出版学术专著和评论集五部，即《艺术断思》（百花文艺出版社1982年6月出版）、《中国作家艺术散论》（江苏人民出版社1983年5月出版）、《潘旭澜文学评论选》（湖南人民出版社1984年9月出版）、《诗情与哲理》（人民文学出版社1987年出版）、《长河飞沫》（河北教育出版社1998年7月出版）；主编了《十年文学潮流》（复旦大学出版社1988年3月出版）、《新中国文学词典》（江苏文艺出版社1993年出版)、《当代散文精品珍藏本》(沈阳出版社1994年10月出版)、《上海五十年文学创作丛书·散文卷》(上海文艺出版社1999年5月出版)等词典书籍；散文随笔集四种，即《咀嚼世味》(百花洲文艺出版社1995年5月出版)、《小小的篝火》(群众出版社1996年1月出版)、《太平杂说》(百花文艺出版社2000年6月出版)、《太平杂说》(繁体字版)(香港天地图书出版社2001年版)。在他病重住院之时，他的部分学生还为他编辑了《潘旭澜文选》一书，上、下两册，收入他学术论文、文学评论以及散文随笔的代表作，于他辞世后由香港文学出版社出版，算是对潘先生的英灵的一种告慰。

潘公(这是我在他中年后对他的一种称呼)虽然长期受到政治上的压抑，长期受到疾病的煎熬(青年时代起即患有胃病，"文革"中怀疑患"肝癌"，"文革"后他第一次来京时相见，还没有从"癌"的阴影下走出来)，但这一切均未能摧毁他从事学术活动的坚强意志。粉碎"四人帮"之后，他的环境和工作条件大大改善了，身体也好一些了，英雄有了用武之地。于是干得更加起劲。但无论逆境，还是顺境，他照常读书写作，著书立说。他写作之勤奋、治学之严谨，由以下几桩事例可见其一端。

1986年，粉碎"四人帮"十周年前夕，他在复旦大学策划了一场关于新时期文学发展主潮的研讨会，与会的大都是复旦的校友，我亦应邀赴会。在复旦校园里，我看到从会议的主持、党委书记接见校友代表到一些细小的会务工作，他都事必躬亲。尤其是会后，他督促与会的校友把发言写成文章，结成《十年文学潮流》一书由复旦大学出版社出版，由他担任主编。我了解到，收到与会者的文稿后，他逐篇审读挑选，收入书中的文章，他也逐一改过。这样做，当然费时费力，可一本书的质量就是靠他这种严谨的学术态度保证了它的质量。

更能体现他严谨学术态度的还是主编《新中国文学词典》这桩事。此书于1986年开始策划，1991年完成初稿付印，历时六载，终于在1993年3月由江苏文艺出版社出版。全书180万字，收入4200多个词条外，还附录了一些重要资料，是关于中国当代文学方面的一部材料翔实、态度客观、立论新颖的大型工具书，对海内外研究中国当代文学的专业人士与业余读者均有很大的参考价值。可以想像，这样一部大型辞书，由一位学者个人集合一批中青年学者靠业余时间编纂而成，既无立项，又无经费和时间的保证，其间该有多少困难啊！潘旭澜先生在《走出炼狱——送<新中国文学词典>问世》一文中动情地描述了编纂这部辞书的经历，也道出其中的种种困难。办这一件事，不仅是"一项既艰难非常又充满风险的事"，而且"作为自发的民间项目，同人的工作当然不可能与实际利益直接挂钩，更谈不上什么借调之类"。将他们维系在一起的，"主要是道义的力量"。设想一下，在长达五六年的漫长岁月里，靠一种"道义的力量"，把这个集体维系在一起，以"孤灯黄卷、用心血煮字"的精神去对待选定的事业，务期于成，作为主编的潘先生，要身先同人，苦苦支撑与煎熬，而且一丝不苟地高标准地完成词典的编纂工作。这是一种什么精神！当年，当我接到这么一部还散发着油墨芳香的词典时，尤其是读了主编潘旭澜先生撰写的前言时，对于他的治学精神，不禁肃然起敬！

潘先生的晚年，用了不少精力与时间从事太平天国史的研究工作，在翻阅大量史料的基础上，用随笔的文体写成《太平杂说》一书。此书先由百花文艺出版社出版，初版印行一万册。甫一出版，即受到出版界某个官员的责难，勒令出版社在一万册销完后销版不许重印。原因是此书在大量的史料基础上，对太平天国史研究中许多已成定论的观点提出质疑,并提出一些站得住的新观点。这样的态度与观点,立即在读书界和学术界引起强烈的反响,潘公对此也据理力争,不在权势前屈服,终于在香港天地图书出版社出了繁体字版,让其流传于海内外。《太平杂记》引出的小风波再一次凸现潘旭澜先生作为复旦学术的学术品格和追求真理的精神。

复旦情深

潘旭澜从1952年跨进复旦校门,到2006年7月1日辞世,一直学习、工作和生活在复旦,时间长达半个多世纪。在复旦的一些岁月,由于极"左"思潮肆虐,虽然对他的身心健康造成极大的伤害,留下伤痕累累,但他不改热爱复旦的初衷,以作为一名复旦学人而自豪,而且随着岁月的增添,他对复旦的爱与日俱增,形成一种浓得化不开的复旦情结。在同他的接触中,在他的文章里,我都强烈地感受到这一点。

在20世纪末写的《毕业照》一文中,他深情地回忆在复旦学习的岁月,赞美每一位导师的道德文章。从全国唯一著有《中国通史》和《世界通史》,兼治哲学、美学的周谷城先生;以《中国文学发展史》名世,又写过

《欧洲文学发展史》，创作和翻译过不少作品的刘大杰先生；到作为中国文学批评史的奠基者之一，又在史传文学作了杰出建树的朱东润先生；以运用西方现代语言学的理论和方法，探索汉语各方面内部规律而著称的张世禄先生；还有文学批评史泰斗、早年当过燕京大学文学院院长的郭绍虞先生；中国话剧运动的开拓者、曾任中国最高戏剧学府——中央剧专校长的余上沅先生；长期担任北新书局总编辑的赵景琛先生；曾担任复旦文学院院长、后来以主编西方文论教材而更加著名的伍蠡甫先生，等等。他一一罗列礼赞，如数家珍，热爱复旦之情溢于言表。

写于1995年，朱东润先生虚岁百岁诞辰之际的《若对青山谈世事——怀念朱东润先生》一文，以饱含感情的笔墨记述了曾担任复旦大学中文系主任达25年之久的朱东润先生在"文革"中同在"牛棚"里挨斗的情景，以及朱东润先生同作者的情谊，礼赞朱先生的学术品格，热爱复旦之情也穿透纸背。

《两部大书》一文是他21世纪初的一篇散文力作，曾荣获首届郭沫若散文奖。文中记述我的老师也是潘公的老师鲍正鹄先生晚年整理王欣夫先生遗著《蛾术轩箧存善本书录》一书的感人事迹、赞美同这本大书一样高大的复旦人的学术品格，读之为之动容。

2005年秋天，复旦百年校庆前夕，我在上海《解放日报》的副刊《朝华》上读到潘先生献给母校百年校庆的抒情散文《复旦啊，请听我说》。文中热情地描述了复旦百年校庆前夕新建筑林立、校园里一片欢腾的景象，追述复旦的历史与先贤，尤其是赞美老校长李登辉先生对复旦的贡献。在此文中，他热爱复旦之情更是溢于言表。此文开头这样写道："多半年来，我无论在家里或在宿舍附近活动腿脚，都越来越清晰听到：'复旦，加油！复旦，加油！'的呐喊，时而像海潮，时而如猛雨，犹如在远动场上，马拉松选手跑进第一赛段终点那样。原来，它的一百周年校庆到了。"文章临近结尾处，他又这样写道："复旦啊，如果你不做大航母，大楼的布局也许已基本就绪，而大师肯定还远远不够。你已经培养出大量杰出人才，遍布全国各地和世界各大洲。在新世纪里要能凭借新的条件，培养出更多英才、大家乃至金牌选手，该多好！"当时读了此文，我也心潮澎湃起来，拨通潘家的电话，聊了近一小时，这可能是他生前在电话里同我最后一次的长聊！我先告诉他，这篇文章如何感染像我这样漂泊在各地的复旦学人，是篇好文章，他欣慰地笑了！

除了上述一篇篇洋溢着他热爱复旦之情的文章外，我还各种场合下感受到他作为复旦赤子的拳拳之情。

1986年初夏，我为群众出版社主编"当代名家随笔丛书"曾南下组稿，到潘先生处组来《小小的篝火》一书的书稿，从下午聊至深夜，并一起到蒋孔阳先生家拜访，也深深地感受到这种情绪。

2000年秋天，我应邀到上海参加文学研讨会，顺便回复旦讲学，之后中文系设宴款待，贾植芳先生、潘旭澜先生两位老师一起来陪我，席上聊了许多，让我更加深深地感受到两位先生，尤其是潘先生的赤子之情！

2006年5月，我突然听到潘先生重病住院的消息，过了一个多月，即7月1日上午，即接到潘先生的长女潘向黎的电话，告知当天凌晨其父已安然辞世！我因天气炎热、身体不佳、家人力阻不能到沪送别先生而遗憾终生。然常回忆起我们亦师亦友的半个世纪的情谊，回忆起先生的事业与精神，尤其是他热爱复旦的赤子之心，这一切，将成为我有生之年的生活动力和学习榜样。

2010年3月13日~15日

一位纯粹的文人

汪曾祺先生离开我们整整十个年头了。十年前，即1997年5月16日上午10时，他的心脏停止跳动，与世长辞。十年来，他的名字和他的作品被人们经常提起。有的作家，身后相当落寂，真是"人一走，茶就凉"；可是汪曾祺却不一样，他身后的影响远远超过他在世的时候，这大概同他作品的艺术魅力与人格魅力有关。

十年来，我经常回忆起同汪老相处的往事，借十周年祭之机，再作一次回忆吧！

汪老最后十年同我过往甚密，我们一同出席各种会议，一起在鲁院和外地讲课，一起外出游历，我曾陪同不少文学青年到他府上求教，在他家品味他亲手烹制的美食，也在一起畅聊文坛的各种事体，可以回忆的事和场面实在太多。最令我难忘的还是1997年5月8日晚上到他府上取稿、辞行的情景。从1997年起，我应邀为《时代文学》杂志社主持一个专栏"名家侧影"，每期推出一位著名作家，请几位熟悉这位名家的朋友一起来聊聊他，意在为读者提供一些了解作家创作背后的第一手材料，也为当代文学史研究者提供第一手资料。那一年，在陆续推出汪曾祺、林斤澜、艾煊三位文坛宿将之后，准备于第四期推出著名女作家铁凝的专辑。我提前向汪老约了稿，他也慨然允诺了。但由于那年4月底他应邀到四川宜宾参加蜀南竹海笔会，迟迟不归，直到5月5日才回到北京。5月7日，我打电话提醒他为铁凝撰稿之事，他答应马上投入。5月8日上午九时许，接汪老电话，称当天凌晨四点半即起床写稿，一气呵成两千多字，要我马上去取。当天晚上七时许，我打车直奔位于虎坊桥福州会馆街的汪府，进书房见老头戴着老花镜正在作画，画的是一枝灿烂的梅花与一支紫荆花交相辉映，画面已完成，只欠题款。老头停笔告诉我，此画是为5月12日参加中国作协庆香港回归倒计时五十天的庆祝会而作。言毕即取出凌晨赶写尚有墨香的文稿，共八页，约2400字，题曰《铁凝印象》，嘱我复印一份寄与铁凝。然后即坐下聊了起来。从他的老师沈从文先生同师母张兆和的一些爱情故事，说到5月13日即将应邀南下无锡参加一个江、浙两省，苏州、无锡、杭州、湖州四市联合举办的女作家笔会，据说与会的是清一色的女作家，只请他一位老头作为陪衬。我乘机开玩笑说："这不成了万花丛中一老翁了吗？"他接着说："不，是万花丛中一枯枝！"聊至此，他又取出一本由百花文艺出版社刚刚出版的散文集送我，在扉页上题曰："镇邦留存"，语调比此前送我的书写"指正"之类的客气话随便亲近得多，但没想到这是他签送我的最后一本书。聊着眼看到了晚上九点半，我起身准备告辞，他却一反常态，表现出缠绵状，说道："时间还早，再聊一会儿。"又聊了一会儿，我决计告辞，又送至门厅，当我告知两天后即携儿南下治病时，他又殷殷嘱咐要给孩子好好治病，让他好好生活，然后又紧握我的双手良久才放开。没想到这竟是我同老人的诀别。第三天，即5月10日我携儿南下，先在黄山参加一个笔会，然后准备到珠海为孩子治病，在屯溪等航班时接到汪老辞世的噩耗，在电话里，汪老的长子汪朗告诉我，其实老头从四川回京时，体内静脉曲张处已经渗血，只是他一向乐观地以为可以抗过去，不告诉家人，照常工作，才酿此大祸！

　　汪老的达观和平易近人，给每一个见过他的人留下了极为深刻的印象。他对青年尤其热情，热情辅导青年作家的创作，为他们的集子作序，为他们鼓与呼，为他们写字作画，只要是文学青年需要的，他都尽力为之，满足他们的要求。我在鲁迅文学院主持教学行政工作期间，他被聘为我院的客座教授，几乎每一学期都来为学生讲课，给我的工作以极大的支持。记得每次讲完课后，和当时鲁迅文学院的院长唐因一起喝点小酒，再到我办公室里喝点功夫茶，每次盘桓竟日，其乐融融也。有一次中午，他在食堂里与唐因喝酒聊天，我睡了一个午觉下去，发现他们还在喝，还在聊。1992年岁首、第七届文学创作进修班与地矿培训班结业式上，他即兴讲话，提出作家要做"通家"、做"杂家"的看法，要求做到"三通"，即打通中西文化的阻隔，融中西文化于一体；打通中国古典文学与现当代文学的阻隔，沟通古典文学与当代文学的渠道；打通古今文学与民间文学的阻隔，沟通古今文学与民间文学之间的渠道，以便从民间文学中汲取不尽的艺术养料。汪老的一席话，说得学生与我辈茅塞顿开，受益匪浅。

1989年12月，我曾陪同汪老与林老（斤澜）一起到我的故乡福建漳州为鲁迅文学院函授学员设点面授，然后遍游八闽大地。一天傍晚，到达东山岛，东山县文联主席刘小龙领我们在街头喝过"猫仔粥"之后，即到一个会议室为业余作者讲课。大概是刚喝过"猫仔粥"之故，汪、林二老均十分兴奋，尽管听众还不到二十人，他们都还讲得十分带劲，尤其是汪老讲的文学的第一要素语言问题，不仅讲了文学语言的本质以及功能，还指出福建的作者，尤其是闽南地区的作者在文学创作中遇到一个语言问题，就是要把自己的思维语言闽南话翻译为普通话才能进入创作的问题，他建议闽南的作者到北京待上一两年，学会用普通话进行思维，才可能突破语言关。汪老在东山岛的这一席谈十分精彩，可惜当时没有录音设备，否则录了音整理出来绝对是一篇好文论。

受到汪老指点和惠泽的青年作家不胜其数，除了鲁迅文学院历届研究生班、进修班的学员外，我常听汪老说起的是两位青年作家，一是山西大同的曹乃谦，另一是安徽天长的苏北，他们俩都是汪老比较器重又受到汪老较多指点的，如今果然都修成了正果。

汪曾祺先生生前有各种头衔，著名作家、剧作家、散文家、诗人、书画家，全方位美食家，等等，但据我所知，他生前最感兴趣，并津津乐道的是这么两个称号：中国本世纪（指20世纪）最后一位纯粹的文人和抒情的人道主义者。这两项合适的帽子不知是哪位评论家送的，汪老生前也没弄清楚，后来据考是我的朋友评论家刘锡诚先生在一篇文章中提出的，至于汪老怎么看到的，就无从查考了。

说汪曾祺是20世纪中国最后一位纯粹的文人，汪曾祺认可这个称谓，我以为大致出于以下两个方面的原因。

一是汪曾祺是一位地道的平民作家。虽然他曾炫耀说过在50年代中期当《民间文学》杂志编辑部主任时出差可以享受软卧待遇，在他的"离休证"上看到过"享受局级待遇"的字样，但他毕竟是个平民，"局级待遇"在他身上并无什么体现。住房方面一辈子房无一间，先是当夫人的家属，住新华社的宿舍；90年代中期中国作协某人到处嚷嚷要给汪曾祺解决住房问题，以捞取政声，结果还是"忽悠"了汪老头子，汪老为此极其愤怒，但换房子的欲望被激发出来了，又无新房住，只好搬到了儿子汪朗在《经济日报》社分到的一套局级待遇的新房子里住，依然是当了家属。医疗上虽是有所照顾，但也很有限。汪曾祺始终把自己当作一个平民看，有一种平民的情怀和立场。60岁以后创作上红了一把,他还是低调看待自己。私下常对家人和朋友们说,他顶多算个名家。这种低调的态度同一些牛气冲天的作家比起来真有天壤之别。汪老在1996年年底的中国作协五大上终于被聘为"中国作协顾问",他终于有了一种身份。于是在1997年1月赴云南时,终于在名片上印着"中国作协顾问"的字样,足见其对此身份的重视,也可以看出低调如汪曾祺者也难以免俗。汪老的这一名片我至今仍然保存着,这也是一种纪念。

另一方面是汪曾祺的平易近人与返老还童式的纯真。在家里,从他夫人到儿女、孙女、外孙女都可以喊他"老头儿"。在他精力尚可时,除了奉献美文外,还默默地为家人和朋友奉献精心烹制的美食。他的"粗菜细作",如拌菠菜等,还有爆肚等北京名吃,都是令人赞不绝口的。在这方面,除了师母施松卿偶尔揭发他在厨房里偷喝料酒外,大家还是一致称赞的。当然,对他的贪杯,家里曾开过若干大大小小的批判会。他的短篇小说《安乐居》发表后,恰逢我到他家里吃饭,当众夸了这篇小说,他当即示意让我暂停。饭后到他只有八平方米的书房兼卧室小坐,一问究竟,他才说为此小说老太太发动儿孙们开了批判会，批判他到小酒馆里喝酒，老太太责问说："汪曾祺，你没到小酒馆里喝酒，怎能把小酒馆里的酒客写得活灵活现？"一句话把老头儿问住了。碰到他家里开批判会时，我也大致加入批判的行列。但他是乐呵呵地虚心接受，却是坚决不改，直到查出肝硬化、连接肝与胃的静脉曲张时，才在医生的劝告下，只喝点红酒，不喝白酒了。

汪老纯真之表现，还可略举一二。一例是1996年秋，当他听说南方某位以左爷自居的老作家上书自请当中国作协主席时，他愤然地说："如果他当了主席，我就退出中国作协，并到天安门广场自焚以示抗议！"另一例是他常把我家的电话号码告诉索取他家电话号码的人，于是一两年中常接到一些电话找汪曾祺，为此我追问他为什么把我家的电话号码当作他家的电话号码告诉人家，他竟理直气壮地回答我："我老是给你打电话而不给我自己打电话，只记得你家的电话号码，不记得我家的电话号码！"如此说来，让我啼笑皆非。当然，凡此种种，都可以看到他的一颗纯粹文人的心，一颗未被污染、返老还童的童心！

呜呼！倏忽之间汪曾祺先生已离开我们整整十年，

但他的音容笑貌仍在眼前，他的不朽业绩永远驱策我们前行。

2007年4月末

文坛常青树

我之认识袁鹰,当然也是先从读他的作品开始。20世纪60年代初,我从上海复旦大学中文系毕业后,先分配到北京一所中学教语文。袁鹰的散文名篇《井冈翠竹》入选当时的高中语文教材,于是我多次地为学生讲授这篇文章,从分析文章所表达的革命激情到讲解颇有气势的排比句,学生们喜欢上这篇文章,我也喜欢上这篇文章了。从"作者简介"中得知,袁鹰原名田钟洛,在《人民日报》文艺部当主任。我虽向往之至,且同生活在一座城市里,但由于身份的差异,是无法谋面的!不过由于喜欢袁鹰的散文,于是找来他的几本散文集来读,后来,我为学生编选《中学生课外阅读文选》和参与《现代散文百篇赏析》(天津人民出版社1981年版)的编选赏析工作时,就曾选入袁鹰的多篇散文佳作,记得其中就有他的散文集《风帆》中的《白杨》。在《白杨》的赏析中,我是这样概括袁鹰散文的特色的:"袁鹰的散文,善于选取生活中具有典型意义的事物,借物

（借景）抒情，洋溢着生活的激情和浓郁的诗意；语言简洁明快，风格清新隽逸。"的确，袁鹰60年代前后的散文，给人一种隽逸清秀的感觉，《白杨》作为兰新路上的旅途生活速写，作为一篇诗意盎然的抒情散文，同赞颂井冈山的竹子，以竹写入的名篇《井冈翠竹》一样，都是很能表现这种艺术风格的代表作。

  同袁鹰见面认识以至有些来往是在20世纪80年代以后。80年代初，我调到中国作协创作研究室工作，1984年和1985年之交的中国作协第四次代表大会，我又作为工作人员参与大会的筹备和开会期间的简报采写编辑工作。同袁鹰同志的见面，可能就在作协"四大"会议期间。20世纪90年代末，我从鲁迅文学院退休之后，应朋友之邀到隶属于中国石化集团的长城润滑油公司编一家企业报，同袁鹰同志的来往就多了起来。袁鹰给人的印象是平易近人，朴实真诚，这一点同与袁鹰有过交往的人感受是一样的。但他的健硕、厚道、敦实，却与在他散文作品中表现出来的隽逸、清秀、潇洒的风格颇不一致。可见"文如其人"并非一条铁的规律，应该常有例外，像袁鹰这种为人与为文风格不一致的就是一种例外。

  记得在我主编的企业报《长城润滑油》上曾辟有

一文学副刊《清水河》，京城内外文坛上的不少名人都曾在此发过作品，袁鹰同志也是常在这个副刊上发表作品的一位名家，而且是有求必应。记得有一次出一版新年笔谈，时间紧急，但是给他打个电话，他还是按时把稿子寄来的，我常常感念他对这个企业小报的支持和对我工作的支持。有几次邀请文坛朋友到长城公司参观座谈，尽管袁鹰同志已经不年轻了，且家中有病人需要照料，也是每请必到的。有一次在座谈会的发言中还说到，他卧病于榻的夫人还嘱咐他好好看看国企改革的情况，使长城公司的干部、职工和在座的文友均颇为感动。2001年春天，关心长城公司的文友们建议创办"作家书屋"，捐赠自己的作品和藏书给长城公司的职工，以推动长城公司的企业文化建设。这一倡议得到了包括袁鹰同志在内的一批老作家的热烈响应。春寒料峭中，袁鹰同志冒着严寒整理图书，带头捐赠了一批图书给"作家书屋"，此事使我们十分感动。

前几年，我在北京西站管委会新闻中心工作的孩子遵从管委会领导的指示，在北京西站建成使用十周年之际，与《北京晚报》一起举办了一次小规模的征文活动，名为"我与北京西站"。我与袁鹰同志应邀出任这次征文活动的评委。在请袁鹰同志出任评委时我曾同他约定，请他出山，也是为了壮壮声势，他年纪大了，可以不看稿，只是最后把一下关就行了。可后来真干起来之后，他却坚持样样参加，启动仪式与颁奖典礼自然是参加了，初选出来的作品也要一一过目评选。从这次活动中，我再次感受到他平易近人，办事认真与朴实真诚的作风，并受到一次深刻生动的人生教育。

更令人钦佩感动的是，袁鹰同志虽然已年逾八旬，却还精神抖擞，笔耕不辍。我每年几乎都可以收到他寄赠的新书，直到去年年底，还收到他刚由中国档案出版社出版的并引起点小小风波的《风云侧记——我在人民日报副刊的岁月》一书，展开一读，清新隽逸的文思以及宝贵的文献价值使我眼睛为之一亮。

袁鹰同志真不愧是一棵中国当代文坛的常青树。祝他健康！祝他笔健！

2007年5月28日

梨花似雪忆彦周

2006年6月3日,我应邀到合肥参加完颜海瑞的长篇历史小说《归去来兮》的研讨会。为了早点看到病中的彦周兄,特意提前于6月2日下午乘飞机到达合肥。下飞机到宾馆报到住下后,即同彦周兄的长女鲁书妮联系,请她到宾馆来接我到医院看望她父亲。当我在书妮陪同下赶到省立医院干部病房时,张嘉大姐热情地迎了出来,但看到躺在病床上形容枯瘦的彦周兄时,心里顿生一种酸楚的感觉。彦周兄这次住院已经半年多,还是哮喘旧病复发,5月初病情一度严重,报过病危。由于他晚年倾心写成的长篇小说《梨花似雪》得到评论界的一致好评,《文艺报》与《文学报》的两个评论专版均赶在5月下旬发出来,对他不啻是一个极大的慰藉。因而,6月2日傍晚我在病房里看到的彦周兄,虽然仍然不能下床活动,但病情已大大好转,精神也似乎好了许多。我同张嘉大姐等侍奉在侧的鲁家亲属均感到高兴。我又乘兴说了一些鼓劲的话,无非是希望他尽快好起来,争取早日康复出院,争取在《梨花似雪》获大奖时亲自去领奖,云云。在病房里停留片刻即告辞返回宾馆,第二天的研讨会也只开了一天就结伴游天柱山,然后返京,来不及再到医院探望彦周兄。但后来从电话中得知,关于《梨花似雪》的评论以及我在他病榻前说的一番话果然起了作用,彦周兄的病一天天好了起来,过了夏天,竟然出了院在家中疗养。2006年国庆期间,我有事同周志友同志通电话,恰好志友正在鲁家与彦周兄聊天,乘便还在电话里同他聊了一会,相约今年再去合肥看望他。可是没料到,11月下旬的一天,突然接到来自合肥的长途电话,称彦周兄不久前住院检查,准备出院时突然发病,抢救无效,阖然长逝。这真是让我感到突然。我因有事不能赶到合肥去送行,只好拟了个挽联并委托邮局送了个花篮置于彦周兄的灵前,以寄托我的哀思。

鲁彦周乃江淮名士,文坛大家,从20世纪50年代初起就活跃于文坛。我先是以一个文学爱好者和追星族的身份从作品中认识鲁彦周的,和众多读者一样喜欢他的中篇小说《天云山传奇》,后来我又作为一个文学评论家的身份去读去品鲁彦周的作品。而真正同他见面且有所交结是迟至20世纪末以后。

1997年5月，我应安徽省公安厅《警探》杂志之邀，南下参加黄山笔会，游过黄山之后在屯溪一家宾馆住下，一边游览皖南各景点，一边等南下深圳的航班。恰好，鲁彦周与张嘉大姐也陪同唐达成、何士光一行住在同一家宾馆里，唐、何一行是在参加了四川宜宾的竹海笔会之后顺江而下到达安徽的。鲁彦周夫妇专程从合肥赶到安庆迎候他们，并游览了一些地方才到达黄山脚下的屯溪的。在屯溪期间，又陪同他们游览了皖南诸景点，包括绩溪的胡适故居。彦周兄是位热心人，凭借他在安徽的地位和影响，多次为文友们创造机会到安徽采风，诸如举办"迎驾笔会"，等等，我是早有所耳闻的。因为同住一家宾馆，就有较多见面闲聊的机会，我也可以近距离地了解鲁彦周，发现他果然是位儒雅的文人、忠厚的长兄，总之，是位可交之友。可以这么说，1997年5月间黄山脚下屯溪的数日相处，乃是我真正认识鲁彦周并同他有所交往的开始。

　　2003年9月在青岛召开的"王蒙文学创作国际学术研讨会"，我与彦周兄夫妇一起应邀与会。记得他告诉我正在奋力写一部可能长达百万字的长篇小说（这就是后来我们读到的《梨花似雪》，据说本来需写九十余万字,后来实在没有力气写下去了,周家三姐妹的老三周彩的命运来不及展开来写就打住了,这样也就有了七十五万字的篇幅),让我一直期待着这部长篇新作。我也告诉他,多年来我在山东的《时代文学》主持一个专栏"名家侧影",准备请他出场。他欣然答应,并在回合肥后即寄来刚由安徽文艺出版社出版的八卷本的《鲁彦周文集》,让我先读起来,对他的创作有一个更全面的了解。

2004年下半年,我们一直在筹措着"名家侧影"中的"鲁彦周专栏"。彦周兄把长篇小说《梨花似雪》中关于他童年生活的纪实性文字大概近两万字作为他的创作谈寄来,读来颇有兴味,后来全部收入专栏之中。安徽方面,想为彦周兄撰稿者颇为踊跃,唐先田、潘军、季宇、许辉等安徽作家、评论家纷纷撰稿,北京的评论家顾骧系彦周兄老友,也积极撰稿加入。临发稿时,彦周兄的长女鲁书妮也有一篇文章要求加入,这样,发在《时代文学》2005年第一期的"名家侧影·鲁彦周专辑"收入七八篇文章,近五万字,是个特大号,我想写点补白的文字都挤不进去。

对这个专栏的编辑与刊出,彦周兄大概是比较满意的，因此，当2006年年初他的最后一部长篇小说《梨花似雪》由人民文学出版社出版时，就让责任编辑赵水金赶紧给我送了一套来，不仅要求我读了撰文评论，也希望组织评论界的一些朋友一起来评论。得到彦周兄的信任与委托，十分高兴，也感到责任之重，于是一边读小说，一边邀文学评论界的七八位文友一起来评，这就是后来发在《文艺报》与《文学报》的两个专版和散见于《光明日报》等报刊的十来篇关于《梨花似雪》的评论。此时彦周兄已住院多日，急需看到人们对他为之付出大量心血甚至生命的这部长篇小说的看法。唯其如此，当我于2006年6月2日的傍晚赶到彦周兄病榻之侧陈述我对《梨花似雪》的评价以及我所知道的文友们的意见时，他的双眼才炯炯有神，发出光来，久病的身体才注入了生命的动力。《梨花似雪》是彦周兄用生命写出来的，可谓当代文坛长篇之力作与绝唱。书中浸漫着的诗意与乡愁使我深深感动，阅读之中多次为之垂泪，而小说中创造的周家三姐妹的形象以及文体上的创造与探索也表明彦周兄仍然有强大的艺术创造力。我曾热切希望彦周兄能闯过这一关，尽快康复，登上第七届"茅盾文学奖"的领奖台。没想到，这竟然也是一个美好的梦！彦周兄已离开我们远行，我辈所能做的是更好地阐释《梨花似雪》，当然还有彦周兄其他遗作的思想与艺术的价值，让它们作为我们民族的精神财富永存人间！

　　安息吧，彦周兄！

2007年5月30日

典雅·真诚·简洁

我接到会议通知时,正在宗璞大姐童年待过的地方:蒙自。我这次在蒙自待了两个月,在西南联大文法学院基础上新办的红河学院开了一门课。何西来也被拉去,"卖唱"了几天。我讲我们"下岗"以后到处"卖唱",但是这次在蒙自"卖唱"是有选择的。因为我前几年到蒙自,看到宗璞大姐童年待过的南湖边上的文法学院环境非常好。我觉得宗璞大姐的一生,她的文品和她的人格的形成,和她童年生活在南湖那片土地上有关系。所以我在读她的《梦回蒙自》时非常有感触。每次到燕南园57号院,每次踏进那个古老的院落的时候,看到房子虽旧而三棵松树依然青翠,在采光不太好的客厅里聊天,清茶一杯,感受到一种非常浓的书香。我一坐下就看到,老太太虽然已经80岁,但仍然很健康,无非是视力差一点,这让人很欣慰。

宗璞大姐成为我们当代文坛一个大家,一个大家闺秀成为一个大作家。我们当代的一个哲人、现代文化一个重要人物冯友兰先生的女儿,她能不是大家闺秀吗?而且她能继承冯友兰先生的精神。我今天想表达的一个意思就是,一个作家写东西不难,但做人不容易。而宗璞大姐让我景仰的主要还是她的人品、人格,所以刚才何西来归纳的几点我同意。我们哥儿俩都是满头白发了,还经常"联袂演出"。这个会我是非来不可,杨柳通知我时,我说好啊,我尽量结束课赶回去。因为我已经两个月没在北京露面了,人家以为我消失了、蒸发了。没想到我在西南边陲,在那儿"卖唱",赚点儿"口粮"。这无可非议吧?总比贪官污吏要强得多。

我在想,我为什么喜欢读她的作品?尤其是她的散文。小说是什么?小说是作家把生活"粉碎"以后,根据他(她)的创作需要,重新组装的一个新的艺术品,而散文是直接表露的。所以我读《宗璞散文全编》的时候,本来还要为她编一个选本,后来因忙放弃了,不过我总算还编过她的一本书《未解的结》。我发现宗璞大姐为人的境界,刚才何西来也讲了,有典雅、优雅的一面,又有恬淡的一面——当然恬淡,躲在燕南园57号里面,耕耘自己的,不管文坛的是是非非,不管谁当官了、谁下台了,谁得奖了,谁怎么样了。她关心自己的一些问题,当然也关心朋友。她跟朋友谈话,是很简洁的,这也是恬淡;再有就是真诚。读她的散文,包括她的小说在内的所有作品,我看到的最动人的是真诚。她的散文《哭小弟》,她好几篇写父亲的散文,她写自己母亲的《花朝节的纪念》,写她的朋友的《水仙辞》,写的都是很普通的情感。她写家里的一个朋友,不记得是她爸爸还是她先生的朋友,都写得充满感情。现在讲真诚不容易,谁跟谁还有真诚?现在首先是金钱交易,还有权力交易,人一阔,脸就变——这种情况太多了。我已经活了70岁了,我比宗璞大姐小10岁,她把我当小弟弟看,我很荣幸。我能在燕南园57号喝茶,她能把我当小弟弟,我很荣幸。我当然也认识很多高官,认识很多大腕儿,但我都不在乎,对宗璞大姐我是在乎的,因为,是真诚啊!

有几件事,很能说明宗璞大姐的为人。比如我在鲁迅文学院办创作研究生班的时候,她很忙,身体也不好,却欣然答应做我们班的导师,辅导了两届学生。她的辅导是正式的,还搞批阅、评比,不像有些大腕儿,跟我打太极拳、敷衍了事、让人摸不着门。还有,我给辽宁人民出版社编一套"当代中国女作家情感世界散文丛书",找到她,她同意,交给我,说你来编,怎么编都可以;《未解的结》就是这样编出来的。后来她70岁的时候,我说没有别的礼物,就给你做个我正在为《时代文学》主持的《名家侧影》专辑吧。她的生日是夏天,好像是7月28日,就给她做了个专辑。我和她打交道不算太多,但她非常真诚,办事非常真诚,我觉得为人真诚这点太重要了。

另外我觉得她的文字的一个重要特点就是简洁。南北朝的文学理论家钟嵘认为省净是文体最高的审美境界,她的文体就是"省净"的。现在写得繁复的太多了,长篇小说能写到八卷,四五百万字。可《野葫芦引》已经出版的前两部,加起来才47万字。文章做到省净、简洁、文字洗练,这不容易,所以我敬佩这一点。

你说那个燕南园57号有啥?不就是三棵松树、几间旧房子。但是能住进燕南园也不简单,现在我们在座的,我们这一辈里的领军人物严家炎先生也没有住进燕南园吧?你这大教授也没有住进燕南园吧?燕南园可不是随便能住的。但你到宗璞大姐家看看,家里没什么东西,非常简单,除了书香外,有铜臭味儿吗?没有。这就是为人敬重的境界。

我觉得她的典雅（或优雅）、她的恬静、她的真诚、她的简洁，是她的作品也是她为人的风格，可以引为我们的典范、为我们所崇敬。何西来把她定为大家，我同意。包括王蒙，我们也只承认他是名家。汪曾祺先生生前也曾对我说过：镇邦，我大概也只能算名家吧。他也不敢说他自己是大家啊！但是我们说宗璞大姐是大家，为什么？作品不多，数量不大，但具备这四点：典雅、恬静、真诚、简洁的文风和人格。所以我们当代做文字工作的，在祝贺老大姐八十寿辰和创作六十周年这个座谈会上，我就一个心愿：祝大姐健康长寿，至少要跟老爷子同寿。老太爷九十多岁，你也至少要这样。这十来年里，把《野葫芦引》后两部完成。即使没有别的，至少要把这两部完成。大姐你的听力不行，我告诉你，你一定要超过老太爷一点儿吧？老太爷九十多，你也要争取。我看您的精神状态还可以，因为人最需要平静，平静、规律的生活。她告诉我找了个秘书，每天口述，录音下来，然后录入电脑，放大后她再看。你别看她一天五百字，不得了，一天五百字，十天五千字，一个月一万五，一年就成一本书了嘛。她就这样积累，我相信她会完成的。可能现在差不多了吧？因为《东藏记》是2000年完成的，现在又七年了嘛。我第一祝她健康长寿，第二就是期待着她的《野葫芦引》的后两部问世。还有别的散文。因为她的生命不光是她自己的，也是我们大家的，是我们社会的，是整个文坛或者说是人类的需要。所以这个会开得很好，现代文学馆开过各种各样的会，但在这个神圣的殿堂开像这样的会不多。今天，几个当官的都走了，但是这个地方，给钱就可以在这里开会。所以我觉得今天这个会很神圣，本来有很多事、马上要到国外玩玩，但这个会我还是奉陪到底，其他的会也许我会迟到、早退，但这个会我是按时到，而且开到最后。

2008年1月24日据讲话录音资料整理

布衣之交

我同朱增泉将军迟至2004年10月下旬在武汉举行的首届郭沫若散文随笔奖的颁奖大会上才得以谋面。他是作为特等奖的获奖者应邀与会领奖的，我则是作为评委的代表出席颁奖会颁奖的。在此之前，当然知道朱将军的诗名和文名，只是无缘见面。在颁奖会之前的座谈会上，我大约谈了对朱将军一些散文作品的读后感，尤其是当时正在《人民文学》与《美文》两家杂志开辟专栏发表的"观战笔记"的一些看法。这似乎引起《美文》副主编穆涛与朱将军的注意。于是在会下有些交谈，发现朱将军虽身居高位，却平易近人；虽从戎数十年，却满身儒雅之气，便自然交谈甚欢。记得会后，他邀请一些与会的文友到武汉周边走走，自然也邀请了我，由于急着赶回北京参加另一项文学活动，未能成行。但由于穆涛请我为《美文》写一篇关于"观战笔记"的长文，于是回京后同朱将军便有了交往，并成了朋友。

增泉此时也已从总装备部副政委的岗位上退了下

来，成了一位退役的中将。于是，我们从2004年秋天开始的交往，便成了文友之间的布衣之交。这不仅是身份变换使然，更重要的是增泉那种遇事低调、平等待人的处世态度使然。

我们之间往来的第一桩事是反复磋商他关于伊拉克战争那组"观战笔记"的评论写作。这一组文章，共十五篇，其中《看懂新一代战争》、《巴格达的陷落》、《伊军之败》、《信息攻心战》、《美国鹰派与战争》等五篇发于《人民文学》2003年7月刊至12月刊；而《萨达姆的雄心和悲剧》、《悲情萨哈夫》、《美英"情报门"》、《伊拉克游击战解读》、《战俘问题》、《诺曼底的回声》、《临时总理阿拉维》、《一场胜败参半的战争》、《一个难解的怨结》、《亚洲的早晨不宁静》等十篇则发于《美文》2004年3月刊至12月刊。为了让我读起来方便，他把十五篇二十多万字的文稿重新打出来装订成册送到我处；为了让我更全面了解他的诗歌创作和散文创作，还送来他已出版的几部诗集包括获"鲁迅文学奖"的《地球是一只泪眼》以及已出版的四部散文集《秦皇驰道》等。这大概是我从事文学评论写作四十多年来在资料准备方面最优厚的一次待遇。于是，在2004年、2005年相交处，我拿出整整两周的时间集中研读"观战笔记"以及增泉同志的几部散文集，决定从大散文文体入手，解读和评析朱增泉的散文创作，于是写成题为《大散文究竟大在何处——读朱增泉的〈观战笔记〉》一文，约六千字，是我近年写成的篇幅较长的一篇作品论（此文后来发在《美文》2005年第四期）。文成之后，为谨慎起见，先送增泉处审阅。他阅后完全尊重我的见解，只是坚决要求删去一些评价较高的词句，几经争取，还是只好接受他的意见。因为他甚至说，如果保留那些评价较高的词句，会给他惹来麻烦，帮了倒忙。这使我颇感震惊。因为在我几十年的评论生涯中碰到的评论对象，大都是希望在评价他们的作品或作创作整体评价时往高处说而不是往低处压，甚至还发生过这么一件事：20世纪80年代初，我应《中国青年报》之约，为一位颇具知名度的作家的一部长篇小说写书评，书评签发打成小样时，那位作家还亲自要走小样在上面改了起来，把不满意的评价性的词句删去，而亲自添上评价极高的词句，强加于我。此事当然使我甚不愉快。现在比较起来，使我更加赞赏增泉同志的低调谨慎的姿态，敬佩他的人品，于是把他认定为朋友，继续这种布衣之交。

这种布衣之交当然像所有君子之交一样淡如水，因为彼此之间没有利害关系，没有利益的诉求。朱将军的文友很多，愿意为他效劳的作家、评论家也很多，他当然对我这么一个已经退了休的落伍者无所求。我对朱将军呢，也可以说无所求，只是还在读书，还在舞文弄墨，对于这么一位从农民到将军，从将军到诗人、散文家的人物存有好感、对他的作品怀有兴趣才继续这种布衣之交的。加之，我同他两家住得很近，仅有一街之隔，来往方便。于是，这种交往就十分正常，且有与时俱进之势。

去年春天，我写了几组散文：《江南二章》、《西北二章》、《红河五章》等，大都是记述2004年秋冬之间的游踪的，是游记，还有点文化随笔的味道。其中，《江南二章》还承蒙错爱发在《人民日报》作品版的头条位置上，增泉读到了，马上打电话来表示祝贺。这让我感受到友情的温暖。

《美文》的副主编穆涛来京参加他的散文新作《血色苍茫》的首发式暨研讨会，他大清早打来电话，请我到航天城助兴。不仅可以会见朋友，还可以见见杨利伟等航天英雄，参观航天城，品尝航天城独具风味的佳肴。

他准备宴请路过北京的《山花》主编何锐，打电话请我作陪，于是又有一次蹭饭和畅叙的机会。

有朋友送他好茶叶，他的家乡送来大闸蟹，他也会想起我，让我分享品尝……

这一切，让我感受到这种布衣之交的温暖。

2006年11月28日

文玲掠影

认识叶文玲，应该追溯到20世纪80年代初读她获奖的短篇小说《心香》。这篇小说写了一个从内心到容貌都美极了的哑女的悲剧故事，写得凄美，文字也好，读了让人为之心颤。记得老评论家、鲁迅文学院院长，我的上司与挚友唐因对此小说极为赞赏，并著文评论过。

当然，读《心香》只是同叶文玲的神交，真正见面并且有了较深入的交谈乃是迟至1986年春夏之交在复旦大学校园的一次聚会。叶文玲的哥哥叶鹏以及她的丈夫王克起都是我在复旦中文系的学长。1957年的那场"反右"运动，叶鹏被错划为"右派"，掉进命运的深渊。他的同班同学王克起也因为为他说了几句公道话而受牵连，最后一道被"发配"河南教小学和中学。1986年5月底，潘旭澜先生借八十一周年校庆之机（从上海解放起，复旦大学就把上海解放的日子5月27日定为校庆日，百年校庆之前又恢复到每年的9月下旬），召开了"新时期文学十年研讨会"，把一批校友邀请回母校，其中就有叶鹏、王克起，我也在被邀请之列，叶文玲则是作为家属和著名作家被特别邀请与会的。就是在那次回复旦的聚会中，我同叶文玲见面了，不仅在复旦盘桓数日，而且会后一同应邀到苏州大学讲课，因此有机会做了较深入的交谈。

从交谈中我才了解到，1957年夏天，她受哥哥叶鹏的牵连，被取消一所重点高中的入学资格，辍学务农。后来，经叶鹏介绍，叶文玲同叶鹏的好同学王克起结婚。结婚之前，她是没见过王克起的，于是她那年去青岛同王克起结婚时，是凭着手中拿着的一张相片在青岛港码头上找到王克起的。后来，她就跟着王克起到了他任教的河南，相夫教子，一边当工人，一边当家庭主妇，一边还坚持业余创作。直到文化大革命之后，她在文坛上崭露头角被调到河南省文联当专业作家之后，还是一方面是五口之家的家庭主妇，一方面又是一位硕果累累的多产作家。后来，她成名了，仍然辛勤地耕耘，一本书一本书地写出来。可以这么说，三十余年来，四十五本书，一千多万字，就是靠着她这种韧劲，这种拼命的精神，这种强烈的社会责任感写出来的！

自从在复旦校园见面相识以来，文玲一直把我视为"兄长",我发现她重情义、又豪爽,凡是求到她的事,她都毫不犹豫地应承下来,并完成得很痛快、很出色。20世纪90年代末,我应辽宁人民出版社之约,编了一套"中国当代女作家情感世界散文丛书",打电话约文玲加盟,她痛快地答应了,并且在约定的时间内把编得整齐、利落的书稿寄来,不用我再费什么心,这就是2000年1月由辽宁人民出版社出版的《素心如简》。后来,我应友人之约,主编一家公司的企业报《长城润滑油》,上面有一版文学副刊《清水河》,文坛不少名家为之撰稿,同文玲打了个招呼,她也源源不断地把她的精美的散文稿寄来。这些支持,都使我十分感动。

叶文玲是位办事风风火火、泼泼辣辣的人,也是一位虚怀若谷、十分谦逊的人。她在创作中自然有她的坚守与追求,而且这种坚守与追求可以说相当执著。她同所有作家一样,也十分看重自己的作品。但是,她善于接受人们对她的作品的批评,也善于吸收别人的长处。就以前不久在北京中国现代文学馆举办的她的长篇小说新作《三生爱》研讨会而言,与会者既充分肯定它视野开阔,观念更新,坚持对美的追寻与发现、语言诗性化等长处,但也一一指出它的不足,诸如对世界各地风光的描写仅止于一些客观的描述，缺乏心灵化和风俗化，因而同人物的形象创造，故事主干有些游离等。对于与会评论家的批评，她不仅认真虚心地听，而且进行严肃的思考。一个已有近半个世纪"创龄"、著作等身，名噪文坛的作家，能够听得进别人的批评意见，并加以吸收，这是不容易做到的。就此一点来看，叶文玲的创作的确是走向成熟了。

2007年2月15日

文坛老黄牛

我认识俞天白，是通过他的长篇小说《吾也狂医生》。那是1982年春天，为首届茅盾文学奖筛选备选作品的读书班在北京西郊香山的昭庙举办。这个读书班长达两个月，阅读对象是参评的二百多部20世纪70年代中期以来新出版的长篇小说，俞天白的长篇小说处女作《吾也狂医生》也在其中。这部作品以其扎实的生活功底和颇有特色的表现手法在读书班里引起人们的注意。我之所以注意这部作品和作者，大半是因为小说的主人公是一位乡下医生，他的生活经历与我的父亲相似，因而容易引起我的共鸣。从此以后，我一直注意俞天白的创作，加之当时我在中国作协创作研究室分工阅读长篇小说新作，负责向有关部门和有关领导定期汇报长篇小说创作动态，于是俞天白继《吾也狂医生》之后的几部长篇小说：《氛围》、《愚人之门》和《X地带》等我都读过了，并应天白之约为《X地带》写了序。

同俞天白见面并深谈是在1985年年底。那年的十二月比较忙，在北京筹备和举办了第二届茅盾文学奖颁奖典礼之后，应邀飞到合肥，为安徽大学中文系讲了几天课，然后由合肥赶到上海参加俞天白作品研讨会。俞天白此时创作势头很好，成果也相当丰硕，但在上海却不是一个走红的作家。我认为天白是需要支持的，是需要拉拉队为他呐喊助威的，我又比较喜欢他的作品，熟悉他的创作情况，因此当接到他的盛情邀请时，便不顾工作繁忙和年关已近，风尘仆仆地赶到上海参加他的作品研讨会了。记得会只开了半天，非常朴素，我在会上讲了什么也记不太清楚了，只记得会后我在上海住了几天，并在上海过了1986年元旦，在此期间同天白畅谈了几次，比较深入地了解了他的创作经历和创作打算。

从此以后的几年间，同天白的来往就多了起来，或书信往来，或电话交谈，而每次到上海，他总是热情地接待和倾心交谈。我总是感受到天白一种火的热情和老黄牛般的勤奋，每一年他总有新的丰硕的收获，每一年又都有新的打算。生活上也似有所改善，从南京路闹市区摩天大楼下的一个斗室里搬到西部一套比较宽敞一点的住房里，但在《萌芽》编辑部里，他的工作环境似乎不太理想。但他仍然勤奋地进行创作，从《X地带》到

《活寡》、《古宅》,再到1988年年底在《当代》亮相的《大上海沉没》,都给我带来一阵阵的兴奋。尤其是读了《大上海沉没》,兴奋之情难以平静,遂写了一篇长达万余言的评论发在《当代》上。我在这篇题为《大上海的新史诗》的长篇评论中这么写道:

> 如果说,《子夜》的主要成就在于揭示民族资产阶级在旧中国的命运,成功地塑造吴荪甫等各类民族资产阶级的典型,《上海的早晨》的主要成就在于揭示民族资产阶级在新中国的命运,写出"三反"、"五反"这场政治运动的始末及其影响的话,那么,《大上海沉没》的主要成就就是表现在它善于通过处于上海下层的芸芸众生在改革年代的命运,从大上海的内部和深层来写出大上海的面貌和面临着沉没的危险处境。从下层着眼,进行上海市民社会心态和文化心态的深入解剖,从而具有更强的社会性和更浓的文化色彩,这是《大上海沉没》超过《子夜》,尤其是超过《上海的早晨》之处。

这篇评论发表距今已经十六个年头了,直至今天这个基本观点我仍然坚持。但是,遗憾的是我对俞天白小说创作的跟踪阅读与研究也就止于《大上海沉没》。此后,俞天白每出一书都寄赠我,尤其是其近作《天地蛋》第一次寄丢了,第二次又补寄,精神让我感动,可是我再也没有时间和精力来阅读和评论他的长篇小说了。

俞天白自新时期开始以来的二十多年间,共出版长篇小说十部,中短篇小说集、报告文学集多部,共约千万字左右。这样大的创作量,在他从《萌芽》编辑部退休之前,大多是在业余时间坚持写作;而在年近古稀之际,他仍笔耕不辍。就其精神和劳作的情况而言,或就其强烈的社会责任感和历史使命感而言,说他是一位"文学的苦行僧"是恰当的,我认同远在美国马里兰大学的王锦园教授对他的这一评价。当然,也可以把他比喻为文坛的老黄牛。他的只问耕耘、不问收获,只求奉献、不求索取的精神更近于在田间辛勤劳作的老黄牛。在玩文学成为一种风气,或把创作当成获取名利工具的文坛,俞天白的老黄牛精神更是难能可贵的了。

天白自从1956年以同等学力考取上海师范学院历史系到上海上大学以来,在上海这个东方大都会学习、工作、生活了近半个世纪，但仍然保留着一个浙东农民的本色。无论从他浓重的义乌口音和朴素的衣着来看，或是从他待人接物的诚恳正直、重友情、拙言辞等方面来看，他完全不像一个标准的上海人，而是一个浙东农村知识分子。天白那带着浓重义乌口音的国语，听起来比较费劲，但他同知心朋友聊起天来，尤其是谈起他的创作来，还是滔滔不绝，听起来也还是津津有味。对待朋友，他虽然不会讲虚套，言辞不多，但照顾起人来又颇为周到。同他交往的二十多年来，每次到上海，他都要请吃饭，送礼物；他每次到北京来，都要抽出时间来看望我；每年的元旦前后，他都要寄赠贺年卡。这种周到的礼数和关切之情，往往让我感到不安，因为我是疏于礼数的，而且自90年代以来，我对天白再没有什么帮助，也就是说没有什么实际意义。每每想起天白对我的关照来，就很感动，也很不安。

2005年3月19日

一面之缘

1998年秋天,那时在湘西吉首的湘泉酒业集团还经营得很好,照例要一年一度请一些文友到湘西一聚。那一次是第二届湘泉之友笔会,应邀参加笔会的有来自黑龙江的梁南、吉林的张笑天、辽宁的邓刚、内蒙古的冯苓植、河南的张一弓、云南的晓雪和彭荆风、上海的沙叶新和黎焕颐、北京的陆柱国、赵大年、王燕生和我,共十几位来自天南海北的文友,主人是当时担任《湘泉之友》报特邀总编辑的孙健忠和石太瑞,还有湘泉集团的老总王锡炳。那次笔会,在湘西土家族苗族自治州的首府吉首开幕,参观湘泉酒城、德夯苗寨,后又辗转于"边城"茶洞和猛洞河畔的王村(芙蓉镇),畅游猛洞河,最后在张家界漫游后落幕,历时近旬日。这大概是我参加的一次最愉快最值得回忆的笔会。也就是在这次笔会上,我同张笑天相聚、初识。在这之前,虽然也读过笑天的作品,耳闻关于他创作的不少"神话",也有时在某一场合见面,打个招呼,但同他一直无缘相聚相识。而在湘西那次"湘泉之友笔会"的十来天中，有机会同他相聚相识，也结下了迟来的友谊。

笑天很朴实，平易近人，从不摆名作家的架子。有些稍有点成就或有点名气的作家，总要摆点名家或大家的派头，至少要有点矜持的样子。张笑天虽然创作和发表了两千多万字的小说、散文、随笔和影视作品，名声在外，却完全不摆什么名人的架子，而是同文友甚至笔会的工作人员闲聊甚至于开开玩笑。一次在路上车子出了故障，他还二话不说，跳下了车同年轻人一起推车，这时忘了他身上穿的是法国名牌服装了。车的故障排除了，只见他弄得满身土和满脸汗水上车来，和大家一起说说笑笑地继续既定的旅程。他的平易朴实给我也给参加笔会的文友留下了深刻的印象。如果说喜欢笑天的话，即以此为始。

但笑天又很倔，是个很有个性的人。他身上穿了一套运动服式的休闲装，表面上来看很平常，一点也看不出是什么名牌货，他却说是地道的法国名牌，值好几千元。冯苓植同他抬杠，说运动服还是美国的好，只听说法国出名牌的时装，没听说法国出什么名牌的运动服。为此，他们俩在车上争得脸红脖子粗，各不相让。由此看来，笑天还是很倔、很自恋的。

话说回来，笑天对自己的作品却没有那么自恋。从湘西回来的第二年，亦即1999年夏天，他的长篇历史小说《太平天国》出版后在北京举行作品研讨会，我也应邀参加了。此作规模恢宏，开掘也较深，有不少值得肯定之处。但是由于是小说与电视连续剧"套种"之故，后半部分是先写成电视连续剧的剧本，再倒回来变成小说，总显得粗疏一些，同前半部分不协调。我在会上坦陈了意见。会下找到笑天，他却不那么倔，而是虚心地接受了批评。

笑天著作等身，又是文坛的一路"诸侯"，但到了耳顺之年，却更加耳顺了，追求一种物我两忘的境界。这是作为文友的我很为其感到欣慰的。可惜的是，北京与长春，关山远隔，少有相聚畅叙的机会，只能遥祝笑天老弟耳顺健康，创作更上一层楼。

2006年9月23日

我的朋友吕雷

我与吕雷，认识虽较早，相知则较晚。记得20世纪80年代中期，他在文讲所以及后来的鲁迅文学院第八期作家班学习期间我们就认识了，他的两篇获全国奖的成名作《海风轻轻吹》和《火红的云霞》也在二十多年前就读过了。记得他在湛江挂职市委副秘书长期间，还曾邀我去湛江走走呢！可那都只能算是认识，算是点头之交。真正认识吕雷并逐渐有了真正的交往，是在读到他与赵洪合著的长篇小说《大江沉重》之后。

《大江沉重》2002年8月由作家出版社出版后，我很快就拿到了书，并很快读完了这部60余万言像砖头一样地反映珠江三角洲改革开放，塑造了邝健童等具有鲜明性格的改革家形象的厚重之作。这部小说吸引我的不仅是其独特的切入角度，全景式的生活画面，强烈的时代气息，浓郁的地方色彩和诸多血肉丰满的人物形象，还在如何把主旋律与多样化结合起来这样亟待解决的创作问题上给人以启示。因之，我对《大江沉重》给予了极高的评价，并写了一篇题为《情满珠江》的短评发于北京一家行业报副刊上。不过至今吕雷还没读到拙作。2003年春，当"非典"的阴霾即将笼罩京城上空之际，吕雷作为新当选的全国人大代表到北京参加"两会"，在会议间隙到寒舍拜访并要请几位朋友时，我曾把我读了《大江沉重》的感受与评价告诉他，他可能是高兴的，却并未喜形于色。后来，《大江沉重》获2003年中宣部"五个一工程"入选作品奖；再后来，又列入第六届"茅盾文学奖"26部备选作品的书目之中。

读评《大江沉重》可以说是我同吕雷真正交往之始，但后来几年的交往又大大超越于此。这几年来，同吕雷交往中的几件事让我一直难以忘怀，也让我进一步认识了吕雷。

2004年5月间，我在苏州参加完范小青的长篇小说《城市表情》的研讨会之后，应邀由上海飞广州，参加吕雷代表广东省作协主持的广东女作家柳明的长篇小说《湖上女人》研讨会。由上海的浦东机场飞至广州的白云机场，已是晚上十时许，走出机场，见到来迎接我的竟是吕雷。上车之后，才知道吕雷那天身体不适，可是不放心，还是亲自带车到机场来接我了。这着实让我感动不已。第二天上午，吕雷抱病主持了研讨会后，就回家休息了。可他还是不放心我在广州的起居饮食和出门用车等事宜，不仅嘱咐同在鲁迅文学院进修过的一位同学好好照顾我这个"老爷子"，还特地向省作协要了一部车送我去东莞。他的细心，他的热情，由此可见一斑。

吕雷的诚恳待人，热情助人，在朋友中间是有口皆碑的。在广东，像吕雷这样的朋友，我还有一大批。这些朋友使我更加关注广东省的文学创作，时常要到广东去感受改革开放窗口的时代气息，去见见像吕雷这样的好朋友！

2005年5月17日

谦和勤奋的张平

我认识张平，是在1997年秋他的长篇小说《抉择》的研讨会上。这时的张平，再也不是在山西临汾当教师的业余作者，而是已经写出了《祭妻》、《姐姐》等获奖作品和在社会上引发强烈反响的《天网》等作品的小有名气的作家，而且长篇小说《抉择》在《啄木鸟》上连载后，社会反响又是如此强烈，而由《小说选刊》等单位在中国作协举办的作品研讨会，又是我经历过的数以百计的作品研讨会中规模空前的一次。但是，我发现，坐在会场不显眼处听会的张平，却仍然像一个刚出道的年轻业余作者那么虚心谦和，专心地听，认真地记。记得我在会上有个发言，既肯定了作品的长处和价值，也指出了一些不足之处，诸如有些细节不够真实等，会后还曾据此整理成文，发表在《光明日报》的"文艺观察"版上。会后照例有顿会议饭可吃，就在作协一层的餐厅里，我恰好与张平同桌，并紧挨着坐，于是边吃边议论起《抉择》来。他表示对我提出意见的尊重，这使我很是感动。记得他还介绍了写这部作品进行社会采访的经过，从此，他给我留下了一种谦和的印象，一直把他作为一位朋友来交往，并关注他的创作。

大概是1999年初夏，他的长篇小说新作《十面埋伏》由作家出版社出版，拟在山西省会太原举办一次作品研讨会，我也在被邀之列。这部长达五十八万言的鸿篇巨制，生动地描述了古城监狱的一个侦察员从一服刑犯身上发现重大犯罪线索，从而牵扯出一起涉及监狱内外直指社会各阶层的大案。小说的锋芒直指当下颇为引人瞩目的司法腐败问题，而且采用侦破小说与社会问题小说相结合的新写法。小说不仅情节一波三折，悬念丛生，写得相当吸引人，而且思想内涵深邃，发人深省。我以为，这部继《抉择》推出的长篇新作，表明张平在长篇小说创作方面有了新的探索，也取得了新的成就。记得我在太原的研讨会上有个长篇发言，会后又写成长文发在当年第六期的《啄木鸟》上。可是，这部作品的社会反响还不如《抉择》、《天网》，根据小说改编的电视连续剧也未能播出，据说是被触及的有关部门干预之故。这当然是后话。

在太原的研讨会上，我发现张平特别忙，也特别能干。会议是借新建成的山西省高级法院的大楼召开的，大楼里有设备不错的宾馆，也有相当高档的会议厅，我们几十人在此住宿开会，还参观了各种规模的法庭。看得出来，为了借到这个会所，张平是煞费苦心的，也可以由此看出他的社会活动能力。在会上，他既要接站，又要送站；既要招呼从北京远道而来的客人，又要招呼当地的与会者。山西文学界的元老，"山药蛋派"的"西、李、马、胡"，除李束为已谢世外，西戎、马烽、胡正均出席了这次研讨会，由此可见其隆重。身患哮喘病的马烽到会上露了个面，讲了十几分钟话就退席了。西戎则坚持到下午，由于兴奋和疲劳，在会上突患中风症。张平对三老的接待极尽晚辈之谦和，尤其是西戎在会上患病后，他更是跑前跑后，忙得不可开交。这次研讨会，同在北京召开的《抉择》研讨会完全不同。在北京的会上，张平可以静心地听取各种评述和意见；而这次会议，他则是忙于各种会务了。不过，从这里倒也可以看到张平的另一侧面。

2000年的初秋，根据长篇小说《抉择》改编的电影《生死抉择》作为反腐倡廉的教材在全国各地上映。我那些年正在中国石化长城润滑油公司帮助时任该公司总经理的朋友孙毓霜办一张企业报《长城润滑油》,并帮他们策划一些企业文化活动。老孙和公司里的领导知道我同张平认识,且有相当不错的关系,于是提出请张平到公司来为职工做专题报告的请求。正好张平来北京开会,我把电话打过去,说明长城公司的这一请求。张平爽快地答应了,而且把在影片中扮演李高成市长的海政演员王庆祥也请来了。张平和王庆祥为长城润滑油公司的上千名干部职工做了一场关于《生死抉择》的专题报告,也是一堂生动的反腐倡廉的政治课。全公司为此相当轰动,就好像过节一样。我想,张平爽快地答应到一个基层单位做报告,跟一个企业的广大干部职工见面,一方面固然是给足了我的面子,另一方面也是他深入生活、了解社会的一种方式。作报告之前,他跟公司领导见面,听他们介绍公司经营的状况和发展经历,报告会之后,他们又兴致勃勃参观公司的各车间以及教育培训中心。事后他告诉我,此行他也很有收获。从这里,我也看到张平的另一面,亦即他处处关心社会,留心做社会调查,具有社会责任感的一面。

2000年秋,长篇小说《抉择》荣获第五届"茅盾文学奖"，且名列榜首。该年岁末，山西省委、省政府在太原隆重召开表彰大会，授予张平"人民作家"的称号和五万元人民币的奖金，同时举行"面向新世纪的山西文学"研讨会。会前，中共山西省委宣传部还组成专门课题组，调研由于张平的长篇小说《抉择》获第五届"茅盾文学奖"标志着山西文学创作第三次高潮到来的专题。大会开得相当隆重，山西省委书记田成平以及省委省政府诸多主要领导，北京、太原的文艺界人士均出席大会。

2000年岁末的表彰大会之后，张平的地位发生了重要的变化，不久他被选为山西省作家协会主席，后来又于2001年岁末召开的中国作协第六次会员代表大会上被选为中国作协的副主席，又被他所在的民主党派选为中央领导人之一，并担任全国政协常委。这种地位的提升，只是让张平的社会活动更繁忙、担子更重而已。他的小说照样写，此后的三年间，他仍然写出了一本像砖头一样厚的长达70万言的长篇小说新作《国家干部》，显得更加勤奋。他照样谦和待人，低调做人。不像有些人，人一阔，脸就变。张平还是张平，我偶然还同他通通电话，请他办点小事，像这次，做他的专栏，就在电话里指挥他干这干那,他毫无厌烦之感。就凭这一点,我还是把他当作朋友看待。

2005年7月25日

关于世旭的一点回忆

打开记忆的闸门,搜寻我同陈世旭交往的近二十年的历程。同世旭虽然神交已久,可以追溯到20世纪80年代初读他获全国奖的短篇小说《小镇上的将军》。但真正有所接触,并交上朋友应是十八年前,即1988年秋《当代》杂志在广西举办的一次笔会上。《当代》举办的那次笔会,主要地点是在两广之交被称为"小广州"的广西梧州市。记得我们先在广州集合,然后乘小汽轮溯西江而上,到达邕江与桂江交汇处的梧州市,在那座美丽的小城逗留近一周,然后经贺州到达桂林,可以说游览交流都相当尽兴。参加笔会的阵容也相当壮观,笔会主持者是《当代》的负责人何启治,人民文学出版社社长陈早春,老诗人屠岸,还有当时已相当出名的作家陈世旭都参加了,此外还有张胜友、毕淑敏,在《当代》发了一些作品的杨林林以及《当代》副主编常振家等也都参加了,我也算其中一个。就创作成就而言,陈世旭当时是颇令人瞩目的,但是他毫不摆名作家的架子,处处事事都相当低调。在那次笔会上,世旭的平和低调给我留下很深的印象。那次笔会的气氛特别好,大家都不争位置,不争排名的先后,相处融洽。记得从贺州到桂林的一天路程上,歌声不断,男高音常振家的"天上有个太阳,地上有个月亮"唱得动听,世旭的歌声也相当嘹亮,他经常是同老常一起唱,他的男高音比起老常来,一点也不逊色。而印象最深的是,到了桂林,由于房子紧张,他居然不享受单间或双人间,而是挤到我和张胜友的房间来,三个人同处一室,相当挤,但是给我们提供了聊天的机会。记得在桂林同居一室的那几天,我们聊了很多,从文学到文坛,从文讲所到鲁院,从江西到北京,话题很宽,无所不谈,大概就是从那次笔会开始,我们成了朋友。

1989年冬天,我陪同汪曾祺、林斤澜两位老先生游福建,返京路上,我折到南昌。一来我的一本评论集《当代小说艺术流变》刚由江西人民出版社出版,我顺便去取样书并面谢出版社负责人和责任编辑;二来便是去看望陈世旭。记得一个滴水成冰的早晨,我来到世旭的家里,由于南昌没有取暖设备,天气又冷,世旭和她的夫人都只能穿着厚厚的棉大衣在干家务活。没想到,作为一个名作家,一个省文联、省作协的负责人,其住房之狭窄,生活之简朴到了这样的程度。而世旭却全然不在乎,大有居陋室、作美文之势,心安而理得,其乐也融融。据说世旭是善于干各种家务的,到他家里一看,得到了证实,于是心里更加敬佩他。

20世纪90年代初,世旭把他80年代中期在武汉大学作家班两年的观察和体验写成长篇小说《裸体问题》,并破例地在北京举办了一个作品研讨会。我当然是应邀赴会的。对于知识分子题材,世旭可以说是初次涉猎,在小说文体上也有一些创新。于是这么一部作品在会上就有所争议。我注意到世旭以非常谦虚平和的态度记录着每一位发言者的意见,尤其是对批评性的意见更是给予重视。我答应过世旭写篇文章评论此作,大概是90年代初杂事缠身,竟至于负约,这是我很对不起世旭之处。

自从《裸体问题》研讨会之后,我就很少见到世旭,更没有同他联系交流过。但是,我一直关注着他的行踪和创作。得知他当了江西省文联主席兼作协主席,成为文坛的一路"诸侯",为他高兴;在一家杂志上读到他痛斥一位文坛名人摆谱拿势的短文,也为他叫好,当然也为他捏一把汗。看得出来,他那种柔里藏刚、平和与倔强相随的性格一点也没有改变,而随着年龄的增长,似乎活得更自在、更本色,这是我为之高兴和欣慰的。对他的创作当然也是一路注意,也只能在各种杂志上,在他的长短不一的作品中同他见面交流,直到最近在《江南》2006年第二期上读到他的中篇新作《独身女人沙龙》。

  这就是我同陈世旭交往的一点回忆,这种时断时续的淡淡的回忆,大概也记录着一种不可低估的友谊,当然也彰显着世旭的人品。

2006年5月20日

林那北的魅力

八年前第一次见到她时,那时她叫"北北",而不叫"林那北"。其实,她的真实姓名叫"林岚","岚"是"山中的雾气",设想一下,薄雾绕着青山,多么美多么有诗意啊!至于为何叫"北北",后来又改为"林那北",我没问过她,也无需问。

2003年春天时节,福建省文联准备同《人民文学》杂志联合在北京举办正在悄然崛起的福建中青年小说家群体的作品研讨会。准备被研讨的五位中青年作家中,就有北北,其他四位是杨少衡、须一瓜(徐平)、赖妙宽和粲然(钟怡雯),都是本世纪以来在文坛颇为活跃的小说家。这个会由于"非典"肆虐,延宕到初夏时节才在北京举行。我就是在这次会上第一次见到北北的。记得她提供研讨的是两部中篇小说:《寻找妻子古菜花》和《王小二同学的爱情》。两篇作品中,《寻找妻子古菜花》给我留下更为深刻的印象。我曾在一篇题为《悄然崛起的福建小说家群体》的评论中这样写道:

"《寻找妻子古菜花》讲述一个山区刚刚富起来的青年农民李富贵,为了寻找其出走的妻子古菜花,挑着简单的行李,长途跋涉,四处寻问,风餐露宿,几乎付出了生命代价的故事。从李富贵到古家村向古菜花求婚,到筑新宅迎娶古菜花,再到古菜花同据传来自长乐海边的许木匠一起出走,一直到李富贵离家四处寻找,以致最后病倒在镇上的医院,由他的老同学、非他不嫁的奈月对他照料救治,故事编得一波三折,引人入胜……我把北北的小说看做是源于宋元话本的新民俗小说的另一支。她的小说中,不仅有对弱小者的世俗的关怀,有动人的民俗画的描写,更有节奏流畅明快的叙述。她的小说不仅有较强的可读性,而且充满一种令人感到温暖的现实主义精神。"(见拙著《文学的新世纪》第五页,海峡文艺出版社2010年4月版)当然,北北的小说还有诸多的艺术特色,诸如善于把生活的常态与变态交错起来写,具有较浓厚的闽文化的色彩等等。由此看来,林那北的魅力首先是其作品的魅力。当然,她那漂亮的容貌,温婉的性格,干练的作风,也彰显她作为一个福州女人的魅力。

　　后来就陆续读到北北的不少中短篇小说,包括收在署名"林那北"的中篇小说集《唇红齿白》(凤凰出版社2009年1月版)里的七部中篇小说。但更引起我注目的是这么两部作品,一是先发在《作家》杂志,后来由时代文艺出版社出单行本的《三坊七巷》,这是对闽都福州一个名人迭出的古老住宅区动情的书写,不仅具有很强的民俗意义,更具有很浓厚的闽文化的色彩。另一部是先发在《芳草》上,获得华语文学女评委大奖,后又由人民文学出版社出版单行本的长篇小说《浦江上——一个王朝的碎片》,讲述的是八百年前的1216年阳春二月,蒙古人攻陷南宋王朝的首都临安之后,皇后杨淑妃带着两个幼子在文臣武将的护卫下逃到福州东南端的濂浦村渡过最后一段日子的故事,这个故事当然凄婉动人,更重要的是它也写足了闽文化,而且是跨文体写作,因此更具历史感和文化色彩,而且在长篇写作上也独辟蹊径。从这两部作品看来,林那北是在闽文化中泡大的,而她的作品,也就成了闽文化独特的载体,当然也就彰显了闽文化的魅力。

福建俗称"八闽",也就是说,它是由具有多种文化的八个地区组合而成的。八闽之中,以闽都福州为中心包括闽西北、闽东北在内的广大地区是古闽国的疆城，在这儿创造和传承的闽文化当然是八闽中重要的组成部分。宋代理学家朱熹在闽西北广设书院讲学，创建了闽学，使闽文化得到发扬光大；18世纪、19世纪以来，魏源、林则徐、严复等政治家、大学者也从这儿走出来，使闽文化进一步扩大影响，而同时创造的"船政文化"也成了闽文化中很有特色的文化。林那北的成长与创作受到闽文化的滋润和影响这是不待言的，而她作品中的闽文化色彩也是她作品艺术魅力的表现。八闽文化中，作为古中原文化活化石的闽南文化，产生于闽西山区的客家文化，当然也各具特色和色彩，即使像介于闽东、闽南之间的莆田地区也产生了很有特色的莆田文化。由于这些文化与林那北关系不大，就不赘述了。不过，最近读到林那北的近作《过台湾》，发现她正受到闽南文化的影响，力图在作品中表现闽南文化的光彩，可见，八闽文化之间也是相互影响交融的。

近几年来，我有较多的机会出差到福州，于是见到林那北的机会较多，我同她的交流多了起来，也逐渐熟悉起来。林那北调任《中篇小说选刊》杂志社社长兼主编，主持该刊的编政，文学视野也日见开阔。而在编务繁忙的同时，创作也日渐见丰，而且更加成熟。她显得更加干练成熟,温婉的性格中又添了若干豪爽之气。这样的林那北,当然是更加魅力十足了。

2011年2月13日

朴实真诚的刘兆林

刘兆林与邓刚同为鲁迅文学院的学员。如按文学讲习所的次序来讲，他们这一班应为第八期；如按鲁迅文学院的排列来说，他们这一班可以说是文讲所改为鲁迅文学院的第一期。我到鲁迅文学院工作时，他们这一期或者结业离校，或者转为北大作家班学员，实际上同我是没有什么关系的，但由于鲁迅文学院的关系，他们还是尊我为"老师"。这样来说，我同兆林之间，在文友的实际关系上，还多了一份关系，于是显得特别亲近。

认识兆林，先是读他获奖的中篇小说《索伦河谷的枪声》和获奖的短篇小说《雪国热闹镇》。到了20世纪90年代初，大概是1990年冬天吧，沈阳军区创作室为他刚出版的长篇小说《绿色青春期》在松花江畔的吉林市举办了作品研讨会，邀我与会。正是在这次会上，我同兆林有了较多的交流，可以说认识兆林以此为始。记得那次会议开了好几天，除了研讨作品外，会议的主办者还组织我们观看吉林市松花江畔冬天的美景雾凇，参观小丰满水电站和高山滑雪场，生活上也照顾得颇为周到。会议是借沈阳军区后勤部二部的一个招待所召开的，兆林同他们有着极好的关系，于是他们把兆林的朋友也当作朋友看待，倾力热情周到地接待。兆林呢，一方面是这次研讨会被研讨的对象，要认真虚心地听取大家的意见；另一方面又要参与会务工作，做一些繁琐细碎的接待工作。正是在那次会中，我真正认识了兆林，一位既有创作潜力同时又有行政能力的、既坚持原则又热情朴实的人。唯其如此，几年后他从沈阳军区创作室转业到辽宁省作协工作，我才一点也不感到意外。

1997年初夏时节，我应邀到沈阳参加辽宁作家瀛泳（戴宝军）的一部长篇历史小说研讨会，恰逢兆林也应邀与会。会后，兆林说他家离我们下榻的省工商银行招待所很近，邀我去他家里看看，我欣然前住。兆林虽然已转业到地方数年，但还是住的部队按师级分配的四室一厅的住房。房子收拾得相当干净，家具、书籍均排列得井井有序，尤其抢我眼球的是，在他书房引人注目处，竟然还张贴着一张抄录他一篇散文新作的纸张，这张纸几乎占了一面墙，用毛笔抄写的字也相当于中楷。兆林告诉我们，到省作协机关担任领导职务后，要坐班，文学创作成了业余的事，他也由专业作家成了业余作家，于是改行写散文随笔。而他每写成一文，即抄写于纸上，张贴于书房的墙上，反复揣摩修改，然后定稿。兆林的这种写作流程和修改文章的方法着实让我开眼和感奋。后来，人们在《高窗听雪》、《和鱼去散步》等散文随笔集中读到的一篇篇美文，大多是这样反复修改打磨出来的。记得那一次也是唯一一次到兆林家里做客，在他取名为"听雪书屋"的书房里逗留的时间最久，我似乎在那儿进一步发现和认识了兆林。

兆林同别的从事文化领导工作的作家不同，不像他们一走上领导岗位，行政党务工作一忙，就把原来的文学创作中断了，只当个标准的文化官员。兆林不是这样。他转业到辽宁省作家协会，先担任党组副书记，后转为党组书记，近年又被选为省作协主席，党务行政双肩挑，成为一个省文学界的领军人物，是文坛的一方"诸侯"，担子不可谓不重，工作也不可谓不忙，但他仍然坚持进行业余创作。十来年下来，不仅出版了几本散文随笔集，还出版了新近获得"曹雪芹文学奖"、作为《绿色青春期》续篇的长篇小说《不悔录》。此作2005年秋由上海文艺出版社出版后，他到处打听我的住址，准备寄给我一睹为快。由于我已从鲁迅文学院退休，也由于多年未曾同他联系，所以他一时找不到我。后来打听到地址，由于地址不详寄的书退回一次，他再次辗转打听到我的电话问到确切的地址，才把这部长篇小说新作以及两本散文随笔集寄到我手中。今年春天，《不悔录》的作品研讨会在京举行，他又嘱咐会议的承办者务必请我赴会。会后，又要求同我一起在现代文学馆B座门前摄影留念。这一切的举动，都表现出兆林的拳拳之心，着实让我感动。

这就是我同兆林之间淡淡的然而诚挚的交往过程。还是在这淡如水的交往过程中，我感受到兆林真挚的友情，也认识到他朴实真诚的品质。而这一切，在当下的文坛，已是弥足珍贵的了。

2006年7月23日

福建出了个杨少衡

当我动手编这组关于杨少衡的文字时,杨少衡摁响我家的门铃。这真是太巧了!他是到北京参加他刚在湖南文艺出版社出版的长篇小说新作《海峡之痛》的新闻发布会的。昨天刚参加完发布会,今天一大早就专程赶来看望我了。这有点让我喜出望外!当我翻阅他送来的还散发着油墨清香的《海峡之痛》时,不禁心潮澎湃。记得去年盛夏时节,接到少衡从福州打来的长途电话,说他刚完成一部长篇新作。是写台湾半个世纪以来的风云变幻的,想让我先看一看。我当然毫不犹豫地应承下来。过了几天,即收到他用特快专递寄来的书稿,并立刻读了起来。在酷暑中,我很快读完了这部三十余万言的长篇小说书稿,为少衡在创作上新的跃进感到高兴,即挥笔写成一篇四千余字的长篇评论,题为《世纪之痛与民族之痛》,因为书还没有正式出版,故评论也压了半年。现在,在虚心地倾听了我的意见和出版社有关领导、责任编辑的意见认真修改之后出版的这部标志着杨少衡创作新水平，也可以说是代表着2006年这新一年长篇小说创作新水平的新作摆在我的眼前，怎能不让我心潮澎湃呢！

冬日里，在我并不宽敞的客厅里，我和少衡一边品着家乡的"大红袍"，一边天南海北地闲聊，不禁回忆起同他将近二十年来的交往。

那是1987年春天，我刚从中国作协创作研究室调到鲁迅文学院主持教学行政工作，杨少衡则是作为鲁迅文学院第二期文学创作进修班的学员来到北京。于是，我们开始了既是师生，又是朋友、同乡的将近20年的交往。

杨少衡祖籍河南林州市，但他的父亲当年参加革命南下，过了黄河过了长江，从福州到漳州，在漳州扎下了根。于是杨少衡生于漳州长于漳州，成了河南林州籍的漳州人，成了我的同乡。其实，我的祖上也是河南人，不过早杨家1300年移民漳州而已。由于同杨少衡是同乡，又是朋友，并且是一个敢于托他办点私事的朋友，于是近二十年来的交往从不间断，并有与时俱进之势。这在我的众多的学生中，实在不多见。

少衡近年来的创作颇能与时俱进，他连续发表的写基层官员的中短篇小说被称为"官人小说"，引起相当强烈的社会反响，一不留神，成了悄然崛起的福建小说家群体的领军人物。但是在我的印象中，他始终是个常带笑容又有一张娃娃脸的老实人。直至准备写这篇补白性的文字，才在脑海里搜索出以下几点对少衡较深的印象。

印象之一：做官不像官。

少衡二十几岁就当上了当时公社（即现时之乡镇）党委常委，20世纪80年代末奉命组建漳州电视台并任首任台长；以后长达十几年的时间连任漳州市委宣传部副部长和组织部副部长，有一段时间，市委组织部部长一职空缺，他就以常务副部长的身份主持工作。常言说："要进步，到组织部。"在一个地级市委组织部主持工作，管着千百个县、局级干部的升迁与安排，这是一个权倾一方的职位。但是，少衡在此位置上待了几年，我看他并不以自己是"权倾一方者"而趾高气扬，也没从这个职位上给自己捞什么好处。本世纪初，大概是2002年或2003年吧，他奉命调到福建省文联担任党组副书记、副主席，算是文坛上的一方"诸侯"。但是，他却更谦和了。如果说到省文联就职对少衡有什么好处的话，那就是可以摆脱诸多行政事务的纠缠，挤出较多的时间从事文学创作，使他的创作出现了一个新的喷发期。以上说的是少衡从政经历，也是他在官场的一个履历表。在我的印象中，他做官不像官，主要有如下的表现。

一是没有官架子。他始终是一副谦和、微笑的样子。不仅是对长辈、对上级。我见到过他当了主持市委组织部工作的常务副部长时同文友一起神聊的情景，完全不像个官的样子，是个标准的文人或文学爱好者。我也见到过他对一般群众谦和虚心和认真为人办事的样子，十分佩服。说他没有官架子，还有一点是他对朋友的态度，他虽然不以权谋私，但是对朋友的托付，却是十分认真的。他在漳州工作时，我的兄弟姐妹有点什么事找到他，他都认真去办，办不了的，也耐心解释，这使我十分感动。前不久，我到厦门参加鲁迅文学院培训中心的面授，他得知后，尽管工作十分繁忙，还是专程赶到厦门来探望我，让我既激动又不安。

二是不争权夺利。争权夺利是当今官场一大奇观和一大恶习，杨少衡为官，却反其道而行之。他无论在哪儿，在什么岗位上，从不争权夺利，而是让权让利。

三是从不以权谋私。在他主持漳州市委组织部工作的几年间,他的权是很大的,多少人想从各种门路找他谋个一官半职,大概都没找到什么门道,也没听说过他利用这种权安排谁,得到什么好处。到了省文联以后,倒是为文友办了不少事,连须一瓜加入中国作协的事他都操心。但是,轮到他自己的事,却是一种漠然置之的态度。他的长篇新作《海峡之痛》出来了,我是看好这部作品的,因为他站在民族的利益上来审视台湾海峡半个多世纪以来的分裂,且把宏大叙事(社会、历史的叙事)同个人叙事(家族、个人命运的叙事)结合得比较好,通过杜、罗两家的命运和纠葛写尽了半个多世纪以来海峡两岸人民分裂之苦。我在他送书并看望我时,建议他搞个作品研讨会。他说出版社不愿花钱无此打算,省文联那边,关涉到他自己的作品,也不好去说。这倒是让我很敬佩,但也有点怅然。

印象之二:当文人不像文人。

杨少衡从事文学创作三十余年,发表了数百万字的作品,近年来不少作品被选载,连续获奖,被誉为"南方实力派作家领军人物",可谓声名鹊起于文坛。但是,在他身上,却看不到当下文坛的恶习和一些稍有点成就的青年作家的坏毛病。

他把"文人相轻"变成"文人相亲"。在漳州文坛，早在上个世纪80年代初开始，就有杨少衡与青禾、海迪并驾齐驱的"三驾马车"之称。后来，他们发现有个眼科医生赖妙宽会写小说，就把她拉来入伙；再后来，发现了有个写小说的小学教师何也（何元杰），又把他送到鲁迅文学院进修，后又调进漳州文联编《南方》杂志；同时又发现有个写小小说的金声和近年来声名鹊起的何葆国，他们通通拉进来，形成一个颇有点名气的"漳州作家群"。这个作家群的小气候很好，风气正，大家常在一起切磋小说技艺，并在各方面相互关心，相互支持。我是目睹到他们在一起的亲热劲和体味到他们"相亲"的情景的。这大致同少衡、青禾、海迪他们三个带头有关。后来，少衡调福州，妙宽调厦门，但这个写作群体并未解体，且越来越有活力。

在少衡身上也没有当下一些文人常有的狂气和酸味。有些稍有点名气的作家，自我感觉很好，有的作家一给我打电话总是自夸自己的作品如何如何好，要我赶紧读，赶紧评论，否则就会后悔，等等。少衡就没有这种狂气，也没有一些文人的酸味。他总是那么发自内心的谦和，有时夸他的作品几句，他好像都有点不好意思似的。

印象之三：为人老实，为文不老实。

少衡说曾听过我讲的这么一句话："为人要老实，为文不能老实。"记得我是说过这么一句话，但在哪儿说过，冲什么说的，却记不起来了。难得少衡还记住我的这句话。我自以为这句话还是有点道理的。

为人老实，上面我已记下少衡做人办事老实本分的种种。至于为文的不老实，我想大概是1990年秋我出差顺道返乡，正赶上省作协和漳州文联一起开少衡、青禾、海迪的作品研讨会，要我读少衡的作品，并发个言、写篇文章。记得我有事要赶回北京，来不及参加正式的会，于是先开少衡的会，让我发一发议论。我是在漳州宾馆读了少衡上个世纪80年代的一些主要作品，并用一个通宵写下一篇近八千字的长文。这篇文章题为《坚定不移地走自己的路——杨少衡小说创作散论》，收在人民文学出版社出版的我的评论集《文体的自觉与抉择》中。记得我读了少衡早期的作品，认为写得比较老实，因而大都比较平实，才有"为文不能老实"那一番话。没想到，少衡把这话记在心头，并付诸创作实践之中。

我们可以看到，大概于上个世纪90年代中期以后，少衡的小说叙事风格有了很大的变化，变得越来越不老实，但越来越有鲜明的艺术个性了。先是长篇小说《盒瓦砾》，再后来就是写他熟悉的基层官员（官人）的中短篇系列，如《钓鱼过程》、《霸王阵》、《红布狮子》、《尼古丁》、《纳米布》、《林老板的枪》、《金粉》等，再就是他新近出版的长篇新作《海峡之痛》。这些小说的叙事视角、叙事风格与叙事节奏都是很有特色的，也是不断变化的。海迪称之为"软幽默"，说对了其中一部分，其实不止于软幽默。少衡的小说变得好读、耐读，意味无穷，魅力四射，固然是由于他对熟悉的官场生活的洞悉与独特的发现，也不能不说归功于这种独特的叙事技巧和叙事韵味。这似乎值得专文来论述，不是这篇印象记所能包容的。

　　福建出了个杨少衡，真让人感到高兴！

2006年1月10日

远看韩少功

人与人之间，有的可以朝夕相处，坐以论道；有的则只能遥隔星汉，难以谋面，只能远处相看，可心却通着。我与少功，属于后一类。二十几年间，我同他见面的次数寥寥可数，可对他的创作与行止，却始终关注着。

同少功的第一次见面，大约在22年前，即1985年的初夏。我为第二届"茅盾文学奖"评奖之事，代表评奖办公室南下湖北武汉、湖南长沙、吉首以及广东的广州、深圳、珠海征求意见。到达武汉时，时任武汉大学校长的刘道玉宴请我与回武汉开省文代会的姚雪垠先生。韩少功其时正在武汉大学强化学习外语，说是中国作协准备派他到德国作比较长期交流的。后来不知为什么，少功德国之旅不能成行，可是在武汉大学为期一年的外语强化培训，却给他的外语打下良好的基础。记得在接受刘道玉校长的宴请之后，我应邀到少功的宿舍里坐了一会儿，同去的还有在武大作家班学习的一些作家，记得有朱秀海、郑彦英等。少功此时完全是一个青年学生的模样，没有少年得志的青年作家的傲气。谈的什么，已经记不太清了。大概是谈他已发表的《西望茅草地》等作品和正在构思的关于文化寻根的作品，当然还有外语学习和出国打算等。总之，这次见面给我留下良好深刻的印象。

同少功的第二次谋面迟至1992年春天。他那时已南下海南，好像已经担任海南文联主席，创办《海南纪实》，并主持《天涯》的编政，是比较忙的。不知为什么却住在海南师范学院的院里。那年春天，我是利用寒假到海南，由三亚返回海口，借住在海南师院的招待所里。当时还在海南师院的陈剑晖告诉我韩少功就住在院里，于是就去拜访他。同七八年前在武大学生宿舍见到的少功相比，显得成熟老到多了，可还是那么热情，那么坦诚，聊得不少，可具体内容也记不清了。因为我很快要搭机经广州回闽南老家，在海口不能多停留，也就婉谢他邀请我到海南文联做客的请求。但对他热情招待，还是心存感激的。

自此之后，就一直没有机会再同少功谋面，但我一直关注他的创作与行止；20世纪90年代中期，他的辞典体的长篇小说《马桥词典》引起的官司，沸沸扬扬，轰动全国。其始末我是了解的。用辞典体来创作一部长篇,虽有蓝本,但无可厚非。两位青年评论家的率意评论,多有得罪之处。本来此事是可以通过文学批评以至论争的办法来解决的,闹到对簿公堂对双方都有所伤害。记得我在不同场合表达过上述意见,可能也同少功在电话中交谈过。据说,这场官司之后,少功辞去海南省文联主席和《天涯》主编的职务,北归湖南,在他当年插队当知青的汨罗江畔筑庐,过着"穿行在海岛和山乡之间"的半隐生活,专心从事创作和研究。这种生活也颇能彰显少功的个性,也给创作与研究创造了更好的环境和条件。但是少功一面"采菊东篱下,悠然见南山",一面仍然"猛志固常在",仍然关心着文坛的一切。据说,他最近在中国作协主席团一次会议上慷慨陈词,批评一些不正之风,提出做两个方面调研的建议,可见他并不是在汨罗江畔过着全隐的生活。

我并不是少功的一个重要的朋友,只是一个被文坛边缘化了的可有可无的小人物。但是,远看少功,还是能见出他的真面目的。少功可爱可佩,这是我从远处看他的一点观感。

2007年11月6日

与何立伟相聚于宜兴

我同何立伟同姓一个"何"字,算是五百年前同一家的兄弟。而且早在20世纪80年代就开始注意他的作品,读过他的《白色鸟》、《小城无故事》、《花非花》等当时颇为轰动的作品,并在二十年前一篇论述小说文体变迁的长文中把这些诗化的小说称之为"绝句小说"。可是不知为什么,我同他一直没有机缘谋面。直到2007年6月初,读了何立伟的若干作品二十多年之后,才在江苏的宜兴见到了他,同他有了几日的相聚。

宜兴是个好地方。宜兴有闻名天下的紫砂陶艺,有太湖美景,有山洞、茶园和竹海。更重要的是宜兴的人文荟萃,人才辈出,且热情好客。近几年来,我的文友、宜兴市文联主席徐风经常创造机会让我到宜兴游美景,吃美食,捎带携几把紫砂壶而归。2007年6月初,他又创造了一次机会,说是要编《名人笔下的宜兴》第二集,让我为他邀请了哈尔滨的阿成、北京的毕淑敏、韩小蕙到宜兴采风,为《名人笔下的宜兴》第二集撰稿，同时还同我打招呼，还请了长沙的何立伟，我在电话中告诉他："那好啊！我正想会会他呢。"记得2007年6月4日下午，我在广东东莞参加完"荷花文学奖"的评奖活动后，从深圳赴南京，何立伟与毕淑敏、韩小慧分别从长沙、北京赴南京，我们在禄口机场会合，同乘一车赶赴宜兴。我同立伟真是一见如故。（因为这一次见面足足等了二十多年）只见他剃着光头，一副幽默相，颇健谈，大概从禄口机场到宜兴的一个多小时的行程中，我们也就足足聊了一个多小时。

在宜兴的短短几天聚会，使我加深了对立伟的了解。他不仅能文善聊，而且能画画，爱摄影。在参观太华山里的茗鼎茶场时，美女老总请我们喝新产的"太湖雀舌"茶，要我们每人签名时，他当场几笔作了一幅漫画，一个秃头者飞身扎进冒着热气的茶杯里，这个构图新颖、形象鲜明的画面遂让全场拍手叫绝。在其他一些场合，他也常常以画代替题词，给人留下深刻的印象。更重要的是，他成了我们大家的义务摄影师，一路走下来，他为我拍了不少照片，有参观茗鼎茶场时同美女老总的合影，有同阿成一起品尝茗鼎茶时的合影，还有在紫砂陶厂为紫砂壶题字时的特写镜头，等等。这些照片都在分别后,从长沙发到我的邮箱里,一看果然不错。后来我都发给刘醒龙,作了《芳草》2007年第五期封三的影集。何立伟本来是要讨稿费的,可是刘醒龙寄来的稿费仅区区数百元,我又不在家,早让家里花了,哪能分给他呢?

宜兴一见,我同立伟成了好朋友,自此,或发电子邮件,或通电话,热线联系,颇为亲密。我喜欢他的聪明,喜欢他的幽默,也喜欢他的通脱。在禄口机场一见面,我就夸他去年在长沙教训某人的架打得好,见真性情,现在还是这个态度。可见,我们何家兄弟不会差到哪儿去!

2007年11月6日

"湘军"中一宿将

我同聂鑫森相识甚晚。大概是20世纪90年代中期吧,《广州文艺》编辑部约我选一篇短篇小说推荐给他们发表,并附我的短评一篇。因我大部分时间和精力用于长篇小说的阅读和评论,对中、短篇小说偶尔客串一下,并不十分熟悉。但是,一个偶然的机会在《钟山》杂志上读到聂鑫森的短篇小说《火烧鳊》,被其深深地吸引,于是推荐给《广州文艺》再选发一遍,并循例写了短评。老聂的短篇大体可以归入新笔记体小说一类,写得严谨又颇潇洒,有些随笔的味道,我在短评中大概除了对此作表示激赏之外,在文体上做了一些分析。这大概就是我同聂鑫森订交之始。

2000年夏,我访加、美回国之后,应内蒙古公安厅主办的《警察》之邀,请了一些文友到八月的内蒙古草原开了一次笔会。老聂也应邀参加了,另外还有阿成父女、贺绍俊父子、方方母女、韩静霆一家子、上海女作家殷慧芬、江苏评论家黄毓璜等,相当热闹,时间不长,却玩得颇为开心。这一次,也是我第一次同老聂见面交谈。他说,20世纪80年代在鲁迅文学院上学的曾听过我的课,那不能算正式认识。因为那种场合,我在讲台上讲,他在讲台下听,如不交流,是不会留下什么印象的。这一次共同参加《警察》杂志的笔会则不同,朝夕相处,无所不谈。到了草原以后,还挤在一个蒙古包里聊了大半宿,于是一下子成了知心朋友了。这一次相聚以及后来的多次书信往来,电话交流,让我对聂鑫森加深了认识,感受到他的诚挚的友情,也看到他的仙风道骨,有一种隐士之风,总之,是一个可以交往甚至可以深交的朋友。

自从2000年夏天之后,聂鑫森时常来信,逢年过节,还寄来他手绘的国画小品以及书法作品作为贺节的礼物。这种礼物既雅致,又常在字中或画中寄寓深意。那些年,我为中国石化公司所属的长城润滑油公司主编一张企业报,报上辟有一文学副刊《清水河》,发了不少文坛名家的诗文。聂鑫森也常寄来作品支持这个副刊,成为为这个副刊撰稿的名家之一。

最令人感动和难忘的是2003年春夏之交"非典"肆虐期间,北京成了重点疫区。我困守斗室之内,读书写作，甚感抑郁，和朋友们也只能通过电话或书信相互问候支持。正是这个时候，聂鑫森远从湖南株洲来函慰问，并附国画《丹竹图》以示关爱之情。画中题词曰："古人燃竹以爆，谓可驱疫煞，今特作得丹竹图奉何镇邦先生，以令非典勿侵其室，全家吉祥如意。"此画此词在那个非常时期远从潇湘驰来，对在重点疫区困守之我辈，实在是莫大的慰藉。仅此一事，我是十分感念老聂的友情的。

聂鑫森在短篇小说创作和散文创作取得的成绩有目共睹，人缘又好，有一时期盛传他要到湖南省作协就任要职，为此我曾致电探询，他说确有此事，但他已经婉拒；因为他不想当文化官，还是安心当个写东西的作家，写点真正的作品，安度晚年。此举甚得我心，也十分赞赏他这种"面向文学，背靠文坛"的姿态和远离权力中心当个真正作家的处世方法。

近些年来，我同文学上的"湘军"似乎有些疏离。但一想起聂鑫森、何立伟、韩少功这些老湘军的中坚，当然还有老友孙健忠等，心里就感到温暖。

2007年9月5日

储福金的谦逊与坚守

在江苏作家中，储福金同我的关系应该说是比较近的。因为他是我已故的老友艾煊的女婿，他又曾在鲁迅文学院第八期作家班学习过，尊称我为老师。但实际上我们之间过从很少，相互了解不深，以至我所主持的"名家侧影"这个宣传名作家的栏目迟至十四年后才让他出场。但是近年间有两次机会聚首，相聚甚欢，交谈也相当深入。这两次都在宜兴，一次在2008年春，一次在2010年秋，都为了出席周德彬的长篇小说的首发与研讨会赶到宜兴，同住一家宾馆，每次都聊到深夜。我们聊艾煊晚年的情况及家事，而更多的是聊文坛聊他的创作，这就大大拉近了我们之间的距离，加深了我们的友谊。

福金为人低调，性格内向，举止言行颇为儒雅。但他性格中又有坚韧与执著的一面。在宜兴听周德彬说，文化大革命时期福金到宜兴乡下插队，由于喜欢文学写了一些诗词和散文，还有一些谈及当时乡下现状的书信,少年气盛,议论时政,被打成现行反革命,拒不承认"罪行"和交代问题,很吃了些苦头,亏得周德彬明里暗里保护了他,才过了那一关。

　　在文学创作中,他也有所坚守。他在上海读中学时就喜欢文学,才份甚高,有一种江南才子的气质,加上又喜欢甚至可以说崇拜日本作家川端康成,因此他早期的作品大多唯美而感伤。诸如写一群文化馆女孩子的"紫楼"系列(亦称"新十二钗"),美则美矣,就是有点过于纤巧和秾丽。记得我提醒过他,可他还坚持这么写。直到2005年夏天,第二届"紫金山文学奖"在南京开评,我应邀再次担任评委,并主持长篇小说组的评审工作。这一届,储福金的长篇新作《细雨中的阳光》参评,还是过于唯美、过于纤巧而未能获奖,我殊感遗憾,可能把我的感受告诉过他。这一次,他有点震动了。不久后,他写出了长篇小说《黑白》,并陆续发表了短篇小说"棋语"系列,反响强烈,《黑白》还于2008年获得第三届"紫金山文学奖"。这不仅由于储福金是文坛上的"棋王",熟悉围棋和棋手的生活,更重要的是他改变了创作路数的结果。他在坚持唯美的基础上又加大了作品的力度。不久前,他告诉我要丢掉川端康成，也就是告别川端康成。这大概就是告别川端康成的结果。其实唯美并没有错，文学的本质就是审美的，只要不是为唯美而唯美就行。川端康成也不是想丢就能丢干净的。读《黑白》，开卷时写主人公陶羊子小时候随母回江南奔丧的情景，尤其是写江南的雨景，还是唯美而感伤的。

在江苏以至全国文坛，储福金是以谦逊和热心闻名的。他热心扶植青年作家和业余作者，在他的家乡金坛以及宜兴苏南一带，有口皆碑。周德彬是宜兴的基层干部，当过官林镇主管工业的副镇长，退休前后，办起了一家颇具规模的铜材厂。他不满足于只当干部和企业家，还在业余时间写起了小说，以圆其年轻时的文学梦。近三年来，他连续出版了两部长篇小说，都得到了储福金的精心指导。今年9月在宜兴见到福金，他得知我的血脂偏高，告诉我银杏茶可以降脂。回到北京不久，就收到他从南京快件寄来的银杏茶，我顿感一股暖流流遍全身。

2010年11月30日

说说叶兆言

我之关注叶兆言及其创作，恐怕因我与他的祖父叶圣陶老先生有一面之交，与他的父亲叶至诚有过一些交往有关。但说来惭愧得很，我既未能对兆言的创作进行追踪式的阅读、评论和研究，也未能同他进行较深入的交谈，对他有较深入的了解。只在十多年前对他的一篇小说《五异人传》写过一篇短评。早就想在"名家侧影"这个专栏中推出兆言，也拖到现在才落实。可见我对兆言并非真正的关心，更说不上对他有所了解了。

但在同兆言断断续续的接触中，他的一言一行却给我留下了深刻的印象。

兆言爱读书，会读书。二十多年前，他就在南京大学中文系攻读硕士学位，师从叶子铭教授。一个文学硕士而从事专业写作，这在二十多年前，算是很少见的。关键是，他不仅有硕士学位证书，而且养成了爱读书的习惯，真正做到了博学强记，学贯中西，这对一个作家的学者化无疑是十分重要的。兆言读书的面很宽，也很杂。最近编他的专栏,请他写一篇同读者交流的文字,大部分作家是谈自己的创作经历和感想,他来电话说,想写2005年的读书生活,问我是否可以。我当然肯定他的设想。稿子写好后用电子邮件发给我,我在电脑的荧屏上一读,眼界为之顿开。他一年来果然读了不少书!畅销书、闲书、励志书和朋友们的作品,他样样读,而且都读出自己的心得来。难怪人家把他当成一个学者,也难怪他显得少年老成!

兆言为人厚道。二十余年来,兆言创作成果丰硕、成就斐然,可是他始终没有某些文学新贵的派头,他总是老老实实地做人,凡事替别人考虑,很能照顾大局。这一点是颇不容易做到的。我今年夏秋以来参加了江苏作协的一些活动,八月底到南京参加第二届紫金山文学奖的评奖工作,九月底又到南京参加第二届紫金山文学奖的颁奖活动暨江苏省第三次青年文学创作会议,十月底再到南京参加赵本夫小说创作研讨会。后两次活动,都在会上见到叶兆言。尤其是青创会开了两天,不少作家来点过卯就走了,可叶兆言始终坐在主席台上陪着开会,按说他没有讲话任务,在主席台上坐得不耐烦就可以离开了。可是他为了照顾大局,还是坚持坐在主席台上，因为他觉得作为江苏作协副主席之一，应该以这个实际行动来支持有关方面把会开好。到了十月底的赵本夫小说创作研讨会上，我于开会前一天晚上到达，问本夫叶兆言开会时是否来，本夫说，兆言尽管有事，还是答应来开半天会。果然，第二天上午开会时，叶兆言同其他几位副主席一起，整齐地坐在主席台对面的一排座位上，为这个研讨会助威。这大概就是一种团队精神吧。我为此很是感动了些时候。

兆言为人谦虚、低调。我没有听说过兆言同谁有过什么过节，有过矛盾；也没听说兆言吹过什么牛，或为自己进行过炒作。少年得志，事业有成而不居功自傲者，实属难得。

我每次见到兆言，都要同他聊起他的父亲叶至诚，因为在兆言身上，我看到叶至诚的影子，谦虚、诚实，有点老学究的样子。

2005年11月21日

几重惊叹

同徐风认识与交往，大概只有四五年时间；但在这短短的几年时间里，看着他书一本本地出，奖一个个地拿，活动一场场地搞，颇为惊叹。当然，除了看到他在文学活动与文学创作取得骄人成绩，冲出太湖之滨，冲出江苏，走向全国，感到惊叹外，更让人感到惊叹的还有以下几个方面。

一是惊叹他对紫砂文化深厚的感情与深入的研究。徐风有幸生于宜兴、长于宜兴。宜兴位于太湖西岸，不仅有幽美的景色、神奇的溶洞和丰厚的文化沉积，还有天下无双的紫砂矿土与延续数百年的制壶工艺以及独特的紫砂文化。徐风夸起家乡来，首先夸耀的即是紫砂壶艺与蕴藏其中的紫砂文化。近年来，我因为宜兴有个挚友徐风，多次应邀访问宜兴，看到徐风同紫砂工艺界的密切关系，他每次为我们隆重推出一两位紫砂工艺美术大师，让我们逐步了解紫砂文化。我也读到他无数的紫砂散文以及为紫砂工艺大师吕尧臣、蒋蓉写的两本出色的传记:《尧臣壶传》与《花非花》,感受到他对紫砂的一片情深和对紫砂文化的深入研究。当然,也在葛盛陶庄的展厅里,读到他早些时候为一些紫砂名壶配的诗,也是绝妙的。他把文化融入紫砂工艺,极大地提高了紫砂工艺的文化品位。例如《题"石瓢壶"》一诗:

> 红尘一劫千古恨
> 小楼东风依旧
> 一瓢甘泉
> 文火温馨
> 煮一壶禅意
> 品百年风流

多么美妙的"煮一壶禅意,品百年风流",一语道出石瓢壶的创意,也说尽人生的意味。这就是徐风所创造的诗壶相配所达到的特异的审美效果。有鉴于此,我在介绍徐风时,除了小说家、散文家和电视艺术家之外,还加上一个"紫砂文化研究家"的称号。

二是惊叹他对家乡的热爱和处处为宣传家乡所做的努力。宜兴的确是江南的一块热土,太湖西岸的一颗明珠，山水美、物产丰，人才辈出，大师云集，的确值得徐风去热爱宣传。近年来，我多次应邀访问宜兴，他不仅带我到龙背山森林公园去参观陈列历代十个宰相、四名状元、三百多名进士等先贤遗像的"历史名人馆"、陈列现当代八千教授相片与事迹的"科教名人馆"，还有陈列现当代文艺名家的"文艺名人馆"，而且带我到丁蜀镇访问诸多紫砂工艺大师，还陪同我访问竹海与茶园，筹办湖滨盛宴与滆湖鱼宴，从诸多方面推介宣传他的家乡，让我们了解宜兴的物质文明与精神文明，同他一样热爱宜兴。他还主编《名人笔下的宜兴》这样囊括古今名人写宜兴的文字与书画的大型图书，第一集已出版，第二集正在编辑之中，想必不久即可问世。他穷其力做这些事，就是为了宣传他的家乡，让世人更加了解宜兴。这种爱乡的赤子之心实在令人惊叹！

三是惊叹他在文学艺术涉猎之广、成绩之丰。徐风大概于20世纪80年代初涉文坛，近三十年来，他转战于文化馆、电视台与市文联三个阵地，在电视文艺、小说、散文等领域取得骄人的成绩。电视短片和专题片获得多种奖项。文学创作方面，除长篇小说《浮沉之路》摘取第二届"紫金山文学奖"外，文学传记《花非花》

获"正泰杯全国报告文学奖"、"徐迟报告文学奖"与第三届"紫金山文学奖",散文集《天下知己》获"冰心散文奖"。这些省级或全国大奖对他的文学创作给予充分的肯定。除了文学创作与电视艺术外,他在书法以及诗词写作方面也表现出相当高的才情,并取得不俗的成绩。

四是惊叹他对待朋友的古道热肠。徐风善待朋友,在文艺界是颇有名气的。他为人厚道,一旦同他交上朋友,他便会倾全力来照顾你。我在宜兴亲自体验他待友之热情,周密安排每位应邀访问宜兴的友人,既要吃遍宜兴的名吃,又要游遍宜兴的名胜,让你看尽宜兴的物质文明与精神文明建设的成就,让你满怀期待而来、尽兴而归。我目睹他每次组织文学活动与接待友人的情状,每每惊叹不已。还有,为了让喜欢紫砂壶的朋友拥有一把好壶,他竟然买了大量的紫砂土,再找到愿意同他合作的壶艺大师:他出紫砂土,壶艺大师如果制造出十把壶,他则享有一把。他说:"朋友太多,如每次都直接买壶的话,经济上肯定会入不敷出了。"真难为他想得这么周到,也由此可见出徐风待友之热情和厚道。

几重惊叹之余,我常常以交了徐风这样的朋友而自慰,并为他取得的成绩而骄傲。

2008年10月5日

了不起的"业余作家"

查阅作家出版社2006年6月出版的《杨黎光文集》第三卷,即他的第二部长篇小说《大混沌》,我为这部书写的"序"写毕于1993年7月6日清晨。由此可以确定,我第一次见到杨黎光乃是当年的春天,他由人民文学出版社的两位编辑陪同到我处求序。序写成之后不久,我又利用暑期南下惠州、深圳和广州,在深圳与黎光有过一段不短的相处时光。打那以来,我与黎光从认识到定交,已有整整十四个春秋。

一

杨黎光的文学创作,大概起步于20世纪80年代末、90年代初。他写小说、散文,也写报告文学,搞影视创作。最初引起人们注意的是他于90年代初先后由江苏文艺出版社和人民文学出版社推出的两部长篇小说《走出迷津》和《大混沌》。1992年春他南下深圳之后，才转向报告文学创作，接连写出了《没有家园的灵魂》、《伤心百合》、《惊天铁案》、《生死一线》、《瘟疫，人类的影子——"非典"溯源》等一系列长篇报告文学，在文坛内外引起轰动，并连续三届获"鲁迅文学奖（报告文学）"。而他的散文《走不出外婆的目光》又获"冰心散文奖"。不到二十年的时光，十三卷文集，近四百万言的作品，三届"鲁迅文学奖"，五项国家级文学大奖（包括三届由中国报告文学学会主办的"正泰杯"报告文学奖和徐迟报告文学奖以及冰心散文奖），这就是杨黎光在文学创作上的业绩，也是他向广大读者交出的"答卷"。

然而，杨黎光从他踏上文学创作道路至今，他在文坛的身份始终是"业余作家"，而且看来他不准备改变这一身份。因为他也信奉宗璞大姐提出的"面向文学，背靠文坛"的原则，不想卷入文坛的是是非非，甘心当个"业余作家"；而且他作为深圳报业集团的副总编辑兼《深圳晚报》的总编辑，够他忙活的了，他要挤到文坛来干什么？不过，人们要探问的是，作为一个"业余作家"，他怎能取得如此丰硕的创作成果？而作为《深圳晚报》的总编辑，从早忙到晚，他又是用什么时间来写作的？我是看到过他在上班时那种忙碌的状况的。2006年5月，我到香港办点事，回来时在深圳逗留了一天，因住在五洲宾馆，离黎光的报社近，给他打了个电话，他即派车来接我到报社，可在他的办公室待了一个多小时，他不是接电话，就是接待人，其中还开了个小型碰头会，连同我说几句话的时间都没有。据说，他每天都要这样工作。于是，写作的时间只好留到晚上开完编前会后或双休日、节假日期间。于是，他获得了"拼命三郎"的美称。

  杨黎光不仅对自己要求严，分秒必争地工作，连出差都带部手提电脑进行写作，不仅用人们喝咖啡的时间进行写作，而且主要是用减少睡眠所获得的时间进行写作。他还把这种近似残酷的自我要求用来要求他的朋友。1995年春，我被戴上糖尿病的帽子，随之发现心脏供血不足，多种疾病袭来，迫使我暂停写作。1997年春应友人之邀到珠海疗养，路过深圳时见到杨黎光，他照常热情接待我，也关心我的身体，但又当着不少朋友的面批评我那些年写得少了，对我的消沉表示不满。对于这种直爽的批评，我一时不快，但过后一想，这正是黎光对我的关心和爱护的另一种表现。

这就是杨黎光,不仅自己要做个"拼命三郎",也要求他的朋友都做"拼命三郎"!

二

黎光主张"慎交友",但是一旦同谁交上了朋友,他总是赤诚相待,百般关怀。同黎光交往十四余年之间,我时时感受到他的友谊的温暖。

1993年暑期,我趁假期到惠州、深圳、珠海以及广州转了一些时候,曾几度出入深圳。其时黎光也刚到深圳一年多,立足未稳,但却费尽心思安排我的食宿等事宜,照顾得极为周到,使我十分感动。

1995年以后,我身患多种慢性病,尤其是心脏供血不足,时时感到胸闷或心悸,他不仅经常来电话来信慰问,还多次托人从深圳带药来京。其中有一种比较贵重的中成药,服用后使胸闷、心悸症状消失,心脏供血状况大为改善。作为一位朋友,他的这一举措使我十分感动,铭记终生。

黎光对朋友的关心十分周到。我每次到深圳,或路过,或参加别的活动,他都要在百忙中抽出时间来看望我,或鲜花,或果篮,总要送点礼物。2001年秋,我们一行访台后经香港到深圳参加深圳作家彭名燕的作品研讨会，他执意要请赴会的朋友吃一顿饭，我原建议于我们下榻处的宾馆喝个早茶就行，可他坚持无论如何要请大家到特区报新落成的大厦里吃一顿比较地道纯正的西餐，以表达他的诚意。结果弄得他忙，大家也忙。这些年来，逢年过节，还可以收到他远从深圳寄来的礼物，真是既感到友谊的温暖，心中又感到不安。因为杨黎光自己除了是个工作狂外，生活上是不讲究的，不讲吃，不讲喝，不搓麻，不泡吧，可对朋友，却尽力让人家生活得好，提高生活的质量。这种先人后己的人，也快变成"稀有动物"了。

三

在创作上，黎光称得上是多面手。

在他的文学创作起步期，他是多种文学体裁都尝试过，这从他收在十三卷文集的第一卷《月光曲》大体可以看得出来。其中既有中、短篇小说，又有报告文学和特写。在此之后，是两部长篇小说《走出迷津》和《大混沌》的写作。其中当然有他的一些艺术探求，诸如把通俗小说与严肃文学结合起来，也就是借用通俗小说的躯壳进行纯文学的严肃的艺术追求,把影视叙述方式引入小说文体,等等,从这些探求中可以看出黎光之志不在小也。可是当他结束第二部长篇小说,正在构思另一部长篇小说《孤宅》的时候,他南下深圳,并做了报人,从一家法制报到特区报,从普通编辑记者到报社的老总,特区瞬息万变的生活以及他的报人岗位使他从小说创作转向报告文学创作。在深圳的十五年间,他写出了一系列轰动文坛内外的长篇报告文学作品,并屡屡获奖。正在这个时候,他再次回归小说创作。新近由人民文学出版社隆重推出的长篇小说新作《园青坊老宅》就是在十五年前构思的《孤宅》的基础上于近一两年间利用业余时间写就的。我还没有读到这部作品,读过书稿的老编辑崔道怡兄在电话中告诉我,此作相当精彩。当然,黎光的有限的业余时间,除了大块时间用于报告文学与长篇小说创作外,一些零碎的时间还用来写散文、写时评短论。文集第十一卷《走不出外婆的目光》就是散文卷,其中收入的五十多篇文章,有的是传统意义上的叙事抒情的散文,有的则是时评短论了。

无论从事何种文体的写作,黎光都有一个明确的目标,那就是他在十三卷文集第十一卷卷首的《我的文学家园》中所说的:"我的创作成熟于一个社会转型期,在这个转型期中,几乎人人都在经受着考验,包括我自己。人们在遍尝诱惑之苦后,又在寻找着自己的精神家园。我把这个精神家园物化成为一个'枕头',一个让你想睡就能睡着的'枕头',我希望人人都有。"简言之,杨黎光的文学创作就是要为人们寻找自己的精神家园,也就是那个让人想睡就睡得着的"枕头"。作为一位"业余作家",杨黎光在他的文学创作中,有如此明确的思想追求与艺术追求。这种追求,不仅明确,而且自觉,贯穿于他业余创作的始终,这应该说是不简单的,甚至可以说是很了不起的了。

  黎光正当盛年,无论作为报人,还是作为作家,他都还有一段相当长的路要走。愿他走好每一步,取得更令人瞩目的成绩。

2007年7月25日

聊聊陈染

新近,收到陈染送我的两本书,一为《陈染短篇小说精品·离异女人》,一为《陈染中篇小说精品·无处告别》,均为作家出版社出版,装帧精美,所收作品也相当精致,令我爱不释手。翻读陈染这两部小说精品,并重读她十多年前签送我的长篇小说《私人生活》,还有其他由她送我的作品,三十余年来,从一个中学生到一位著名作家的陈染,她的形象逐一浮现在我的眼前。

三十多年前,亦即20世纪70年代末,刚刚粉碎"四人帮",我还在北京一所中学教高中语文,陈染就是我的学生之一,她那时大约是上高中二年级。我从多年的教学经验中悟出,中学生的写作应从模仿范文开始,于是经常选用一些容易模仿的范文供学生临摹模仿。有一次,区里要搞一次全区性的作文公开教学,指定我来上这个公开课。于是我选定陈染所在的班级进行。我从小学课本找来一篇文章,叫《一件难忘的衬衫》。文章记述了周恩来总理一桩动人的事迹：有一次周总理的车从中南海北门出来，刚碰上一位骑自行车上班的女工；女工受轻伤，衬衫也刮破了。周总理不仅下车道歉，还让人送女工到医院就医，最后还让秘书买了一件新的衬衫送到女工家中赔她。于是，在周总理逝世之后，这位女工就写了这篇题为《一件难忘的衬衫》来悼念人民的好总理。我在给学生讲解这篇供模仿的范文时指出该文的构思特点是，由一件难忘的衬衫（物）引起对一件事（周总理的车不小心刮碰了一位女工的自行车以及为女工治伤并赔偿衬衫的事）的回忆，从而写出一个值得怀念的人，这就是由物→事→人的写法。要求学生按照这样的构思，写一篇千字文，题目自拟。结果，陈染写的一篇题为《一块难忘的手帕》的作文，被选为范文，刻印出来，在有全区一百多位语文老师参加的公开教学课上进行讲评。当时的陈染大概只有十六七岁，圆脸、红扑扑的，两只大眼睛炯炯有神，显出一副聪慧过人之状。她非常大方地站在众多老师同学之间讲述她的构思与写作经过。我想，这件事对陈染以后走上文学创作也许有点影响。在那次公开教学后不久，我就调到中国作协创作研究室工作，陈染也考上大学并在毕业后留校任教，我们之间也就很少有机会联系了。

到了20世纪80年代中期，我从《人民文学》等刊物上读到陈染的一些中、短篇小说，这些小说大都带点俄罗斯文学的一些感伤色彩，一下子把我吸引住了。譬如短篇小说《纸片儿》、《小镇的一段传说》，中篇小说《角色累赘》等作品；都写得相当出色。看到出手不凡的陈染，我的心中不禁窃喜。稍后，陈染调到作家出版社工作。我们同在一个大的单位里，见面的机会多了，往来也就多了起来。尤其是我到鲁迅文学院工作之后的日子里，由于有时要值班住在办公室里，鲁院离陈染家的金台路又较近，我同她母亲陈燕慈女士早就熟悉，于是来往就多了起来。有时是她到办公室来看我，有时是我到她家里蹭饭。

20世纪80年代末至90年代初，我同陈染接触最多的一段岁月里，发现陈染生活得很快活，创作上也处于巅峰状态。她每次到鲁院办公室来看望我时，往往会带着一些小艺术品送我。这些艺术品都很特别，很有观赏价值。她当年送的一副秦始皇兵马俑出土的铜车马的复制品至今我还珍藏着,并放在博古架上观赏。而她那时也往往把自己打扮成一件艺术品,从衣着到每件饰品,尤其是脚上戴的脚链,就向人们诉说着她的艺术追求与艺术个性。而这种精致、个性十足的艺术追求也体现在了她的文学作品中。本来我是应该为她的作品写篇评论的,但是却一直未能落笔,可能是由于当时太忙碌,心境也不好的缘故吧;也可能由于陈染曾经是我的学生,不愿意轻易来评论她和她的作品,总之,至今我对陈染的几百万字作品也未置一评。这是我觉得亏欠陈染的。好在1991年春曾为陈染办过一件小事,那时她刚从澳洲匆匆归来,写了中篇小说《与往事干杯》,适逢我要南下苏州参加范小青的作品研讨会,于是把稿子托我带给范小青,并由小青转交给她的哥哥当时主持《钟山》编政的范小天。我是《与往事干杯》初稿的读者,是在赴苏州与会的火车上读的,印象颇深,窃以为是陈染的代表作之一。

  陈染与林白同时成为"私人化"写作这种文学思潮的代表性的作家之后,我曾收到她那部颇为轰动文坛的长篇小说《私人生活》。说老实话,读了《私人生活》,我更难以评论陈染的作品了。打这以后的十多年中，我们之间由于种种原因，主要是由于我退休之后很少有机会见到陈染，我和陈染居然越来越疏远，但我还是一直关心她的写作和她的身体健康情况。

2009年12月11日

徐坤的性格与才艺

徐坤在文坛里外被称为"女王朔"、"文坛女侠",足见其豪爽、仗义和尖刻的一面。徐坤是位在东北长大的女孩,又读过博士、获得博士学位,豪爽、侠义和尖刻,自然是有些道理的。在读她的小说之前,读过她写的一些散文随笔,尤其是侃足球的随笔,显得潇洒和泼辣,不像是出自一位女性笔下的文章。20世纪末,我应辽宁人民出版社之约,编了一套"当代女作家情感世界散文丛书",其中就有徐坤的一部,书名定为《坐看云起时》,收入她20世纪90年代创作的散文随笔四十余篇,作为第一辑的九篇随笔,诸如《女球迷》、《君子好逑,女子好球》等,都是侃足球的,写得比一些男性作家显得更泼辣、老到。故此,在为此书写广告词时,我这样写道:"她侃足球,写网友;她写童年时代的顽皮,也写90年代北方都市的独特风景——老太太扭大秧歌……在她的文字里,多了几分潇洒,也多了几分泼辣,这一切,都会让人感到她的文章别有一番风采。"等到后来读到她的小说《狗日的足球》,加深了我对徐坤这种潇洒泼辣有点男性化的文风印象。我想,有人把她称为"女王朔"、"女大侠",大概是就此而言的。

生活中的徐坤,也的确有其豪爽、侠义的一面。在编选"当代女作家情感世界散文丛书"时,我邀她同徐小斌一起"入伙",她们姐妹俩都很爽快地答应了,而且很快把集子编就送来(当然,徐坤的大多是一些散碎的原稿,我后来做了不少编辑加工的工作)。交稿的时候,还请我在我家附近的"鸭王"美餐了一顿,算是对我的犒劳。临结账的时候,徐坤争着付钱,足见其豪爽可爱劲儿。2000年的初夏我们在长城润滑油公司为王蒙的"季节系列"长篇小说开一个相当盛大的研讨会,徐坤也去了。记得那一次,她抢着发言,在众人面前爽快地表达对王蒙敬佩爱慕之情,博得全场的掌声,也传为文坛佳话。2003年的秋天,我们应中国海洋大学之邀到青岛参加"王蒙文学作品国际学术研讨会",徐坤也去了。记得这一次,她在台上激情朗诵王蒙的长篇小说《青春万岁》中的"序诗",也获得了满堂彩。后来,她又把王蒙的长篇新作《青狐》改编成话剧。凡此种种,都足以表现出她的侠气。

当然,生活中的徐坤,也有她柔和细致极具女人味的一面。她待人彬彬有礼,说话柔声细气,全然不像她侃足球的样子。今年"三八"节前夕,她到我处送本专辑的部分稿子,因不好停车,我只好到楼下去接。一见她,只见她一手提着一个装稿子的纸袋,一手举着一束鲜花朝我走来。这简直让我惊诧莫名,我开玩笑说,"明天是你们的节日,应该是由我来向你献花,怎么由你来向我献花呢!"她笑着答道:"这是为您夫人买的鲜花,请转交。"于是只有代我夫人感谢的份了。由此小事可见,徐坤又是多么细致多么周到的人啊!

在文学作品里,徐坤也不是全那么泼辣、调侃、犀利的。我读过她送我的两部长篇小说。《春天的二十二个夜晚》和《爱你两周半》,那种对情感柔肠百结、缠绵悱恻的描写,同《狗日的足球》中的笔墨比起来,简直如同出自两个作家之手。谁说徐坤只是"女王朔"、"女大侠"呢!徐坤有着几张面孔,也有着几副笔墨。

徐坤在文坛里还算是个小妹妹,她只有十多年的"作龄",但她的成就却是多么了得。在文学的领域里,她的才艺是多方面的。她搞创作,也搞理论;她写小说，又写散文随笔，最近又写起话剧剧本来。早就听说她把王蒙的长篇小说《青狐》改编成多幕话剧，准备由北京人民艺术剧院演出。而今年春天，北京人艺在首都剧院的小剧场已公演了她的话剧《性情男女》，据说已演出十好几场，场场爆满，成了当下北京文坛的头条新闻。没想到，徐坤一不留神成了一位很红火的剧作家，说不定她的话剧作品还真能救活一门古老的艺术门类呢！徐坤的才艺由此可见如何了得。我在电话里或当面申请到首都剧院小剧场去观赏她的《性情男女》，受受教育，她也答应了。可至今还没把票送来，耐心等着吧！

2006年3月11日

洛杉矶人物志

洛杉矶位于美国南加州，西临太平洋，东与内华达州的拉斯维加斯相邻，气候干爽，经济繁荣，被称为"天使之城"。更重要的是，洛杉矶集合着来自世界各地的移民，呈一种多元的文化状态，尤适于移民的生存。近几十年来，从祖国大陆、台湾和香港的移民大量涌入洛杉矶，几近百万人。本世纪来，我两度访美，在洛杉矶逗留近百日，与旅美华人有着广泛的接触和交流，尤其同洛杉矶华文文坛的各位人士交流更多，于是有了下面的一些记录。

黎锦扬与萧逸

黎锦扬先生大概是洛杉矶华文文坛的老寿星了。人们至今也没有弄清楚他准确的岁数，只知道他大概已年逾九旬；他自己对别人也只是说，年已九旬，究竟九十几，连他自己也说不清楚。我两次到洛杉矶，都在不同场合见到他，只见他健步如飞、无需人们帮扶，哪像一位九旬老翁！

　　黎锦扬，祖籍湖南湘潭，1941年毕业于西南联大，1945年在纽约哥伦比亚大学研修比较文学，后转至耶鲁大学攻读戏剧，1947年取得硕士学位。也就是在取得硕士学位那年，他的小说处女作《花鼓歌》一炮打响，使他得以留居美国，并以英文写作打入美国主流文坛，成为以英文写作打入美国主流文坛的少数华人作家之一。听说其中还有一段曲折动人的传奇故事呢。

　　1947年，他在耶鲁大学取得硕士学位后，由于没有取得在美国的居留证（也就是绿卡），必须回国。就在他等待移民局遣送他回国之际（他已没有钱买回国的船票），他的小说《花鼓歌》在一次征文中得大奖，于是命运发生了变化，不仅得到了一笔数量可观的奖金，还获得了"绿卡"。随后，《花鼓歌》又被改编成音乐剧，在纽约百老汇常演不衰。据说在谈改编报酬时，有两种支付办法，一是一次性付给五万美元，二是长期领取版税，彷徨中他把自己灌醉，竟然稀里糊涂地选择了后者，于是至今近六十年仍每年得到《花鼓歌》的版税。此事成为盛传于洛杉矶以至全美华文文坛的佳话。

　　更可喜的是，黎老至今仍坚持写作，主要用英文写，再译成中文，偶尔也用中文写作。近几十年来，他共出版了《花鼓歌》、《爱人角》、《马跛子与新社会》、《堂斗》、《天之一角》、《赛金花》、《处女市》、《金山姑娘》、《太平天国》、《愤怒之门》、《乱世春秋》等十多部作品。去冬今春在洛杉矶同他见过几次面，送我一部新作，是由中国文联出版社出版的《乱世春秋》，写的是清末一位留美学人回国的经历和他及家人见证的历史变迁，系用英文写成，再由旅美华文作家李佩兰女士译成中文的。此书我从洛杉矶带回国，放在我的书柜中，成为我对黎锦扬先生的一种怀念。

萧逸原名萧敬人，原籍山东菏泽，系国民党将门之后。他十二岁随父迁台，在台求学，大学毕业后即投入武侠小说创作。几十年间，出版了四十多部武侠或情侠小说，在武侠小说界，与金庸、古龙齐名。20世纪70年代至80年代移民美国之后，在创作武侠情侠小说的同时，又涉足影视，成为著名的影视编剧，在文学与影视双栖。2000年夏以及2007、2008年冬春两度访美，同萧逸兄均有较多的交往。2008年春，他又到北京小住近一个月，我们常在一起宴饮冶游，一次在北京后海的

"孔乙己酒家"吃过晚饭后,乘兴夜游后海,看阑珊灯火中的后海酒吧,萧兄童趣大发,聊起《血色浪漫》中所描述的"拍婆子"(当年北京"红卫兵"玩的追女孩子的把戏),并与在座的女孩开起了玩笑。一位颇为儒雅的大作家霎时变成一个顽童,童心毕现,煞是可爱。其实,萧逸正是这样的人,既儒雅、又侠义,既善于应对社会各种人物,又不失其可爱的童趣。

在同萧逸断断续续交往中,听他聊起几段往事,颇有趣,兹记述于下。

一是他聊起他当年最为得意的作品之一——《饮马流花河》在台北发表的情景,仍然流露出意得志满的情态。他说,《饮马流花河》写成后,台北某大报副刊用整版刊出并连载,那是以撤下正在连载的金庸某部作品为代价的,那可以说是他武侠小说创作进入一种巅峰时期的标志。

二是聊起他与梁实秋的交往。他曾师从梁实秋先生,并颇受其眷顾(赏识)。一次,他想去拜访梁实秋先生,事先通电话打了招呼,梁先生唯恐耳背听不见门铃声,居然坐在宅前等候他的光临,此事让萧逸大为感动,当然也表明他与梁实秋先生之间师生之谊的深厚。

我在洛杉矶的萧府客厅看到梁实秋先生为萧逸写的一个条幅，字迹潇洒俊逸，措词情感殷切，也可以作为梁萧师生之谊的佐证。

三是关于打破坚冰与大陆交流的往事。萧逸移居美国洛杉矶之后，创办北美洛杉矶华文写作协会，为创会会长。20世纪90年代初，他力排众议不顾台北派驻洛杉矶的"外交使节"再三警告，多次邀请大陆作家访美，有时访美大陆作家就在他家里留宿，如蒋子龙、贾平凹等，他终于打破坚冰，为海内外华文作家交流打通一个通道，建立了一个新的平台，真是功莫大焉！

黄美之与伊犁

黄美之在洛杉矶华文文坛，也是一位富于传奇色彩的人物。2000年夏天，我初访洛城时，就与黄美之结识，我为其传奇式的经历与典雅的贵族气质所吸引。她作为北美洛杉矶华文作协副会长曾为我主持过由洛杉矶华文作协举办的报告会，又多次驾车载我到各处参加文学聚会，故亲切称她为"大姐"。

黄美之，原籍湖南沅江，系名门闺秀，曾就读于南京金陵女子大学历史系。1949年从军迁台，曾在孙立人将军处当秘书。因为孙立人案受牵连在台湾坐了国民党蒋家父子的十年冤狱。出狱后,于1963年与美籍外交官傅礼士先生结婚,之后随夫遍游非亚各洲,1972年回美定居于洛杉矶巴萨迪那,服务与美国邮政局资料室直至退休,并活跃于北美华文文坛。2000年夏我访美时,曾赠我以散文文集《欢喜》、《不与红尘结怨》等,读后,其雍容华贵和典雅高尚的气质,优美简洁的文字给我留下深刻的印象。2007年至2008年冬春之间,我再次访美,她又送给我一部刚由台北跃升文化事业有限公司出版的短篇小说集《沉沙》。集中所收七篇短篇小说,描述从清末到民国五六十年代各种普通人生感人而无奈的故事,表现出历史长河中所沉淀的一些沙砾,读来也让人唏嘘。黄大姐在送我的书的扉页中写下唐代诗人杜牧《赤壁》一诗中的两句诗:"折戟沉沙铁未销,自将磨洗认前朝。"寓意深焉。小说集封面印有黄大姐当年在台北出狱时照的一幅相片、其端庄贤淑,可见当年之风采。她指着相片对我说:"这是出狱之照,太年轻了点。但由此可见,蒋家父子都不是什么好东西!"其激愤之情,溢于言表。据说,台湾当局已为其"平反",并补了十万美元的安抚费,大姐将其设立"德维文学基金",并成立"德维文学协会",全部用于文学事业。

　　黄美之外柔内刚,是中华民族传统文化与外来文化融合最好的体现。在同她交往之中,既体会到她热情关怀与周到呵护,又能感受到她耿介高洁的性格。据说她的丈夫傅礼士先生辞世之日,也是她的独女成婚之时,她含痛既办好了丈夫的丧事,又办好了女儿的婚事,凸显其坚强的性格,在洛杉矶华人中传为美谈。近年来,她年事已高、视力又不好,远在纽约的女儿要接她到纽约一起生活,以便给予更多的照顾,她毅然谢绝女儿的美意,独留洛杉矶巴萨迪那那座清静的"桔园"过着孤单的养老生活,并坚持文学创作,一直不想辍笔。2008年元旦刚过,我应约到她府上拜访时,正是她女儿带着三个小外孙来过完圣诞元旦返回纽约的第三日,她说三个小家伙闹了十来天,家里乱得不得了,但环视客厅以及各个角落,仍收拾得一尘不染,井井有序。这就是黄美之,无论是写文章、还是日常生活,一点都不能将就!

　　伊犁是一位同黄美之形影相随的侨居在洛杉矶的华文女作家。2000年夏天访美时,我曾结识她,记得也是黄美之介绍,她送我一部小说散文集《美金的代价》

（太白文艺出版社出版，列为"旅美华文女作家精品书系"之一），回来翻阅过，觉得她的文风与众多旅居海外的华文作家不一样，同她的为人一样，低调、不尚炒作，朴实无华，却对生活有着独到的穿透力，文字也比较从容隽秀。她是我比较看好的一位海外华文作家。2008年元旦过后，我应约到黄美之大姐家拜访，并受其宴请，特意前来陪客的就有伊犁，她再次送我一部由中国戏剧出版社出版的中短篇小说集《等待绿卡》。集中收入八篇作品，均是她近作中的佼佼者，尤其是《等待绿卡》一篇，寓意更为深远。读了这些作品，对伊犁就更刮目相看了。

伊犁，原名潘秀媚，出生于浙江永嘉，11岁到香港，在香港读完中小学，1967年随同父母远赴巴黎，次年在美国修读护理科，获诺丹护士文凭。1973年移居美国，先毕业于波士顿麻省大学英文系，后又曾在旧金山州立大学写作班进修，然后定居于洛杉矶。从移民香港时代就开始文学创作，著述颇丰。"伊犁是一个能掌握她自己命运的人，因此在她的作品中还透着这一种毅力和命理。"这是黄美之在为小说集《对待绿卡》撰写的序文《水仙的联想》中的一句话，用它来概括伊犁的为人为文是颇为得当的。

黄宗之与朱雪梅

　　黄宗之与朱雪梅是一对定居于洛杉矶的科学家夫妇。他们来自湖南衡阳的南华大学医学院，出国前一为副教授，一为讲师。黄宗之于1995年先期到美，作为访问学者在南加州大学医学院肝病研究中心从事肝脏疾病酶的基因表达与调控的分子生物学研究；朱雪梅则先赴日本东京从事肝类病毒的转基因动物研究，然后转赴美国与丈夫团聚。十几年来，他们不仅在科学研究上取得了骄人的成绩，有了安定的工作与美满的家庭生活，而且利用业余时间进行文学创作，乐此不疲，成为活跃于洛杉矶华文文坛的一对夫妇作家。他们合作的长篇小说处女作《阳光西海岸》2001年由天津文艺出版社出版，此作描述了一对科学家夫妇出国打拼的经历，在异国他乡经历了工作、身份和家庭的重重挫折，也表达了对故园亲人刻骨铭心思念。此作一炮打响，几度重印，在国内外发生了较大的反响。从此，一发而不可收，又很快写出第二部长篇小说《未遂的疯狂》交由百花文艺出版社出版。2007年秋我重访美国到达洛杉矶时，在一个聚会上见到他们夫妇，他们出于对我的信任，把刚完成的第三部小说《破茧》的初稿交给我审读。这部长篇新作写的是子女教育问题，以两个华人家庭对子女的教育相对比提出了值得思考的问题。对此，我颇感兴趣，很快读完了初稿，并提出了一些修改意见。他们虚心地接受了我的意见，并很快改出了二稿，我在洛杉矶居留时阅读了二稿并写了序。归国时带回交人民文学出版社审读，他们读后也颇感兴趣、签了出版合同。在对待付印期间，黄宗之、朱雪梅夫妇又虚心听取了人民文学出版社责编的意见，改出了第三稿，再交出版社。人民文学出版社决定年内出版这部长篇小说，我想，到时在国内外将引起强烈的反响。

在反复阅读《破茧》这部长篇小说的过程中，我同他们夫妇之间加深了了解，成了好朋友。黄宗之与朱雪梅，不仅是一对相爱的夫妇，又是一对志同道合的科学家与业余写作的合作者。在小说创作上，往往是黄宗之出构思、打初稿，朱雪梅再进行文字的加工打磨，这种合作可以取长补短，是很默契的。他们可以用来写作的业余时间很少，只能起早贪黑利用假日时间，有时要在凌晨四、五点钟起来先写上一两个小时，再分别送女儿上学并上班去。这样的辛劳他们无怨无悔。其实，文学创作并不会给他们带来什么名利，他们只是对文学抱有一份热爱之情，文学创作使生活更加充实更加有亮色而已。

黄宗之、朱雪梅夫妇，除了把业余时间用于文学创作上以外，还把更多的时间用在两个女儿的教育之上。他们的大女儿安琦是随她母亲来到美国的，今年夏天高中毕业，并以优异的成绩被加州大学洛杉矶分校录取；据说录取她的名校还很多，再三权衡，还是选择了加州大学洛杉矶分校。他们夫妇用在女儿身上的精力可谓多矣，长篇小说《破茧》用的不少是他们教育女儿的素材，尤其是其中的甘苦与感悟，可以说，没有安琦的成长与教育，就没有长篇小说《破茧》的诞生。小女儿姗妮出生于美国，刚上小学，是一个十分活泼可爱又听话的小姑娘，我们夫妇多次同她一起去游览，给我们带来极大的愉悦。现在，安琦就要上大学了，黄宗之、朱雪梅夫妇即将把更多的精力转移到姗妮的培养教育之上。

从黄宗之、朱雪梅这对科学家夫妇和文学创作合作者身上，我似乎看到华人在海外的奋斗史，看到中华民族传统文化的力量，当然，也看到西方文化的影响。

梅花与兰花

梅花与兰花是一对中美混血的孪生姐妹。梅花的美国名字是莱丽克·彼德森,兰花的美国名字是达丽娅·彼德森。她们的父亲彼德森先生曾经是《洛杉矶时报》的记者,现在一家英文杂志当编辑;她们的母亲苏珊是从沈阳到美国去的。20世纪90年代初在洛杉矶,苏珊与彼德森以相当浪漫的方式认识、相爱、结婚并生下了这一对中美混血的双胞胎。苏珊的父亲,也就是梅花与兰花的姥爷王振文先生系辽宁大学中文系教授,与我有一面之交。于是,在我重访美国逗留洛杉矶时,就有同他们一家见面认识的机缘。当然,这一见面,又是具有相当传奇色彩的。

苏珊从洛杉矶的几家中文报纸上和朋友的口中得知我访美并住在洛杉矶的消息,打电话告诉她远在中国沈阳的父亲,她父亲要她在洛杉矶招待我,以尽朋友之谊。她后来辗转找到我,并在我为圣谷作协举办的报告会上见到我,邀我与夫人于2008年元旦后到她那位于好莱坞附近半山上的家里做客,并把她那双胞胎女儿写的一组中国游记的中译本交给我。回到住处,我断续地阅读了这对孪生姐妹的访华日记中译本，大概有五六万字，是她们2006年夏天随父母回中国探亲旅游写下的日记式游记。写的主要是在北京和桂林的见闻。这个阅读，增添了我访问苏珊家的兴趣，自然也就有了一种见见这对孪生姐妹的期待。

2008年1月7日，苏珊如约接我们先到好莱坞的环球影城参观，然后到她家里去见她的丈夫以及一对孪生女儿。彼德森家族是好几代前的北欧移民，也是一个书香门第。苏珊的公公婆婆也都是作家式的编辑，同美国前总统克林顿是好朋友，因此，莱丽克与达丽娅出生时，克林顿还发了贺函。他们的家在好莱坞影城附近的半山上，是一座相当古老的建筑，门前有很高的台阶。我们拾级而上进门，这是一座两层的楼房，站在楼上的阳台上可以鸟瞰好莱坞以及海滨景色。苏珊的先生与女儿们对我们非常地热情友好。梅花、兰花分别为我们表演钢琴演奏，彼德森先生竟然用中文演唱了我们的国歌《义勇军进行曲》，以示友好；随后他又边弹钢琴边唱起他为向苏珊求婚而创作的歌曲，真是一片和谐融乐的气氛。苏珊还把两位双胞胎女儿从小写的一些日记与文章搬出来给我们看。别看两位小姑娘才十一岁，已是初中一年级的学生，但从小就爱好写作，用英文写了大量作品，并决心要做中美文化交流的使者。短暂的会见结束后，我们又驱车到附近一家西餐享用意大利美食。这一天，我们的确过得很有趣。

今年一月中旬我们回国之际，把梅花与兰花合作的中国游记带回来并推荐给《中国校园文学》杂志社，他们选发了孪生姐妹各一篇作品，刊于今年的第六期上。当我把这一消息告诉她们以及寄去样刊时，苏珊来电话说，两姐妹简直乐坏了，说她们还要继续写下去，实现当中美文化交流使者的理想。苏珊还在电话中告诉我，梅花与兰花还非常关心中国，汶川大地震发生后还捐了款，并致信驻洛杉矶总领馆，表明她们身上还有一半中国血统，中国也是她们的祖国，她们要为祖国做得更多。

梅花与兰花，是一对多么可爱的中美混血的孪生姐妹啊！

刘於蓉与张明玉

刘於蓉女士是洛杉矶华文文坛颇为活跃的一位作家，也是一位社会活动家。她是北美圣谷华文作家协会的创会会长，又担任蒙特利公园市市政府的文化艺术委员，美国普林顿大学客座教授、南加州华人新文化运动协会会长以及世界华人妇女高尔夫协会会长等社会职务。她每天几乎都在社交活动中度过。好在她的丈夫是位在美国生美国长的日侨，成为她的好后勤。她没有什么后顾之忧，才可以全身心地投入文学创作与社交活动之中。

2007、2008年冬春之交再次访美，我在洛杉矶同刘於蓉女士见过几次面，她的热情与率真、浪漫的性格留给我颇为深刻的印象。由于她装扮入时，衣着时尚，初次见面时，还有点拘谨；但随着对她的了解逐步深入，尤其在她多次为我安排各种活动之后，我和她之间的交往就自然放松多了。她曾为我联系"美国生活电台"与"1300电台"的两次专访，举办过一次由圣谷华文作协主办的题为"从生活到创作"的文学报告会，在会上认识了不少洛杉矶华文文坛的朋友，还参加过圣谷华文协会新会长就任的典礼。她精心安排这些采访与活动，为的是让我在洛杉矶的生活不单调寂寞，也是为了让我尽可能深入地了解洛杉矶的华文文坛。对此，我十分感激，也曾当面一再道谢过。但她一再表示未能为我举办一次较盛大的访美聚会而感到遗憾,并希望我来年再次访美时再补上。

刘於蓉在文学创作方面涉及的领域相当广泛,她既写纪实文学和散文随笔,也写小说,作品颇丰,在台湾、大陆和北美各地出版发行。在她送给我的作品中,就有中国文联出版社2005年出版的《美国女子监狱》,这是她深入多处女子监狱采访后写成的,颇有文献价值和可读性。此外,还有中国文联出版社2006年出版的散文随笔集《一位美籍华人与她的一百多只猫》,中国文联出版社2006年出版的小说散文《人生舞台在美国》,北美洛杉矶华文作协2000年印行的散文集《美国旅人情·世间情·亲情》等。这些作品表现出,她的文学创作有如她的人生经历一样丰富多彩。

刘於蓉女士还是一位满族格格呢。她祖籍东北,毕业于国立台湾师范大学英国文学系,曾在台北名校中山女高教授高中英文工作之余,还在台湾电视公司主持过"学府风光"、"美丽宝岛"、"温暖人间"等节目。1976年到美国进修,攻读英国文学硕士学位,并致力于商业活动。从此,定居洛杉矶,成为美籍华人。

比起刘於蓉来,张明玉同我的接触就少得多,记得在洛杉矶逗留期间只同她见过两次面，一是到美国生活电台接受她的采访，一是在圣谷华文作协举办的一次活动中。但张明玉是那种见了面就让人忘不了的人。她是位颇有成就的剧作家，聪明睿智、性格比较内敛，不像刘於蓉那样开朗善交际。但她的机敏和贤淑，却是在刘於蓉身上找不到的。

2007年秋日，我刚到洛杉矶不久，也就一周时间，时差刚倒过来，刘於蓉女士安排我接受美国生活电台采访。张明玉在生活电台主持名人访谈节目，每周一次，安排在周日晚上十时多播出，每次播出一小时。有位朋友把我送到生活电台的录音室，栏目主持人张明玉在那儿等着我。她看上去五十多岁，衣着朴素，风度儒雅。我只匆匆看过她拟定的采访提纲就开始进入访谈的节目制作了。记得谈了一些大陆近期文坛概况和对洛杉矶华文文坛的评点，然后就进入一些短兵相接的她问我答的广泛话题之中。记得问及我所在的中国作协鲁迅文学院是否可以接受海外华文作家前来进修这一问题时，我回答回国后向中国作协领导报告，争取实现时，她高兴地对听众们说，她将带队到北京进修文学创作，有愿往者可以到生活电台报名，我们彼此都聊得十分开心，也就没什么距离了。遗憾的是,张明玉代表听众的这一请求回到北京五个月了,还没有机会向中国作协领导面陈,于是也就没办法回复张明玉女士了。

汪洋与杨建立

汪洋是一位刚在海内外华文文坛闪亮登场的青年女作家。她从黔北那座历史文化名城走出,在北京打拼了几年,2006年秋赴美与丈夫杨建立团聚。不到两年时间,她成为洛杉矶华文文坛上一颗闪亮的明星。不仅加入北美洛杉矶华文写作协会,并推举为该会理事、副秘书长。更重要的是,她成为海内外华文文坛联系的一个纽带,她既在洛杉矶代表华文作协周到地接待应邀访美的中国作家代表团,又应邀回国参加中国作协举办的"青创会"和主持中国作协举办的一年一度的"春节联欢会",并传达从洛杉矶华文作协带回来的信息。这一特殊身份,使汪洋成为一个海内外华文文坛的重要的特殊人物。

汪洋用了不到十年的时间走完了别人要用二十年才能走通的文学道路。自从20世纪末出版了第一部散文集《紫色情怀》以来,不到十年中,她连续出版了纪实文学《走向彼岸》、长篇小说《暗香》、《与"郎"共舞》、《在疼痛中奔跑》、散文体自传《永不放弃自己》等作品,其中,《走向彼岸》正在被改编成影视,《在疼痛中奔跑》荣获第二届"乌江文学奖",并已被译成英文,准备在美国出版。

汪洋在文学创作上取得如此丰硕的成果,当然主要是由于她的刻苦与勤劳,在文学创作上"永不放弃自己",也是由于有中美两地的老师、编辑和朋友们的热情帮助,但更重要的是她有一个好后勤——她的先生杨建立的全力支持。

杨建立,原是豫北一个农村的放牛娃,文化大革命后考上江汉石油学院,成了一名大学生;20世纪90年代初,又远赴美国洛杉矶创业,成了美国通贸集团的总裁,公司制作生产的"维雅达"牌手袋,畅销世界许多国家和地区。不到二十年间,杨建立走完了从放牛娃到企业家的道路。更重要的是,自从同汪洋认识、结合之后,他就成了汪洋从事文学创作的好后勤和坚强后盾,从物质到精神给予全方位的支持。不仅如此,他还热心社会公益事业。作为北美洛杉矶华文作协理事、副秘书长的家属,他全力支持协会的工作,协会的有些活动,就是他支持举办的,从策划到慷慨解囊,他样样能干。他还为华人社会做了许多义工,为他的家乡河南清丰的县委、县政府领导赴美招商倾全力策划和举办各种活动。难怪洛杉矶华人中有不少说他"一看就像教会的人",因为他关心他人,处处送爱心。我曾写了一首打油诗送他:"大洋两岸任行走,创业洛城写春秋;心中自有大爱在,平凡之处亦风流。"

杨建立还是一位颇有成就的画家。他在繁忙的商务活动与社会活动之余,还坚持业余作画,他画梅花,有各种形态,已出了画集。最近接到他的越洋电话说,为了给四川汶川大地震灾民们捐款,他发起百名华人画家义卖赈灾,在洛杉矶的华人画家丁绍光等都踊跃参加这一活动,共得款项百万美元,已送中华人民共和国驻洛杉矶总领馆转交四川灾区人民。他还说,此次义卖中,他卖出两件梅花作品,一件六百美元,一件九百美元,虽不及丁绍光等名画家一件可卖六万美元,但也是一番心意的表达。从这里,我们可以看到杨建立的大爱。应该说,他是一位小爱与大爱兼备的人。

2008年6月13日~15日

在纽约邂逅张宁

2000年7月,我应美国中国作家联谊会的邀请,首次访美。此次访问,是在我与哈尔滨作家阿成一起应加华作家协会之邀访问温哥华之后,由温哥华飞洛杉矶,再由洛杉矶飞纽约的。记得飞抵纽约的纽瓦克机场时,美国中国作家联谊会会长冰凌先生委托我国驻纽约总领馆文化组一位外交官来机场接我,然后直接落脚于驻纽约总领馆招待所,为的是方便与安全。冰凌先生第二天早晨才从康州赶来纽约总领馆见我,安排一系列活动。其实,活动于到达纽约当天晚上就开始了,诸如一些中文媒体的访谈与夜游时代广场,等等。第二天的活动,主要是到唐人街孔子大厦附近一位福州乡亲开的酒店举行记者见面会,来了十几位记者和一些文学艺术界的朋友,就当时大陆文坛的一些热点问题答记者的提问,或做一些简要的介绍。之后,漫步于唐人街和参观孔子大厦。当天晚上,冰凌等十几位朋友在位于唐人街闹市的大四川酒店为我访美举行宴会,记得董鼎山先生也应邀出席。在这个宴会上,最有戏剧性的是同张宁女士的邂逅。

宴会进行了一小半,张宁也在大四川饭店出现了。她大概是同一些来自东欧的温州籍的文友来大四川饭店吃饭的。她的先生林赛圃先生祖籍温州,他们成家后张宁以作家的身份同温州籍的文友来往就是顺理成章的事了。当她一跨进大四川饭店的大门,就发现了我们这一桌的董鼎山先生、冰凌先生等人,向我们走来。冰凌也就向她介绍了我。我们像老朋友一样握手了!真没想到,能在纽约的唐人街见到张宁!见到这位充满传奇色彩的人物,这位当年被当作"妃子"选的美女!当我问起她文化大革命后的经历以及到纽约来的经过,她简略地介绍了二十多年来的遭遇和认识林赛圃先生的经过,当然还有来到纽约以后的生活经历。随即,她拿起手机给她先生打电话,要他带他们七岁的儿子以及她的书《尘劫》来大四川饭店见我。她也就很随意地坐到了我们这一席。

张宁就坐在我身旁,仔细端详一下,虽然年近中年有点发福,但当年美女的风韵犹存。

不一会儿,林赛圃先生驱车带着他们七岁的儿子赶到大四川饭店来了。一见面,林先生风趣地说:"张宁终于跑不出我们林家的手掌心！"林先生祖籍浙江温州，在纽约创办一家赛圃公司，当年是在港台的报纸上看到有关张宁的消息的，于是专程赶到南京张宁家向张宁求婚。张宁确实被他感动了，一个半生坎坷的将门之后终于答应这位来自纽约的求婚者，远走他乡，组织一个新的家庭。他们七岁的儿子同父母一样英俊漂亮。在张宁签名送我那本由唐德刚先生作序竖排繁体字版的《尘劫》之后，我同他们一家三口照相留念。这张相片一直珍藏在我的相册里，作为永存的纪念。

纽约唐人街大四川饭店匆匆一面，至今已十年整，再也没机会见到张宁和她的一家。只在2001年5月，我的朋友张新蚕女士访美准备去纽约，委托她拜访问候张宁和她的一家。2001年11月，我应加拿大魁北克华人作家协会之邀，访问加拿大东部，在多伦多时曾同张宁通了电话，得知他们一家在"9·11"事件中安然无恙，也就放心了。

张宁，您好吗？您的一切，时在念中！

2009年8月10日

金源故里行

  阿城，乃满语阿拉楚咯城之简称，坐落于哈尔滨东南23公里处，原为县级市，2006年撤市改为哈尔滨市的一个行政区。松花江支流阿什河流经全境。公元1115年，完颜部落的首领完颜阿骨打在此建立大金国，称为金上京。大金国在此建都，历四帝，共三十八年，直到完颜亮（海陵王）夺位南迁，将皇城付之一炬，才结束它作为都城的历史。然近九百年以来，这里创造的金源文化却光照千秋，彪炳史册。

——题记

  公元2003年元旦过后，我同十几位文友一起应哈尔滨市政府的邀请，到北国冰城参加冰雪节笔会。哈尔滨市领导在友谊宫会见我们一行时建议我们笔会期间到位于哈尔滨东南郊的阿城走走，接触一下金源文化。于是，2003年1月4日，当我们一行从亚布力返回哈尔滨时，顺访阿城。薄暮时分，我们在阿城市有关领导同志的引导下,参观了金太祖完颜阿骨打的陵寝和展示金国历史与金源文化风貌的金上京历史博物馆,并穿过灯火辉煌的城区,参观了大连绿波集团正在建设中的绿波小区及其沙盘。为了能对阿城作更深入的了解,写点关于阿城的文章,在笔会主办者的安排下,翌日又重访阿城,再次参观金上京历史博物馆,并参观大金国皇城遗地,与金源文化的研究者进行了较深入的座谈。

初访阿城,以下几个方面使我感到震惊,或者说留下了较深刻的印象。

一是金上京历史博物馆规模之大,藏品之丰富与独特,使我感到震惊。我们看到的这座博物馆的馆舍建成于1998年,系南京东南大学建筑研究所所长,建筑大师齐康所设计。入门处诸多交叉而立的水泥柱犹如当年军营前林立的剑戟,正中的主楼犹如当年矗立的军营,整座建筑物用建筑语言述说了将近九百年前的金代历史,具有苍凉的历史感。馆内的藏品也颇丰富而独特,除了用众多展品展示大金国建国的历史和再现上京繁荣的景象外,还拥有诸如"金代铜镜专题展厅"和"馆藏文物精品展厅"等几个特色展厅,展出上百面金代铜镜和铜座龙、铜辟邪神兽等工艺品,表明近九百年前的金国已具有相当高超的冶炼技术和工艺水平。金上京历史博物馆里的每一件展品，都在默默地向每一个参观者诉说着将近九百年前在此建国的金国历史，告诉人们，当年善于征战的女真人，不仅仅是一些尚武的赳赳武夫，也是金源文化的创造者。他们不仅拥有创造于苦寒文化的北国边陲的文化，而且善于把当年的中原文化融入他们的文化之中，成为灿烂的华夏文化的一个重要组成部分。初访阿城时到金上京历史博物馆匆匆一个多小时的参观，恍惚穿过历史的长长隧道，看到将近九百年前作为金国首都的金上京繁荣的景象，看到金源文化的灿烂辉煌；与此同时，也改变了我原先对金朝历史的看法，不再把女真人，尤其是他们的首领诸如金兀术（完颜宗弼）等看成青面獠牙式的"侵略者"，而是把他们看做是女真人杰出的政治家和军事家，而且用一种大中华历史观来看待女真人灭辽亡宋那场战争。这样看来，金上京历史博物馆的历史教育作用就不可低估了。据说，这座位于北国一座县级市的历史博物馆，就其规模、藏品以及特殊的历史教育作用来说，列于全国历史博物馆之第四位，就不是什么偶然的了。这座博物馆于2005年停展半年，经过装修布展，于2006年1月5日重新开馆，我应邀赶到阿城参加剪彩仪式,看到一座完全崭新的更加现代化,展品更丰富,布展具有更高科学和艺术含量的新博物馆。金上京历史博物馆有关领导告诉我,按照计划,近年内将进一步扩建,并单独建造铜镜馆等,届时,这座博物馆将以更新的面貌迎接参观者,也将进一步发挥其不可替代的历史教育作用。

二是惊讶于阿城党政领导对金源文化开掘与研究的重视以及取得初步的可观的成果。阿城的金源文化开掘与研究工作始于20世纪90年代之初,短短的十几年之间,已形成一支百人左右的专群结合的研究队伍,并取得一批可贵的研究成果,为了推动金源文化的开掘与研究,他们还由市人民代表大会立法,两年举办一届"金源文化节",从2000年至今,已举办了四届。更值得赞赏的是,他们倡导开掘与研究金源文化有一个正确的指导思想,不仅仅是为了"文化搭台、经济唱戏",借"金源文化节"招商引资,更重要的是开掘和发扬女真民族的民族精神,激发我们的民族精神,服务于我们今天的两个文明的建设事业。同阿城党政领导的交谈以及同一批金源文化研究者的座谈,在这方面给我留下极为深刻的印象。

三是阿城今日在两个文明建设方面取得的骄人成绩让人感到惊喜。据阿城党政领导介绍说，阿城的国民生产总产值以及财政收入在黑龙江省的县级市和县级行政单位中均名列前茅，而在各个市（包括地级市）中名列第四。在城建方面，前些年引进的大连绿波集团已经注入数亿资金，进行房地产开发。据说他们准备将近九百年前女真人先祖创业的阿什河畔建起现代化的住宅小区、富有金源文化色彩的公园和民族文化旅游区；他们的设想不仅仅表现在展示阿城美好明天的沙盘上，而且从建成的小区第一期住宅来看，的确是相当抢人眼球的。我们多次到小区参观过，不少访问者和游客也到小区参观过，均赞叹不已。

由于初访阿城给我留下美好而深刻的印象，而且关于金源文化的研究又深深地吸引着我，于是在初访阿城后不久，便欣然接受阿城市人民政府聘请我为该市文化发展顾问的聘书，从此，把我的关注和事业同阿城紧密联系在一起。

2003年8月，当阿城庆祝大金建国888周年之际，我同几位文友一起应邀到阿城，参加一次给我留下美好回忆的笔会。笔会期间，我们不仅参观金上京历史博物馆、皇城遗址和金太祖陵,参观刚刚开发的绿波小区和城郊的朝鲜族村庄,还漂流于阿什河上,登上作为关东道教第一山的松峰山探访道观,到亚沟看岩画,到玉泉狩猎场看萨满教的表演,对阿城的历史和现状、风光与风俗,经济与文化均有了更深入一步的了解。

2004年6月,我又应邀参加第三届"金源文化节"的活动,同各界朋友,还有来自台湾的粘氏家族(据说这是一支漂流到台湾的完颜氏的后裔,他们是到阿城来祭祖的)以及来自甘肃泾川完颜村完颜宗弼(即金兀术)的后裔交流,加深了对金源文化的认识。

2006年1月,又应邀到阿城参加金上京历史博物馆重新装修布展后的剪彩仪式。

2006年5月,再次同一批文友应邀到阿城参加第二次笔会。

几年间,多次往来于阿城,不仅感受到阿城党政领导和各界朋友浓浓的情谊,更重要的是对将近九百年前的金国历史和当年所创造的金源文化进行反复深入的考察,在认识上有所提升。阿城的城乡各处景点,我可以说反复参观过,有的地方到了流连忘返的地步,但是,令人最为难忘之处还是皇城遗址,尤其是居于皇城遗址之中的五重殿皇宫遗址。

金上京皇城遗址位于现在阿城市区以南四华里处,其中心为当年的皇宫五重殿的遗址。从相当完整的皇城城墙以及五重殿的殿基来看,当年无论是皇城还是作为皇宫的五重殿,规模都是相当宏伟的。据有关文献记载,鼎盛时期的金上京会宁府有居民25万人,各种工匠(包括从关内掳来的)云集于此,工商业也相当繁荣。整个皇城东西距离546米,南北距离600米,占地32万平方米,建筑面积10.2万平方米,由此即可见当年金上京之繁华与规模。我曾在不同的季节与时辰来到此处凭吊。冬天来时,踏着厚厚的积雪,沿着一重重的殿基走过去,似乎在回首当年的历史;夏季来时,在夕阳的余晖中看着这一片荒凉的废墟,更是感慨万千。漫步于金上京的皇城遗址,使我浮想联翩。

首先想到的是当年海陵王完颜亮的一把火是怎么把巍峨的宫殿变成废墟和改写了一段历史的。海陵王完颜亮在金国历史上是一位有争议的人物,他既有武功,又有文才,由于较好地吸收了中原文化,他的词填得相当好,至今留有遗作,可以说是金国的一位著名诗人。但由于他提刀入宫杀死其侄儿,夺位之后又主张迁都南下燕京，遭到宫廷内外贵族和官员的反对。他又在强迫南迁后为了断贵族和官员的后路，把皇宫和皇城付之一炬，因此又留下了一片骂声。海陵王完颜亮的历史功过至今都值得我们重新考量。应该说，为了事业的发展，南迁燕京的决定是正确的；而为了断绝贵族高官们的后路，将皇宫以及皇城付之一炬也不失为一壮举。但是他的提刀入宫夺位之举，他的一把火烧掉皇宫与皇城，难免留下残暴鲁莽之罪名。据史书所载，完颜亮最后死于瓜州渡口的乱军之中，其一生的结局也是悲剧式的。重温海陵王完颜亮夺位南迁以及一把大火烧掉皇宫这段历史，对于英雄与时世，个人与历史之间的关系这类重大的历史问题必将有新的较深的认识。

漫步大金国的皇城遗址，在我的脑子常常出现的还有怎样看待和评介女真人崛起于白山黑水之间、灭辽亡宋这段历史。活跃于阿什河流域最后建立大金国的完颜部落，他们的祖先可以追溯到汉代生活于北方边陲的肃慎人，他们生活在苦寒地带，以渔猎为生，练就好的身体和一身武功，具有马上民族的开阔胸襟与尚武精神。到了北宋年间，其中的完颜部落壮大起来，公元1115年，这个部落的首领完颜阿骨打起兵抗辽，建立大金国,从此开始了120年的金国历史。如果按照原来以汉族为中心的历史观,当然要把灭辽亡宋的女真人看成是异族入侵者。我们过去在"小人书"和戏曲中看到的,往往把金国的将领诸如金兀术(完颜宗弼,由于他是完颜阿骨打的四子、又称四太子)描绘成青面獠牙式的侵略者;在读汉族抗金民族英雄岳飞的《满江红》一词后更是同仇敌忾,要去雪"靖康耻"。如果我们用一种大中华的历史观来考察这段历史,把满族的前身女真人(前金)也看作是我们中华民族五十六个民族大家庭中的一个成员,那么,将近九百年前女真人崛起于阿什河畔南下灭辽亡宋的战争,可以说是这个民族大家庭内不同兄弟民族之间的争斗。当时南下入关的女真人是那么富于进取、骁勇善战,而退守中原的北宋统治者,如徽、钦二宗者,又是那么贪图享受、荒淫误国,他们先是联金抗辽,在金灭辽之后,又没有力量抵抗南下的金人,以至被俘。北宋灭亡之后,宋高宗赵构逃到临安(杭州)建立南宋小朝廷,同金人以淮河为界,划界而治,且战且和,只能偏安一隅。重温这段历史,不仅可以看到金人的强,也可以看到北宋以至南宋统治者的弱,有许多历史教训可以加以总结。2003年8月,当我和几位参加笔会的文友再次参观金太祖完颜阿骨打的陵寝听当地的导游说起当年北宋的徽、钦二宗被俘押至此地，曾在金太祖陵上行牵羊礼（此礼极尽凌辱之意：徽、钦二帝被褪去上衣，披上刚刚宰割剥下的血淋淋的羊皮，围着阿骨打陵三步一叩地转了三圈）时，我们都不尽感慨，我的朋友、著名作家熊召政当场写了一首诗，记述我们的心情与感想：

　　宋家天子能游戏，
　　汴京歌舞漏声迟。
　　如何不住长生殿，
　　却来此地着羊皮？

　　回首这段历史，我们不能只看到金人的强悍，还要看看北宋的统治者为什么让国家变得如此衰弱、这么不经打。熊召政诗中表达的这层意思我是颇有同感的。

　　漫步于大金国的皇城遗址，我还很赞赏阿城党政领导采取的对文物的保护政策，在没有能力开发之前，就严加保护，哪怕暂时种点赤皮蒜也好（由于皇城被烧后留下一层厚厚的灰烬，在此地种出的大蒜头呈赤色，成为远近闻名的特产），总比破坏了遗址，乱建一些假古董要好得多！

2007年2月22日~23日

琴岛觅琴声

　　与厦门岛隔鹭江相望的鼓浪屿，因其美丽无双而被称为"海上花园"，又因其家家有钢琴，处处闻琴声，岛上出过李焕之等著名作曲家和殷承宗等著名钢琴家，而被称为琴岛。

　　同被称为海上花园和琴岛的鼓浪屿，将近半个世纪来，我与她有着割不断的情缘。自从1957年夏天登上鼓浪屿以来，我曾不断地亲近她，有时是匆匆而过，有时却是住下来，仔细品味她的风韵。1960年秋日，我曾住在鼓浪屿的一家医院养病一个月，过着朝来海边看旭日，晚来幽径觅琴声的日子，留下韵味无穷的回忆。自从20世纪90年代以来，鼓浪屿的英雄山下建立了幽雅的鼓浪别墅，我又有过几次住别墅的经历。

　　甲申春节，在厦门经商的侄儿及几位乡亲邀我回厦门过节，我高兴地答应了，并与家人、朋友同去厦门过节。临行前，我在电话里叮嘱侄儿到鼓浪别墅订房，至少在那儿住上一宿，以便领略在海上花园住下来的韵味。侄儿果然在鼓浪别墅订上了房,我们飞抵厦门的第二天就搬到那儿住下了。别墅是中旅集团建造和经营的,环境清幽,面对着港尾海面,背靠英雄山,比起日光岩、菽庄花园等游人如织的地方,自然别有一番风味。但我们住下来后,自然先到菽庄花园等热闹处先逛一逛,然后到龙头路商业区一家餐馆吃晚餐。

吃过晚餐后,侄儿夫妇以及白天陪我们游鼓浪屿的朋友们乘渡轮回厦门岛了。我就带着同行的旅伴一起穿街走巷游鼓浪屿,想在那幽静的小巷深处寻觅悠扬的琴声。同游的老张是位音乐老师,他对此举颇为赞同。于是,我就带着他们从中华路进入,走到一片居民区之中。鼓浪屿的街道沿山坡而建,曲里拐弯,街道又比较狭窄,因为小岛上连自行车也不许上岸,显得极为清幽。街道两旁的民宅,多为二、三层的小楼,建筑式样多种多样,有西班牙式,又有哥特式,还有中西合璧的小院,从某种意义上来说,当年曾作为万国租界的鼓浪屿又是一个中西方建筑博物馆。有趣的是,大概自1840年鸦片战争后厦门辟为五口通商口岸,鼓浪屿开始开发以来,一百六十余年中,各种各样的建筑物都保存得相当好。据说1958年台湾海峡紧张时,盘踞金门的蒋军都未曾把炮弹打到鼓浪屿上，故鼓浪屿一时成了厦门大学师生疏散躲避战火之处。我们在朦胧的路灯中沿着中华路向前漫步，不时可以看到一座楼房前或一个宅院大门处有一个标志，表明此处曾是某某名人的故居。走了约半个小时，仍然没有听到预期的悠扬的琴声。但是，正当我们准备掉头往回走，取道菽庄花园回鼓浪屿别墅时，对琴声特别敏感的张先生突然提示说："听，琴声来了！"我们屏息谛听，果然，有一缕琴声从某宅院里飘出；接着，又有一缕琴声从某一座楼上飘来，如丝如缕，似断似续，缥缥缈缈，在那一片宁静的小岛夜空中，显得特别动听，特别有韵味。通晓音乐的张先生提示说，这几缕琴声听来都是练习曲，看来鼓浪屿的钢琴演奏还是后继有人的。张先生真不愧是位音乐教师，他居然听出鼓浪屿作为琴岛后继有人，更让我们感到夜中寻觅琴声真是不虚此行。

回到鼓浪别墅，我们分别回到房休息，并约定翌日凌晨去登日光岩，看日出。在熬过一个只有零上摄氏三度气温的漫长寒夜后，第二天凌晨、我们起了个绝早，沿着后山登上日光岩，看东海一轮红日喷薄而出。下山回别墅时，恰好路过殷承宗故居。张先生在故居前摆好姿势、让我为他照相留念。我理解他的心，为他在琴岛的殷氏故居前留下了珍贵的镜头。我想，无论是昨日傍晚在中华路听到的琴声，还是今日清晨在殷氏故居留下的镜头，对于热爱音乐的张先生和我们来说，都是弥足珍贵的。

2004年6月11日

品味西塘

西塘，属浙江省嘉善县所辖，地处江、浙、沪三角腹地，有"吴根越角"之称。据说，春秋吴越相争时，伍子胥曾出兵于此，凿运河，兴水利，称"伍子塘"，又称"胥塘"，由于"胥"与"西"音近，后来遂称"西塘"，距今已有2500多年的历史了。它和苏南同里、甪直、周庄以及浙北的乌镇、南浔等，合称江南六大古镇。除西塘外的其他五个江南古镇，我或游览过，或早有耳闻，唯有这个西塘，却从来没有听说过。于是它对我更有吸引力，甚至可以说留下相当大的悬念。

其实，我们所说的江南文化，很难在上海这个迅猛发展的东方第一大都市里找到它的痕迹。即使像杭州、苏州这样的江南名城，自从20世纪80年代以来，由于经济迅猛发展，进行旧城改造，也很难找到旧日的容貌和感受到江南文化的气息了。倒是像西塘这种"生活着的千年古镇"，还有同里、甪直、周庄以及乌镇、南浔这样的江南古镇，仍然保留着江南文化深厚的积淀，洋溢着江南文化浓郁的气息，堪称江南文化的活化石和载体。也许正是这一点，它们吸引着海内外广大的游客，也强烈地吸引着我。

2005年5月底，应浙江省作协《江南》杂志和嘉兴市委宣传部之邀，到嘉兴市采风，于是有了亲近和品味西塘古镇的机会。

水乡风光　美不胜收

水是江南水乡的血脉，也是它的灵魂。江南的许多古镇，大多是河浜绕街，可通舟楫，水给它们带来灵气，也带来独特的景色。即以西塘而言，在仅有2.3平方公里的土地上，共有九条河道在镇区交汇，把镇区分割成八个板块。其中，丁字河形成全镇的骨架，南北走向的叫西塘市河，东西走向的叫做杨秀泾，河面相当开阔；其他河道还有乌泾塘、六斜塘、烧香塘、里仁港、来凤港、十里港、三里塘等。鸟瞰全镇，处处绿波荡漾，家家临水入影，一派水乡风光。

一到西塘，景区行政管理科科长怀红霞就迎了上来，亲自为我们一行导游。小怀早在西塘刚刚开发时就是一名出色的导游，她既有江南女子的秀气，又有北方姑娘的豪爽，我们把她当作西塘的"形象大使"看待。同她相处半日，给我们留下颇为深刻的印象。她一接到我们，在匆匆看过张正根雕艺术馆后，就带领我们穿过小弄，来到丁字河的码头登上游船，让我们首先领略品味水乡的独特风光。我们在丁字河的两头即西塘市河和杨秀泾上荡舟半个多小时，看到河西岸的廊棚和垂柳，也看到凸出于河道中的戏台和各种排污设施，感受到"生活着的千年古镇"的市景和水乡独有的清幽。遗憾的是，此时时近午间，我们既看不到"薄雾似纱"的河上晨景，也看不到"夕阳斜照、渔舟唱晚"和"灯光闪烁，酒香飘逸"的河上夜色，但这仅仅半个多小时的河上泛舟，已经让我们品味到西塘的美，也够我们记住半辈子了。

西塘的水多，桥也就特别多。在被九条河道分割成八个板块的镇区之间，就有各种各样的桥梁104座，仅镇区办就有27座。这些桥梁中，年代最早的是建于宋代的望仙桥；最大最长的桥是建于清代康熙五十八年（1719年）的卧龙桥，此桥全长31.46米，高5.5米，为单孔石级拱桥，相当壮观；最有名的是送子来凤桥，始建于明崇祯十年（1637年），为三孔石桥，清康熙四十八年（1710年）和道光十五年（1836年）两次重修，为复廊形式，桥面南北用漏花墙相隔，非常精美。可惜此桥20世纪50年代改为水泥平桥。此外，西塘的桥还有五福桥、安境桥、永宁桥等，形态可异，引人注目。我们一行曾在呈丁字形跨于西塘市河和杨秀泾之上的安境桥和永宁桥上来回走过几次，摄影留念，对西塘的桥既是交通要道又是观景处，本身又是艺术品这一点留下相当深刻的印象。

说起西塘，最有特色的景致莫过于建于河道两岸和街道两侧的形形色色的廊棚了，故有"到西塘，看廊棚"之说。西塘的廊棚，多为木架瓦顶，一般宽约两三米，集中在北棚街、南棚街、朝南等商业区，既可遮阳，又可避雨；而建于河道两岸的廊棚，又设了些坐凳、靠椅，供老人们悠闲地坐着聊天，又可供游客们在廊子里休憩观景，还可看到一些摊贩设摊经营土特产，廊上又挂了一串红灯笼，入夜灯光一亮，波光灯影，给古镇的夜景增添了不少闲适与美丽。可惜我们没能在西塘过夜，领略不到西塘这种美丽的夜色。西塘廊棚的总长度，一说1300米，一说1500米，一说近200米，相去甚远，莫衷一是。至于廊桥修建的缘起，有"为郎而建"说,又有"行善而搭"说。前者说的是有位年轻的寡妇胡氏,在西塘艰难地支撑着一个上有老下有小的家和一个有三间门面的铺子。胡家铺前的河滩边,有一个豆腐摊主叫王二。王二同情胡氏,常帮她干些体力活。胡氏为报答王二,遂借修缮店铺之机,沿河搭建起棚屋,使王二既可免受风吹雨淋照常摆摊,两人又可常在一个屋檐下。不料胡家因此生意红火起来,镇上商家纷纷效仿,棚屋连成一线成了廊屋,而"廊棚"即隐含"为郎君而建造的棚屋"之意。后者说的是镇上有个开烟纸店的老板,有天晚上打烊时见一叫花子在店前的屋檐下避雨,请他进屋吃点东西,叫花子执意不肯,遂在屋前搭了个小棚让他避雨。第二天叫花子在门板上留下一行字:"廊棚一夜避风雨,积善人家好运来。"此后烟纸店生意果然红火起来。店主为感谢叫花子索性在店前屋檐下搭了个有砖有瓦有木架的廊棚。两种关于修建廊棚缘起的传说,都带有很浓厚的情愫,都让人感到心中有一种暖意。漫步流连于西塘的廊棚,我很自然地联想起故乡闽南、潮汕一带城镇中的骑楼,那一带城镇的街道两旁的楼房,都建有骑楼,供行人遮阳避雨。这种骑楼同西塘的廊棚,建筑理念如出一辙,因此游西塘自然便想起故乡来，有一种亲切之感。

　　西塘另一特色是这种古镇上既罗列着大大小小熙来攘往的商业街，又密布着大大小小幽静雅致的小弄。初到西塘，当怀红霞带领着我们一行穿过一条的小弄来到河边码头时，我脱口说出："这不正是戴望舒当年吟咏过的雨巷吗？"不错，这长而狭小的小弄，很容易让我们联想起当年戴望舒在其名作《雨巷》中所营构的意境，只是缺少蒙蒙细雨而已。由此可见，大大小小、长长短短的弄堂也是西塘一个富有特色的景致，也是值得我们细细品味的审美对象。据说，西塘古镇共有弄堂122条，其中长达100米的有5条，而"种福堂"里的"陪弄"，长达百余米，成为一座建筑物中最长的弄堂。最有名的要数石皮弄，宽竟不及1米，仅能容一人通过，全长68米，由166块条石铺成，我们曾于午间从石皮弄中走过，看不到一丝丝阳光，只是感受到一阵阵清凉。

古镇处处博物馆

　　初访西塘，令我惊叹不已的是仅有2.3平方公里，1.3万人口的小镇上，竟然分布着那么多民间博物馆！崇尚民间收藏和形形色色的民间博物馆的展示，也是这个江南古镇文化底蕴深厚的表现；同它的美不胜收的水乡风光一样，那一座座小巧而展品独特的民间博物馆，也正是江南文化的载体。因此，到西塘，不可不看各种各样的博物馆。

据说，西塘的民间博物馆，开放供游人参观的就有张正根雕艺术馆、纽扣博物馆、明清木雕馆、瓦当陈列馆、黄酒陈列馆，等等，此外，还有醉园中的王氏父子的"水乡风韵版画陈列"，西园中的"朱念慈扇面书法艺术馆"和"百印馆"、"南北陈列室"，等等。这些大大小小、各有特色的博物馆、陈列馆，让人目不暇给，美不胜收。

由于在西塘只有半日的参观游览时间，我们不可能把各个民间博物馆看个遍，只是重点看了几处。一是刚到西塘时作为我们一行导游的怀红霞带我们去参观的张正根雕艺术馆。这个别具一格的艺术馆颇具规模，展馆占地2000平方米左右，展品300余件；根雕作品多为七分天成三分人工，天然大气，精致奇巧。展品中的《东方雄狮》、《雄鹰展翅》、《南海奇珊》等均采用荔枝、龙眼（桂圆）等南国佳果的根部加工而成，曾在国内或世界获大奖，更是显得珍贵。有些小品，构思奇巧、雕工精细，也让人流连忘返。醉园中的王氏父子的"水乡风韵版画展"，我们是游罢丁字河舍舟登岸时顺路看过的。醉园是明代建的一个私家花园，幽深精巧，王家父子在此经营版画可谓人在画中，画在水乡中，我们进去匆匆游览过，还同正在作画的王亨先生交谈过，觉得王先生同他的画一样，也是西塘一景。

其他几个民间博物馆，据说也是很有特色的。明清木雕馆陈列着250件明清以来以西塘为代表的江南水乡民居建筑的木雕作品，有梁架、梁垫、撑拱、雀替、格窗、雕栏、窗板等，雕刻技法丰富多彩，图案典雅精致，朴实中见清丽，极能彰显江南文化的实质。西塘是全国纽扣之乡，生产企业近500家，年产值10亿元，占全国生产交易的40%，因此这个展示了从汉代至近代各式纽扣千余件展品的纽扣博物馆，就不仅具有特色而且不可替代了。瓦当陈列馆展示着作为建筑装饰配件的各类瓦当展品300余种；黄酒陈列馆回顾了西塘数百年的黄酒发展史，展示了西塘黄酒精品及其传统工艺流程，也都是很有特色的。这些博物馆和陈列馆，都不可不看，但由于时间不允许，只好留待再来西塘时再一一品味了。

其实，像王氏的"种福堂"，薛家的"崇稷堂"、倪氏的"承庆堂"等西塘名宅，像朱氏西园这样的西塘名园，从某种意义上来说，也是一座座民间博物馆，不过这种博物馆是活的、流动的，它们都生动地记录着水乡古镇历史，展现着水乡民居的生活风貌。这里，不能不记下我们游西园的感受。西园系明代朱氏别业，是西塘镇上最大的私家花园。几百年来，几易其主。民国初年，园主孙氏将园借给其亲戚余三开茶室，遂成为开发的游览之处。当时，游园者多为文人墨客。民国九年（1920）春，吴江、柳亚子偕其诗友陈巢南等来西塘，与镇上南社文友余十眉、蔡韶声、陈觉殊等在西园中聚会吟唱，遂成为近代诗歌史上一段佳话，也使西园名声远播。我们一行在导游怀红霞的导引下，畅游西园，见园中各种景物，同青年柳亚子的雕像——合影，听当年柳亚子在西塘的种种遗闻逸事，确实别有一番意味深长的感受。

一个小小古镇，竟然有这么多别致的文化意蕴深厚的民间博物馆，我不知世上还有哪些地方可与之相比。我去过美国首都华盛顿，参观过华盛顿所拥有的十六座博物馆中的四座。我想，能同西塘相比的只有华盛顿了。西塘的民间博物馆，就其规模而言，当然赶不上华盛顿的历史博物馆、艺术博物馆、自然博物馆、航天博物馆等，可就文化意蕴而言，西塘的各种别致的民间博物馆，却并不逊色于华盛顿的十六座大博物馆！

西塘美食　唇齿留香

古镇西塘之美也美在其美食。我在西塘只吃过一顿午餐，且离开西塘已近一个月，却依然唇齿留香，令人难忘。

我认同这样的见解：西塘的菜肴美味而不奢侈。在这儿，既没有满汉全席那种讲究排场和色香俱全的宫廷菜，也没有当今某些高消费场面的鲍、燕、翅俱全的时尚菜。西塘的菜肴小吃都是一些江南水乡的家常菜，它讲养生、求新鲜、好美味，重文化，体现了六千年农耕文化与西塘人淡泊的天人合一处世习性相结合的特色，也体现了饮食文化中最高的境界。

说起西塘的美食，当然首推它的传统小吃一口香粽子、老鸭馄饨沙锅以及熏青豆、八珍糕等。人们在记忆中总是把嘉兴同粽子联系在一起的。从20世纪50年代到上海上学开始，以至后来到北京工作，每次乘火车南归路过嘉兴,总是要到火车站的站台上买粽子吃,而嘉兴的粽子味道的确好,让人百吃不厌。嘉兴的盛产粽子和黄酒,这大概同它盛产良种稻米有关。人们从马家浜文化遗址出土的物品中既可以找到种种精美的玉器,也可以找到七千年前的稻谷化石,这表明在七千年前,人们已在这儿栽种水稻。有关历史记载还表明,吴大帝黄龙三年(公元231年),"由拳野稻自生",孙权认为这是祥瑞之兆、兴奋不已,御笔一挥,于是把"由拳"改为"禾兴"。七千年的稻作文化和农耕文化是江南文化重要的基础,盛产优质稻米是嘉兴地区以稻为原料的粽子与黄酒扬名海内外的物质基础。这次到西塘,嘉善县委宣传部和西塘镇政府在和永宁桥附近的一家餐馆设午宴招待我们,席上美味佳肴甚多,可谓美不胜收,但我还是对一口香小粽子情有独钟,不仅当场品尝了,还带了一小篮回家与家人共同品尝,味道果然好,这大概同它用料精良以及捆扎严紧有关。

  一桌菜肴中,荷叶粉蒸肉以及老鸭馄饨砂锅等也是非尝不可的。其实这种小吃,在西塘街头随处可以看到肩挑的小贩在卖,大概买起来也不贵。可是一上了宴席,它们的身份就不一样了。还有一种菜,是用剥了皮的癞蛤蟆油炸的，据说夏日吃了可以去暑，不长疮、不长痱子，在嘉善以至西塘一带成了名菜，主人也劝我们非品尝不可。

　　西塘还是盛产黄酒的地方。西塘水质纯净，四乡大米充裕，是发展酿造业的有利条件。西塘的黄酒生产历史悠久，最初叫"三白酒"（即米白、酒色白和装酒的坛子白），近年产的"汾湖"牌的黄酒亦称"善酿"，这种"善酿"和"特酿花雕"，驰名大江南北，尤其在上海的黄酒市场占有重要份额。在午宴上，我们也品尝到这种"善酿"，果然味道绵甜，让人回味无穷。由此才得知，黄酒不仅产于绍兴，亦产于嘉善，也就是产于古镇西塘。

　　西塘半日游，不仅饱赏江南水乡的美景，而且品尝到古镇的美食与美酒，真是一次审美的盛宴。初游西塘，方知所谓江南文化，正是深藏于像西塘这样的千年古镇之中；不到西塘，怎能认识和感受到江南文化！

　　匆匆半日之游怎能尽兴！西塘，我还会再来亲近你、品味你的！

2005年6月25~26日

关于紫砂陶器

宜兴是我国著名的陶都,宜兴出产的紫砂陶品饮誉海内外;宜兴山水秀丽,人杰地灵,远的不说,仅以20世纪而言,徐悲鸿、尹瘦石、吴冠中等著名艺术家均从宜兴走出,宜兴籍的大学校长、科学家更是不可胜数。

宜兴令人向往。二十年来,我有两次亲近宜兴的机会,但都来去匆匆,不能尽兴。

二十年前的1984年秋天,我应邀参加江苏省作家协会举办的太湖笔会,同文友访金陵、游姑苏,最后来到太湖之滨的无锡住下来,曾经访问过宜兴。记得那次初访,是早上从无锡的湖滨饭店出发,访宜兴之丁蜀镇,逛陶器市场,游了几个有名的山洞,诸如善卷洞,然后又于当晚回到无锡的湖滨饭店。初访宜兴,虽不能尽兴,但给我留下美好的回忆。尤其是从宜兴带回的几件陶器,至今仍然珍藏着,其中既有工艺美术师秀棠先生专为笔会制作的紫砂工艺品"雪舟学画",又有紫砂陶茶壶,均为紫砂陶艺之上品。

岁月悠悠，二十年后的2004年，也就是甲申年冬十二月，我又有一次访问宜兴的机会。2004年12月19日至21日，我与何西来一起应邀到无锡参加十位青年作家的作品研讨会。会后，宜兴文联的徐风同志邀我们到宜兴小住。12月21日下午，我们在江南大学讲完课后匆匆赶往宜兴，住进徐风同志为我们订好的宜兴国际饭店，已是薄暮时分。宜兴文化界的朋友们对我们的到来，表现出极大的热情，同我们一起共进晚饭的既有宜兴市宣传部、文化局、文联的朋友，又有葛盛陶庄的庄主葛韬先生。原来是徐风拟安排我们翌日上午参观葛盛陶庄，故把年轻的庄主请来同我们见面，算是埋下伏笔。但是不巧得很，苏州的朋友们已安排好翌日下午2时在常熟理工学院讲课，我们必须于翌日中午12时前赶到常熟，这样，我们在宜兴停留的时间除了21日晚上外，就只剩下22日早晨早餐后的两个小时了。离京前，我曾答应尹瘦石先生之子尹汉胤参观其父的纪念馆。于是，我们不仅去不了葛盛陶庄，连参观宜兴市容也只有乘着夜色进行了。晚餐后，我们抓紧参观宜兴市容，由徐风和市委宣传部的张田田两位朋友驾车陪同，穿过灯火辉煌的街市，来到城边上的西氿公园，下车漫步，发现这座江南小城不仅十分繁荣，而且十分漂亮，月色与水光相交融，远处的霓虹与市声相辉映，让人感到心旷神怡，几日的劳顿也一挥而去。

翌日清晨，也就是12月22日清晨，我们起了个早，发现细雨绵绵，于是在简单用过早餐后我们抓紧冒雨参观尹瘦石艺术馆。这时，葛盛陶庄的年轻庄主葛韬先生赶来，分别送我们一只陶杯作为留念，并陪同我们参观。尹瘦石先生乃著名书画家，生前曾任中国文联副主席。前几年谢世之后，他的家属遵从他的遗嘱把他的书画作品以及收藏的书画、文物珍品全部捐赠给他的故乡宜兴。原来，宜兴市政府在尹先生的故里太湖边一小镇修建了尹瘦石纪念馆，收藏尹先生捐赠的这些艺术珍品；后来发现，由于没有防潮设备，一些书画已经或可能受潮，于是才把这些艺术珍品转入城里的美术馆收藏，即为我们去参观的"尹瘦石艺术馆"。这个艺术馆深藏在宜兴市的一个普通的院落里，建筑物的上首书写着"宜兴美术馆"的匾额，乃尹瘦石先生的遗墨，下首又书写着"尹瘦石艺术馆"的匾额，乃赵朴初先生的遗墨。走进正厅，是尹瘦石先生的座像，像后是他手书曹丕的《典论·论文》大幅书法作品。楼上辟有展室，陈列着尹先生的书画作品和他收藏的书画作品及文物。我们逐件仔细品味鉴赏后才在艺术馆的留言簿上留下我们的观感。

　　不到两个小时的时间,我们匆匆浏览了尹瘦石先生一生创造的书画珍品,可以说是一次审美的盛宴。由于来接我们到常熟去讲课的车子已经到达,我们连相邻的徐悲鸿艺术馆都来不及参观就赶回宾馆收拾行囊准备登车赶赴常熟了。

　　回到北京后,我常常回忆起再访宜兴短暂的经历,尤其是每天用葛韬先生赠送的镌有"厚德载福"的敦厚朴实的陶杯喝茶,更是怀念起江南名城宜兴和在那里生活创业的朋友们。

　　我期待着有机会再访宜兴,到那时,我再也不来去匆匆了。

2005年4月16日

茶园·竹海

近年来,我多次访问宜兴,也写过几篇关于宜兴的短文,赞宜兴之陶艺与书画艺术,咏太湖之景色与美食,然尚不能尽意。丁亥年初夏时节,我又应邀同几位文友再访宜兴,发现宜兴不仅以其紫砂陶艺闻名于世,不仅因出过几多状元、宰相、科学家、艺术大师而骄傲,不仅有令人艳羡的西太湖风光与湖鲜美食,更有美丽的茶园与竹海。在这儿,我要写一写宜兴那令人陶醉的茶园与竹海。

太华山里茗鼎茶

早就听到有"天下绿茶看江苏,江苏绿茶问宜兴"之说。宜兴南部为山区,丘陵起伏,云雾缭绕,适宜于种植茶叶。宜兴产的"阳羡茶"已有近两千年的历史,而宜兴所产的"太湖雀舌"、"阳羡雪芽"、"碧螺春"、"洞天秀竹"等绿茶中的珍品以及"宜兴红"、"宜兴乌龙"等茗品,与宜兴独有的紫砂茶具相匹配,享誉海内外。而就绿茶产量来说，也居江苏之最。因此，这次再访宜兴，打算好好看看茶园和各种茶产品。

宜兴的东道主像是早已洞悉我们的心思，到达宜兴的翌日即安排我们一行驱车到南郊的太华山里参观以茶叶种植、制作加工、销售一条龙的太华茗鼎茶场和茗鼎茶叶有限公司。甫一到达，茶场与公司的董事长、高级评茶员、茶艺师赵梓秀女士着淡雅的职业装在茶场办公院前迎接我们。进到接待室落座后，每人跟前放着一本介绍茗鼎茶场的画册和一杯香气扑鼻的绿茶，一打听，方知这是他们出产的绿茶上品"茗鼎太湖雀舌"，且是今春的明前茶，怪不得一入口即沁人心脾，喝后又唇齿留香回味无穷了。我们一边品味着香茗，一边听着赵总娓娓叙来的介绍。她说，这个茶场地处太华山深处，占有天时与地利。茶场共占有一万四千多亩土地，辟有一千四百多亩的茶园，原是一家集体企业，具有相当长的历史。她与她的同事们20世纪末即介入茶场的种植与管理，2004年才开始承包，改制为茗鼎茶场与茗鼎茶叶有限公司。茶园的三分之一已改种高档新茶，每年可产有机名茶12.5万吨，在无锡、苏州、江阴、常州等地设有11个分销点，每年的产值达两千多万元。更令人惊喜的是，她在介绍茶与茶场中还说出了她对茶的独特的理解，她说，"茶"乃草本之间一个人，它吸收草本之精气，是人们不可或缺的饮料、也是人们应该吸取的一种来自草木之间的精神。这一番话，把茶与茶文化上升到哲理上来认识，更是耐人寻味。当然，她也说到在提高企业竞争力中加强茶文化建设的一系列打算，诸如增强茶园种植、管理、加工等环节的科技含量，举办茶文化专题笔会，拍摄关于茶文化的专题片，开辟茶文化展室以及出版有关书籍等，也都是相当诱人的。

接着，我们一行在赵总的带领下，步入茗鼎茶场的成片成片的茶园。但见山峦翠绿，薄岚轻笼，在一千四百多亩茶园里，六百多万株名牌茶树生机盎然，绿意婆娑；而且在茶园中，又遍植香樟、桂树、板栗等名贵树木和果树，香气氤氲，使茶叶产生独特的香气。此时的茶园已经采摘过春茶，正是加强管理培植新芽的季节。我们看到，无论是老茶树，还是近年改种的高档的新茶树，均已发出新的芽叶，赵总带领我们穿行于茶园之间，手把手教我们如何采摘新芽，她说，这种嫩嫩的新芽，经过加工，就是刚才在接待室里喝的"茗鼎太湖雀舌"。当然，除了这种绿茶中的珍品外，茗鼎茶场还出产诸如"洞天秀竹"、"阳羡雪芽"、"洞天碧螺"以及被称为"江苏第一乌龙"的"茗鼎乌龙"、"茗鼎野山红"等茶品。阳羡雪芽、洞天碧螺等绿茶上品我早已就品尝过,的确清香可口、品位纯正,而这一次初尝的"茗鼎乌龙",呈铁观音香型,可与我家乡的安溪铁观音媲美,甚至有所超越,令人大为惊叹。而更令人欣喜的是,据说茗鼎茶场所产的各种茶品,均为有机茶,无农药残留,因为他们只施有机肥,采用生物办法防治虫害不施农药,这就让人喝起来更加放心了。

在宜兴南部的太华山深处,在岚霭缭绕的江南村舍之间,我们看到犹如锦绣一般的片片茶园,看到一个由具有女人魅力的女企业家经营的生气勃勃的茗鼎茶场和茶叶公司,这怎能不让我们如醉如陶呢?

竹海深处太湖源

宜兴的紫砂陶器出名,太湖美景出名,其实地处苏、浙、皖三省交界处的竹海更是人间胜景。我第一次游竹海,时在2005年秋天,竹海那种美景,让我这个游遍四面八方的游客都感到震撼。应该说,这个面积达五万亩的省庄竹海,应该同宜兴的紫砂、溶洞、茶园、湖区并列为宜兴的五大胜景。

我们一行参观罢太华山深处的茗鼎茶场,在一家乡村饭店用过山间野味做的午饭之后,即驱车赶赴一个新的参观点省庄竹海,去领略一种新的风光。

一踏进省庄竹海的大门,遍植翠竹的青山以及山间清澈的流水便映入眼帘。为了节省时间、我们用电瓶车代步,沿着水库旁的山腰公路行进大约三公里左右,才到达竹海景区的中心——太湖源。所谓"太湖源",是竹海中渗出的山泉汇聚于此,从一块岩石上形成一股小小的瀑布,岩石上镌刻着费孝通先生的墨迹"太湖源"。从这里汩汩流出的山泉,先在竹海的山间汇成水库,然后再注入太湖,成为烟波浩渺的太湖。如此美景有如仙境,而到达此处的人们好像为了证明这是人间的仙景似的,纷纷以太湖源为背景照相留念。我站在一旁则陷入沉思。最近以来,太湖暴发蓝藻,污染湖水,形成一次生态危机。从"太湖源"流出的纯净而清澈的泉水,注入太湖之后,怎么会变成一湖被污染而不能饮用的湖水呢?这之间肯定有一个过程。看来,生态是相当脆弱的,美丽的太湖既可造福于环湖而居的千千万万的太湖人,也可以危害于他们。保护太湖源,固然是必要的；而保护整个太湖之水，也是当务之急。

在太湖源前驻足片刻之后，我们即沿着新修建的石阶路拾级登山，只见小径两旁，遍植翠竹，竹高百丈，笔直指向蓝天，形成的竹荫遮天蔽日，十分凉爽；而山径之边，又是山泉流过的小溪，泉水潺潺，与翠竹相映成趣。登山途中，每隔数十米，即设一休息站，放置秋千或若干靠背椅，供游人小憩，并树一块木牌，告诉人们此处富氧，可做深呼吸有利于健康。每到这休息站，我们即小憩一会儿，并做深呼吸，果然感到新鲜空气沁人心脾，有一种心旷神怡之感。登到半山腰，石级路改为木板搭成的栈道，我们沿着栈道转了几个山腰。导游说，如果继续攀登，登顶之后可以眺望太湖，自有一番美景，但自觉体力不支，便沿着栈道转到设于山坡上的一家茶馆品茗休息了。在若干亭子构成的茶馆里，喝着一杯用太湖源山泉水冲泡的阳羡雪芽，呼吸着竹海里特有的富氧的空气，聊聊天，也是一种神仙般的享受。据说，当年曾在此打过游击、曾任南京市委书记，后来成为中共中央政治局委员、全国人大常委会副委员长，我的同乡彭冲，在他行动方便时，每年都要到宜兴竹海来，在此一坐就是半天，舍不得走，大概是对当年战斗岁月的回忆与当下美景的享用，使得他流连忘返了。我不是彭冲，对竹海没有那么多可以回忆之处，但是眼下的满目青山翠竹，的确也让我舍不得离去。而且我还发现，游竹海，夏天比秋天好！

2007年6月15日

满觉陇上桂花香

秋日的杭州真是太美了，且不说那有名的西湖十景多么秀美，灵隐寺多么庄严，九溪十八涧多么清幽，就是那满城桂花香，就足以让人陶醉了。

杭城处处桂子飘香，若要说桂花最香处，还要数城郊的满觉陇。满觉陇的桂花最香，这是多少年前读郁达夫的小说《迟桂花》就知道的。《迟桂花》是郁达夫从上海移居杭州前后写的，算是他后期的作品。小说里氤氲着一种浓郁的桂花香气和浓厚的爱情相混合的气息，洋溢着浪漫主义的精神，百读不厌。尤其是把满觉陇迟开的桂花和作品中主人公迟到的爱情交融在一起，以迟开的桂花象征迟到的爱情，更是让人为之陶醉。我每读此作，或是向学生讲解此作，心灵上都受到震撼，也为之陶醉。于是，我记住了西湖之畔有一个以桂花香闻名于世的满觉陇。可惜，尽管我多次到过杭州，一直没有机会游赏满觉陇，尤其是没能在秋日到满觉陇闻闻那儿浓郁的桂花香。

机会终于来了！2005年国庆节过后，我到上海参加母校复旦百年校庆的老同学聚会，担任《西湖》杂志社社长、主编的学生嵇亦工得知把我召唤到杭州，说是商量明年在《西湖》开设关于新时期文学三十周年笔谈专栏的策划，实则也是让我到西子湖畔休息几天。到达杭州那天下午，他即把我带到杨公堤外新开辟的西湖景区，即于谦祠一带，那里不仅清幽秀美，难得是桂花香气扑鼻而来，沁人心脾，澡雪肺腑。他说，若是要闻桂花香，还得到满觉陇。于是，另一天，他开着车，还有刚到《江南》杂志任主编的另一个学生袁敏作陪，一起来到满觉陇。只见满觉陇坐落于青山环抱之中，是一个小山洼，山坡上是层层翠绿的茶园，茶园屋宇周围，遍植桂树。此处十多年前由杭州市政府划拨给杭州市文联，拟建文艺之家。后来，杭州市文联由于经费问题，又转让给当地农村建起来度假村，取名"满陇桂雨"，是个怪好听的名字。我们把车开进"满陇桂雨度假村"的院里，只见几座小楼错落有致地排列于山洼里，走出车厢，桂花香阵阵扑鼻而来。据说，满觉陇种植桂花，已有数百年的历史；而桂花的品种随着秋色渐深，又有银桂、金桂和丹桂之分。银桂显白色，金桂呈黄色，丹桂则是红彤彤的红色了。时值仲秋时节，桂花已转黄，那就是金桂飘香的时节了。我们在此流连多时，还到楼内参观客房，确是十分幽雅之处。听亦工说，杭州市委市政府已决定拨巨款收回"满陇桂雨度假村"，交杭州市文联经管，到时满觉陇将成为文艺家们活动休闲的好去处。即此一举，即可以看出浙江省杭州市党政领导建设文化大省文化强市的决心。值得高兴的是，来年再到杭州，就可以到满觉陇这个仙境里当几天神仙了。

我们把车开出"满陇桂雨度假村"，只见村前大路两旁，均是各种各样的饭馆茶室，供应龙井茶、农家饭，设想坐在那里喝茶吃饭，同时闻着时浓时淡的阵阵桂花香，当是十分惬意的。大路两边不少农家饭馆的服务员也在抬手拉客。但亦工、袁敏说，这里太闹，还是到盛产龙井茶的梅家坞去为好，那里清净，饭茶也好。于是我们驱车离开了满觉陇，经虎跑泉，六和塔，沿钱塘江畔西行，过了九溪十八涧再转入一片绿水青山之中，就是梅家坞了。只见翠绿的茶园与一个个屋宇鲜丽的村庄交相辉映。我们走到尽头，挑了一家农家饭馆坐下来吃午饭,看远山如黛,茶园叠叠,一片翠绿,闻龙井茶香与桂花香相交融,吃了一顿难忘的午餐。这当然又是一篇文章的好素材了,留待另文描述吧!

2005年10月19日

神农洞前的遐思

金秋十月,我和几位朋友应邀到鄂北随州参加关于炎帝神农文化的研讨,考察随州的两张"文化名片"——神农故里与曾侯乙编钟的出土地。

我出生于一个中医世家,家父曾打算把我培养成一个中西医贯通的医生。于是,在我启蒙之后,即让我背汤头歌诀,读《神农本草》。《神农本草》作为中医的医学经典之一,是学习中医必读的教科书。在我幼年好奇的心里,一直想探询有关神农氏的事迹,也问过作为乡村医生的父亲,他也不甚了然。及长,听到不少关于炎帝神农氏的传说,后来又得知炎帝神农氏乃诞生于古随州的厉山(又称列山)脚下,但长期以来苦于没有机会探访神农故里,瞻仰华夏人文始祖神农的诞生地。现在机会来了。作为从幼年时代就神往神农故里的炎黄子孙,怎能不兴奋莫名呢!因此,到达随州的翌日清晨,我们就在随州市委宣传部长雷文洁女士的带领下向距随州市区仅二十余公里的厉山镇进发了!

厉山镇外，姜河汩汩流淌，厉山莽莽苍苍。五千多年前，炎帝神农就诞生在厉山（又称九龙山）第七座山山坡上的一个山洞里，从此，华夏民族开始了一个新的纪元。我们一行在导游的引导下，在雷部长和厉山镇党委书记的陪同下，缓步走过可容纳四千余人、每年农历4月26日神农诞辰时进行祭祖活动的神农文化广场，向矗立于广场的神农氏汉白玉雕像行注目礼，参观了炎帝宫里有关文物的陈列室，尤其是瞻仰了那张由美籍华人积三代人珍藏辗转送回交给厉山镇的神农氏的画像，然后缓步登上山坡，来到神农洞前。只见厉山第七峰半山坡上有一个很普通的山洞，据说原来洞深达数里，后来已堵上，只有洞口可供参观瞻仰，这里就是相传五千多年前华夏始祖炎帝神农氏的诞生地，故称为神农洞。

站在这个很普通又充满神秘色彩的神农洞前，我陷入了沉思。

遥想悠悠五千多年之前，人类正处于童蒙时期，自然环境险恶，生产能力低下，人们还处在茹毛饮血，以兽皮、树叶为衣，筑穴而居的时代。神农氏大智大勇，从杂草中选出五谷之苗，削木为耒，揉木为耜，教人稼稼，让人类从此进入农耕时代，创造了农耕文明，惠及子孙万代。

更令人难忘的是，神农氏为了治疗人类的各种疾病，走遍江汉大地以及数百里之外的神农架，尝百草，发现各种可以治病救人的中草药，后人据之撰成《神农本草》一书，为创建中医药学打下了良好的基础。

也正是炎帝神农氏，教会人们"日中而市"，进行以物易物的最原始的贸易，开始了物资流通和商贸活动，使人民的生活水平大大提高了。

还是炎帝神农氏，与北方另一部落的领袖轩辕黄帝，由战争而和平共处，共创华夏民族的文明史。

历尽五千多年的风风雨雨，厉山上的神农古洞依然屹立于斯，向华夏民族的子子孙孙诉说五千多年的文明史。在神农古洞前的遐思，使我进一步认识到华夏文明的悠久和灿烂，认识到炎帝神农文化创新而务实的本质，也更加认识到发扬华夏文明的光荣职责。

滔滔溠河与㵐河之水，奔流不息；肇始于五千多年前的神农文化和两千多年前出现的改写中国音乐史的曾侯乙编钟，都表明随州是华夏文明的重要载体之一，是一座向全世界展示灿烂华夏文明的重要的历史文化名城。

2006年10月27日

江南二章

甲申岁末，时值隆冬，余与西来应邀参加无锡几位青年作家研讨会。会后，在江南大学、常熟理工学院、苏州大学及其文正学院讲学。因此有机会再访江南文化名城常熟，重游兴福寺（又名破山寺），重谒钱、柳墓。于是有了以下两篇记述此游的文字。

——题记

破山寺寻幽

破山兴福寺位于常熟市郊外虞山之北麓；原是南齐郴州刺史常熟人倪德光之私宅，后舍为寺，初名大慈，梁大同三年改为兴福，唐大历年间又更称破山。寺中有空心亭、救虎阁、碑亭、君子泉、廉颇堂等景点。之所以名之兴福，是因为大雄宝殿后有一天然巨石，其裂纹状如"兴福"，故名；至于唐大历年间为何更称破山寺，已不可考。但是有一点却是尽人皆知的，那就是，破山兴福寺之所以成为江南名刹，跟唐代诗人常建（又称常少府，

"少府"是他的官职，生平不详）的一首诗有关。常建的《破山寺后禅院》是一首五律，它是这样写的：

> 清晨入古寺，初日照高林。
> 曲径通幽处，禅房花木深。
> 山光悦鸟性，潭影空照人。
> 万籁此俱寂，惟闻钟磬音。

此诗写尽了破山兴福寺的清幽寂静，也写出了它作为佛家胜地的空灵禅意，尤其"曲径通幽处，禅房花木深"两句更是成为名句警句，故此诗成为千古绝唱，也成为破山兴福寺的名片。

2000年秋天，我应邀到苏州大学讲学，曾初游常熟，也曾匆匆访过破山兴福寺。这次与西来一同到常熟理工学院讲学，也只有很短的闲暇时间，当主人问起我们的打算时，摆在第一位的还是再访破山兴福寺。于是在讲过课后的翌日清晨，我们在常熟理工学院人文系办公室计主任的陪同下，来到破山兴福寺。先在寺外的一家茶室里吃过素面，喝了一杯虞山产的价钱不菲"雨前特茗"，然后再跨进寺门。由于是隆冬季节，又是清晨，偌大的寺院里只有我们三个香客兼游客，于是可以从容细致地观赏这座江南名刹。

从山门到大雄宝殿，再到藏经阁，这一路建筑和别的寺院似乎没有什么大的不同，所以我们匆匆走过，只在大雄宝殿后的兴福石前略作停留和观赏。看过中路的寺院建筑，向左穿过一道门，即到常建诗中所吟咏的"花木深"的"禅房"，也即是住寺修炼的僧徒们的生活区，这里才显示出破山寺的特色。在这个富于江南特色的禅房小院里，我们不仅瞻仰了矗立着常少府诗碑的诗亭，又沿着院中的曲径一直走到寺院的后门外，发现这一曲径一直通到虞山之上。沿着这一曲径来回地走着，体味着常少府诗中的意境，真有一种与喧闹的尘世隔绝之感。再举目看看院中青灰色的僧舍和一墙之隔的近年来兴建起来的别墅群，似乎又不那么谐调。商品经济犹如洪水猛兽，近年来也冲击到寺庙中来，看看山门外我们刚才吃过早餐的茶室餐厅，挤挤挨挨，好似比几年前初访破山寺时要热闹得多，繁华得多。一边是繁华热闹的尘世，一边是清幽寂静的禅房，一座黄褐色的寺墙把它们隔开，使之成为两个世界。作为一个匆匆的游客，整日里在尘世里奔波，如今稍有闲暇到寺院中来享受片刻的清幽，也算是一大享受。于是，不觉艳羡起可以整日享受这种清幽的僧徒们。

钱、柳墓前的遐思

常熟城外，既有绵亘十里的虞山，又有碧波荡漾的尚湖，山色湖光，常常会让游人驻足不忍离去。尤其是虞山脚下，罗列着言子、黄公望、瞿景淳、瞿式耜、钱谦益、柳如是、冯班、翁同和、曾朴等历代名人的坟墓，更是引得不少名人雅士前去凭吊，使其成为一方名胜。

钱谦益、柳如是的坟墓坐落于虞山的拂水岩下，紧靠公路，面向一方水塘，两座坟相距数十米。钱谦益与其父其子合葬，柳如是则是独自一个坟包。四年前的秋日初访常熟，我曾在友人的陪伴下拜谒过这两座世人瞩目的坟墓，并在柳如是那简朴的墓前脱帽鞠过躬，表示敬意。这次再来，算是重谒。只见两座墓前均新建起一座石亭，石亭前树起省级重点文物保护单位的标志。再细看两座石亭的石柱子，均镌有墓主手书的对联，大概是后人集字而成。只见柳如是墓前石亭石柱上的对联，字迹清秀中略见遒劲，显示出柳如是外秀内刚的性格，显得更引人注目。我仍在柳墓前再次鞠躬致意，并伫立良久。

钱谦益，字牧斋，晚号蒙叟、东涧老人，虞山诗派鼻祖，文坛祭酒，明末江南东林党领袖之一，曾任南明小朝廷礼部尚书；清军兵临城下之际降清，晚节不保；后被调到北京任职，受尽作为一个降臣所受的白眼与侮辱，半年后终于称疾回归故里，在虞山下的半野堂过着归隐的生活，虽也曾与明遗民有过一些来往，参加过反清活动，还为此受到清廷的拘捕，但这一切难以洗刷他降清的污垢，终于抑郁而终。

柳如是，明末名妓、色艺双全，为秦淮八艳之冠。她祖籍嘉兴，原名杨云娟，后改姓柳，名隐字如是，自号河东君。明崇祯十一年初冬时节，38岁的柳如是，自雇小船，身着男装，到常熟探访名噪士林、声望秦淮的钱谦益，在虞山北麓半野堂里掀起一场轩然大波。自此，38岁的柳如是同74岁的钱牧斋在半野堂里过上一段诗书传情、琴瑟和谐的日子。清兵入关，南明小朝廷危在旦夕，急召钱谦益到南京任礼部尚书，这就有了后来一段风雨如晦、不堪回首的日子。当钱谦益打开南京城门降清之际，作为一个深明大义的弱女子，一个秦淮歌妓，先是力谏，后是死谏，表现出她的铮铮铁骨。钱谦益自北京称病回归故里隐居于"半野堂"之后，柳如是又陪伴他度过那些寂寞的日子，并帮助他暗中与反清势力联络；直到钱谦益病死，钱家族人逼迫柳如是迁出"半野堂"，她才用一根绳子结束了自己的生命，可谓死得壮烈。

钱、柳生活在风云变幻、血雨腥风的明清交替时代，身份相去甚远，一个是高官重臣，文坛祭酒；一个是秦淮歌妓，钱家小妾。但是，在他们故去的几百年来，他们身后的评论却是如此让他们始料不及：钱牧斋由于降清晚节不保而遭人唾弃，直至三百多年后仍不被后人谅解；柳如是却由于一身傲骨而受到敬仰，三百多年来不少名人雅士到她的墓前都主动为她脱帽致敬。这一点是很令人深思的：一个人的一生有那么一两个关键时刻是值得认真对待的；一个人的价值并不取决于他的职位和身份，而是取决于对国家对民族的态度，也就是他的气节。

重谒钱、柳墓后，我们即驱车到苏州，在苏州大学和苏州大学所属的文正学院讲课。在那儿，听到一个小故事，值得附上一笔。据说，前些年，苏州大学中文系教授钱仲联先生曾陪上海来的王元化先生游常熟，也曾谒钱、柳墓地，有人要钱仲联先生在钱谦益墓前留影，钱仲联先生急忙制止，说："我不能跟他扯到一起，否则，我就更臭了。"由此可见，一个人，尤其是一个名人，其名节是多么重要啊！

             2005年2月4日

西北二章

崆峒山与崆峒文化

崆峒山位于甘肃省平凉市西12公里处，景区面积84平方公里，主峰海拔2123米，是我国迄今为止发现时代最早的丹霞地貌，集奇、险、灵、秀于一身，自然景观具有极高观赏价值。更重要的是，自将近五千年前轩辕黄帝问道于崆峒，向居住于此山修炼的广成子问治国之道，崆峒遂成为天下道教第一山，也因此名扬天下。

我向往崆峒山久矣！2004年8月30日至9月1日，甘肃省平凉市委、平凉市人民政府决定在第十六届西部商品交易会暨2004中国平凉崆峒文化旅游节之前举办崆峒文化论坛。我应邀参加论坛，于是有了访问平凉市，登临道教名山崆峒山的机会。

我们一行由北京乘飞机抵达西安咸阳国际机场，然后乘汽车于8月30日傍晚到达陇东重镇平凉市。我发现，古老的凉州已披上节日的盛装，而且显得比我预料的要繁荣现代化得多。8月31日清晨，按会议日程安排，来自北京和兰州以及周边各地参加论坛的客人在主人的引导下游览考察市区西北12公里处的崆峒山。乘车到达山下，仰望耸立于西北大地的崆峒山，显得更加巍峨奇秀；换车经数十旋抵达半山腰，发现山上树木葱郁，与周边的秃山头成鲜明对比。没想到，历数千年风雨的崆峒山，树木仍然这么茂密苍翠，植被仍然保持得这么好。这真是让人赞叹不已。稍事休息之后，我们即分两路登山，一路沿山坡向上攀登，可以遍防山上的佛寺；另一路登上对面的一座山峰，即可以晋谒历史长达数千年的道观。崆峒山是一座奇特的山，山上既有历史悠久的道观，又有历代修建起来的佛寺，道与佛不相互排斥而相互融和，这是一个很有意思的文化现象。

　　由此我想到数千年来形成的崆峒文化的特点。我以为，对于崆峒文化的认识，重要的不在于它是否是天下道教第一山的定位，而在于对他的本质与特点的认识与阐释。道家（道教）文化的核心是"天人合一"，亦即主张人与自然的谐调发展。五千年前，黄帝在崆峒山问道于广成子，广成子向黄帝传授了什么"道"已无确切的记载，但根据各种传说与史料可以推测，广成子向黄帝传授的也就是"天人合一"之道。从崆峒山自然风貌看来，也就是从它保持着较好的生态环境这一点看来，"天人合一"的思想在这儿是得到较好实践的。今天，我们要开发崆峒山，开发崆峒文化，最重要的就是把握道家"天人合一"的思想，重视生态环境的保护，从而把崆峒山及其周边景点开发成风景优美的景区，让崆峒文化发扬光大，成为我们优秀的民族文化遗产的重要组成部分。

在开发崆峒文化时，还要注意到崆峒山上道与佛两种宗教，两种文化并存并生相互融合的现象。可以说，这也是崆峒文化的另一特色。崆峒文化无疑是以道家为主的文化，但并不排斥佛教文化对它的影响。这种文化的开放性和渗透对我们今天开发崆峒文化，建设崭新的民族文化也是颇有启示的。我们需要有所固守，但绝不能封闭，更不能固步自封。在经济全球化的今天，如果缺乏开放的眼光和宽阔的胸怀，是绝不能建设好我们的民族新文化的。

在平凉市虽只逗留数日，到崆峒山也是匆匆一游，但是，崆峒山与崆峒文化对我的启示却是多多的。

茂陵石刻群的启示

西出古城西安数十里，就可以看到渭北平原上罗列着许多汉唐帝王的陵寝，仅西汉十一个皇帝中，就有九个葬于此。其中，汉武帝刘彻的茂陵向来最引人注目；当然，作为茂陵陪葬墓在茂陵之东一公里处的霍去病墓更为人所关注，因为罗列其墓前的十六件石刻已成为国宝，并为之建了博物馆。因此，时下人们去茂陵，看的不是汉武帝的坟堆，而是霍去病墓前的石刻群。二十年前，当我参加中国作协组织的中年评论家赴西北参观访问团初防西安时，曾到过一次茂陵，匆匆看过这一石刻群，并叹为观止。二十年后的2004年9月初，我因应邀到甘肃平凉参加崆峒文化论坛返京途中在西安稍作逗留，又有机会到茂陵去，对这一石刻群再作一次比较从容的观察，并由此生发出不少感慨。

那是秋阳高照的一个好日子，我在友人陪伴下，参观过法门寺、乾陵以及其陪葬墓永泰公主墓和章怀太子墓后，在回西安的路上经我提议又折到茂陵博物馆观赏茂陵石刻群。此时，接近闭馆时间，在我们恳切请求下，馆方答应我们进门参观，并为我们选派了一个很好的导游。

　　一进博物馆大门的左侧,看见一座亭子,亭中放置的就是《马踏匈奴》的石刻。这座石刻由站立着的一匹石马与马蹄下匈奴的雕像组成。雕刻家把马的形象刻画得相当逼真,其威武有力、气宇轩昂似乎象征着汉王朝军事实力的强大;而马蹄下的匈奴则显得猥琐,他仰卧于地上,左手握马,右手持箭,双腿蜷曲做挣扎状,表现着一个明确的主题。这座历来被公认为霍去病墓前石刻群中的主体雕刻,在创作手法上把写实与写意结合起来,既有精雕细刻的写实手法,又有富于想像的浪漫手法,这一点在这组石刻群中,也是具有示范性的。

　　循着放置"马踏匈奴"石刻的亭子再往里走,即可以看到两个半露天的廊子,陈列着十几件石雕作品,计有卧马、跃马、野猪、石人、人与熊、蛙、怪兽吃羊、卧牛、伏虎、卧象、蟾等,都是循着"借石拟形"的创作原则,重在写意,求神似,表现出两千余年前西汉鼎盛时期石刻艺术的高峰。特别引人注目的是那尊卧牛,它不仅形象逼真,身躯肥大,粗壮有力,酷似一头关中的老黄牛,而且憨态可掬,极其传神,把老黄牛温顺的性格表现出来。我们在这尊卧牛前伫立良久,照了好几张相片，才依依不舍地离去。其余，像表现人与熊格斗、充满浪漫主义色彩的"人与熊"，像体积较小、刀法精细的"蛙"、"蟾"等作品，也都让人赞叹不已，均属于石刻艺术的上乘之作。

  比较从容地观赏了陈列于茂陵博物馆的这组石刻作品，一方面让我惊叹于两千多年前西汉石雕艺术家精湛的技艺，一方面又让我由此而领悟到艺术的真谛：一件成功的艺术品，不管是雕塑，还是绘画，总之是诉诸视觉的艺术品，它追求的不是形似，而是神似；只有在写实的基础上进行大写意，才可能达到神似，也才可能达到艺术的高峰。诉之视觉的绘画雕塑是这样，以语言为基本材料的文学创作更是这样。这可以说是文学艺术创作一个亘古不变的艺术规律。行文至此，我忽然想起数年前在福建省惠安县崇武石雕园观看石雕作品的经历。惠安被称为石雕之乡，那里的石雕艺人制作出不少作品在崇武古城的海边陈列，称为"崇武石雕园"。2000年秋天，我应邀到泉州参加闽南笔会，会议组织者特意安排我们驱车到崇武海滨参观石雕园。但说老实话，看后真让我失望，因为这些石雕只求形似，无论是人物还是动物、陈设，工艺倒是很精细的，外形也是逼真的，但是了无生气，充其量只能说是些工艺品，并不是艺术品。尤其是在再次观赏了茂陵石刻群之后，联想数年前参观惠安崇武石雕园的经验，让我突然想起这么一个问题：同两千多年前西汉时期相比，当代的石雕艺术是前进了、还是后退？这是值得深思的。

2005年2月6日

湘西四章

癸未年（2003年）的夏天，是个热浪席卷大江南北的夏天。湖南省会长沙，摄氏四十度左右的高温居然持续四十余天。就在这七月流火的酷暑里，我再次漫游湘西大地，从张家界到吉首，从吉首到凤凰，盘桓近旬日。故地重游，却获得颇多新的感受。

四上张家界

自从20世纪80年代张家界被发现被开发以来，我已有过三上张家界的经历，即1985年6月、1986年8月和1998年11月三次访问这"养在深闺人初识"的湘西少女。张家界以至武陵源景区每一个角落都曾留下我的脚迹，照说不应该再有第四次的探访了。但是，由于《石油知识》选择张家界作为他们的笔会地点，担任《石油知识》名誉主编的挚友孙毓霜又诚恳相邀，另一挚友湖南作协主席孙健忠又专程赶到湘西相伴，盛情难却，只好冒着酷暑四上张家界了。

没有想到作为清凉世界的张家界也躲不过热浪的袭击。在张家界逗留的五天里，几乎每天都泡在汗水里，这未免对游兴有所影响，但是，我还是和我的朋友孙毓霜一起，随同参加笔会的朋友们游遍了张家界和武陵源的所有景点。

金鞭溪是张家界的灵魂。每次到张家界是必游之处。沿着那条蜿蜒于群峰之间汩汩流淌的清澈的小溪，踩着那用鹅卵石铺就的林间溪边小径，步行那么几个小时，忘掉山外的喧嚣与烦恼，那是多么令人难忘的审美享受啊！每次游金边溪，我在意的倒不是那些命名俗气的山峰和为每座山峰编成的传奇故事，我陶醉的是那清幽的环境和沁人心脾的空气，还有同三五好友一起游览时毫无拘束无主题的漫谈。像这次游金鞭溪，同游者既有孙毓霜，又有远自长沙赶来的孙健忠，我是四游金鞭溪了，孙健忠之游金鞭溪，更是难以胜数，但是我们一起游起来，还是那么投入，那么尽兴，往往处于一种物我相忘、情景相融的境界，这可能是由于既有美景令人陶醉，又有友情令人神怡之故。我曾遍游国内不少名山，也曾探访过海外的一些名胜，发现张家界的金边溪是不可替代的。

"不登黄石寨，枉到张家界"。到了张家界，不登黄石寨是不可思议的。黄石寨山高且险峻，但只要登顶就可以看到山顶上地势平旷。据说，山顶曾是当年盘踞于此处的土匪的据点，张家界开发后，在此建了不少旅游设施，诸如餐厅、亭阁等。1986年8月我曾应武汉文联文学创作所之邀，参加杨书案历史小说研讨会，在张家界有过半月的逗留。那次，孙健忠在他的家乡吉首写作，闻讯赶来相聚，曾一起以竹棍为杖，从后山登上黄石寨，要三个小时；在山上用过午餐，由前山下山，也用了两个小时。那次登黄石寨时费力虽大，但留下的印象颇深。1998年11月应邀参加第二届"湘泉笔会"，到了张家界，自然要去登黄石寨，那时缆车已建成，为了省时省力，当然乘缆车登山了，记得只用了不到二十分钟的时间即可登顶。那一次是深秋季节，登顶后做环山之游还是颇为畅快的。这一次登黄石寨，还是乘缆车，由于天气炎热，登上山顶之后，只在一个餐厅吃了午餐，即乘缆车下山了，所以感到了无兴味。发现山上多了不少建筑物，也大都与自然风光不相协调，让人感到扫兴。

　　登天子山，游十里画廊也有同样的感受。天子山上不仅建有代步的缆车，还建有"天梯"（即电梯）；导游不带我们到"点将台"去检阅那雄伟的群峰，却让我们去登建于贺龙公园附近的"天子阁"；一些新的建筑从审美风格来看与自然的山水也颇不协调。虽然由于联合国教科文组织已发出"黄牌警告"而拆除了一些，但残存者仍让人感到大煞风景。看来一个风景区管理者的审美情趣是很重要的，把如此雄奇瑰丽的张家界以至整个武陵源景区交给一些不懂得爱护自然风光满脑子世俗观念的人去管理去经营，恐怕只能毁了大自然这慷慨的赐予，糟蹋了大好的自然风光。

此次游张家界还有一个鲜明的感受：张家界决非世外桃源，商业气息也在侵蚀着这美丽的景区。且不说景区里各种收费名目繁多，收费步步提高（诸如在十里画廊景区，坐一下往返只有几公里之遥的小火车，收费竟高达四十元），就说由原来索溪峪一个小村发展起来的武陵源区区政府所在地小镇，商业气息就很浓。小镇上灯红酒绿，到处是酒楼和发廊，因此呈现出一片繁荣景象，但是那种畸形的商业经济和不良的宰客风气，迟早要毁坏景区的声名和经济发展的大好前景。这是值得张家界当局认真思考的事。

边城吉首访锡炳

在畅游张家界之后，我和孙毓霜在孙健忠和张家界市文联副主席、作家彭学明等的陪同下，移师湘西土家族苗族自治州首府吉首。此行的目的有二：一是曾担任中国石化长城润滑油公司总经理和后来的中国石化润滑油分公司副总经理的诗人孙毓霜，想以企业家的身份拜访曾任湘泉集团总经理的王锡炳；一是想游凤凰古城，探访20世纪文学大师沈从文先生的故居，拜谒其墓地。

王锡炳在湘西，乃至全国，是个著名的企业家，是个充满传奇色彩的人物。他带领数千职工，把一个原来只酿造"苞谷烧"的小酒作坊变成了拥有数十亿资产，拥有"酒鬼"、"湘泉"等名牌的湘泉酒城和上市公司，让其名牌白酒和本人声名远播海内外。王锡炳还是位极其重视企业文化建设有眼光的企业家，他创办的企业报《湘泉之友》结交了文坛名家，在生产名牌名酒的同时也创造和宣扬了源远流长的酒文化。1998年秋日，我应邀参加第二届"湘泉之友笔会"，曾在吉首的湘泉酒城见到王锡炳，后来，他到北京出席全国人代会，又再次见面。我们曾从企业文化建设谈到企业的兴衰之道，谈到他们还在长沙兴建的湘泉大酒店。我们之间虽然见面不多，但成了可以信任、可以沟通的朋友。我曾多次向孙毓霜说起王锡炳，很想促成两位重视企业文化建设的企业家一起交流，但始终不能如愿。这一次，我和孙毓霜有了湘西之行的机会，到吉首探访王锡炳自然成了我们此行的一项重要内容了。

据孙健忠在张家界时向我们作的介绍，得知王锡炳三年前因故离开湘泉集团，历任州巡视员和州人大常委会副主任。最近，他破釜沉舟，辞职下海，倾其所有加上向银行贷款，用数千万元的巨款收购了湘泉集团的制药厂（包括正在生产的旧药厂和新建尚未投产的药厂），准备大干一场。8月3日晨，当我与孙毓霜、孙健忠等赶到制药厂看望王锡炳时，发现他正忙着厂里的各种事务，忙得汗流浃背。他告诉我们，近日来，他常常是早晨五时起床，就赶到厂里上班，他的夫人和刚大学毕业的儿子也一起来上班。他带领我们一个车间一个车间地看，介绍生产的各种药品和发展的计划。看完了旧厂，又驱车到吉首郊外的新厂参观。我们发现，这是一个刚建了一半但颇具规模的新型制药厂，几年前，当王锡炳还在湘泉集团当总经理时就征地兴建了，不仅有厂房，还有一座宾馆，但建了一半就停工了。王锡炳盘下湘泉药厂后，一方面在旧厂里坚持恢复生产，一方面又着手兴建新厂。据说此举颇受湘泉集团职工和吉首市民的支持，不久前，就有数千之众参加义务劳动，用一两天的时间拔尽新厂厂区丛生的杂草。令人高兴的是，王锡炳接手湘泉制药有了个好的开端，而且他振奋的精神面貌同五年前见到的他判若两人。看来，英雄有了用武之地，王锡炳将在新的体制下，发挥他的聪明才干，干出一番新的事业来。

8月3日晚，奋战了一天的王锡炳坚持要在边城宾馆设宴款待我们，我们只好遵命。他穿着那件充满汗渍的半袖衫，带着儿子来到边城宾馆宴请我们。席间，他同孙毓霜亲切而热烈地交谈着，两位企业家看来是找到了共同兴趣的话题。我由于答应为州作协组织的一些业余作者讲课，只好提前告辞，只在心里祝福王锡炳，祝他事业兴旺发达。

再谒沈从文墓地

20世纪文学大师沈从文的名字永远和湘西大地联系在一起。在近代的历史上,湘西尽管也出过不少功勋卓著的军政要人,诸如同是凤凰人的民国总理熊希龄,再如桑植人的共和国元帅贺龙,都是彪炳史册的人物,也是湘西人引以为骄傲的人物。但是,比起作为布衣文人的沈从文来,总感到缺少点魅力。我之崇敬沈从文先生,可能与受到沈从文先生的弟子汪曾祺先生的影响有关。我四次访问湘西,次次都去凤凰;到了凤凰,总要去参观沈先生的故居,去拜谒沈先生在凤凰县城外听涛山下的坟墓。

记得第一次拜谒沈从文先生的墓地是1998年秋参加第二届"湘泉之友"笔会之际,距今已近五年之久。那次来去匆匆。这次想在那儿多待会儿,缅怀沈先生的一生和他不朽的文学事业。

8月3日上午,当我们一行在王锡炳的带领下,参观过他刚刚收购下来的湘泉制药厂的新旧厂房之后,便在州作协秘书长陈亚丽女士的陪同下,驱车直奔凤凰。到了凤凰县城,我让司机把车径直开到城外的沈从文墓地。沈先生的墓地在距县城三华里的杜田村的听涛山下。背靠听涛山，面对沱江水，依山傍水，环境清幽。坟前竖立的由凤凰县人民政府撰写的简介说："杜田村听涛山距县城中心一公里半，远则积山万状，争气负高，含霞饮景，参差岱雄；近则圭壁联植，环境幽丽，沱水通脉，清滢透彻，岩泽气通，如珠走境，似仙境也。"这段辞藻相当华丽的文字，颇能道出沈先生墓地仙境般的清幽雅丽。沈先生生前虽未曾大富大贵过，但卒后能葬于此，日夜与他少时喜爱的听涛山、沱江水为伴，能成为这一仙境的主人，的确令人艳羡之至。

但是当我们环视墓园周围，则发现它朴素得让人感伤。说是墓地，其实并没有围栏，也没有坟堆，只有一块由天然五彩玛瑙石制成的墓碑立在那杂草丛生的山坡上；此石虽采自南华山，呈云菇状，甚为独特，但与那些雕刻精致且有大量赞辞的高官名人的墓碑相比，实在是太朴素了。墓碑上镌有沈先生的夫人张兆和先生选自沈先生的遗文《抽象的抒情》中的一句话："照我思索，能理解'我'；照我思索，可以识'人'。"碑文出自沈先生的侄女婿、中央美术学院雕塑系教授刘焕章的手笔。墓碑的背后，是沈从文的四姨妹（既张兆和的四妹）美国耶鲁大学教授张允和的挽联："不折不从，星斗其文；亦慈亦让，赤子其人。"墓碑前，既无供桌，也无供品，只是散乱地摆放着一些野菊花，不知是那位凭吊者献给先生的供品。我们一行则连野菊花这样的供品都未曾预备，只能在先生的墓碑前鞠躬默哀，缅怀先生的为人与著述，算是对先生的一点怀念。环视墓地周围，只有二三处景点引人注目：一是立在墓碑左下方的一块碑，上面镌有沈先生的外甥，著名画家黄永玉的墨迹："一个士兵要不战死沙场，便是回到故乡。"字迹潇洒，含意隽永，倒是较好总结了沈先生以一个士兵的身份离开故乡，以一个文学大师的身份归葬故里的人生经历。另一令人注目处是在墓地的入口处新建了一幢小屋，里面出售先生的著作以及研究沈从文的专著，还有关于湘西、凤凰的图书以及一些纪念品，我们到里面选购了几本书，其中就有新近由广东旅游出版社出版，凤凰籍女作家龙迎春的《品读湘西——走进沈从文的家乡》一书，此书文笔清新，图文并茂，值得一读。从书屋里走出，我们发现墓地的左上角有一口井，井周围有一些人正在席地乘凉，我们也攀缘而上，到达井口，席地而坐，一边乘凉，一边缅怀起沈先生的一生来。

沈从文先生自20世纪20年代从湘西故里走出来，无论是二三十年代以其《边城》、《长河》等作品红极一时，成为文坛上京派的一员担纲大将，还是抗战时期在昆明西南联大授课带徒，抑或是50年代以后在故宫博物院和中国社会科学院潜心中国服饰史的研究，都是低调做人，布衣一介。直到20世纪80年代初期，拨乱反正，沈先生复出文坛后，他虽然迁至北京木樨地为部长们建造的大楼里居住，他仍然保持布衣本色。就连在他的故乡凤凰城郊听涛山下修建的这个墓地，据凤凰县人民政府撰写的简介中说，也是沈先生家属自费修建的，不花国家的一分钱。想到先生的为人，再看看他的简朴得让人感伤的墓地，我以为这样的选择和安排正合先生之意，也是同先生的为人操守相吻合的。生前不求闻达，死后归葬于故乡山野之间，这正是沈从文布衣性格的集中体现。其实，一个作家最神圣的职责是向读者贡献佳作，至于官职、地位等，对于作家来说都是身外之物，不必去争去谋。再次拜谒沈从文先生的墓地，回想沈先生的一生，看看他简朴得让人感伤的墓地，再联想一下当下浮躁得可以的文坛，联想一些作家千方百计削尖脑袋去谋取官位以求闻达或靠媒体爆炒而走红等做法，真想让这些作家都到沈从文先生的墓地凭吊一番，经历一次灵魂净化的洗礼。当然，碌碌如我辈者，每次拜谒沈从文先生的墓地，无疑都是一次灵魂净化的过程。

秀华山馆览胜

2003年8月4日晨，我们即将结束在湘西大地近旬日的漫游，踏上归途。从吉首乘火车返回张家界，时近中午。由于订的飞回北京的机票是晚上八点多才起飞，于是在张家界市尚有半日的闲暇。彭学明建议我们去看看展示土家族民俗的秀华山馆，于是在他的陪同之下，我与孙毓霜一起来到位于张家界市教场路的秀华山馆。

这是一座临街的四层楼民居式的建筑，一进门，是前厅，土家族的姑娘与小伙子擂起迎宾的鼓点，把我们当作贵客来欢迎。走过前厅，是一个天井；穿过天井，才是后厅和西边的厢房，是展示各种土家族民俗展品的展厅。这座四层楼的建筑，基本上是土家族的民居建筑，再配以现代化的卫生设施和空调设备。每一层楼都陈列着各种展品，从日常生活的用具到婚庆的陈设，再到节庆的习俗，分类展出，琳琅满目。四楼上还有小卖部，参观者可以选购土家族的服装、用具和各种日常生活的陈设，当然都是一些复制品，据说销路很不错。给我们留下特别深刻印象是土家族的婚礼习俗和各类雕花的"滴水床"，还有挑花的床单和各种花卉的土家刺绣。土家族的"滴水床"，其规模简直是一幢小房屋，而其精致程度又让人赞叹不已。

秀华山馆的一个重要特色是把静态的展示与动态展示结合起来，他们不仅用大量静态的文物来展示土家族的民俗，而且采用动态的方法来展示土家民俗。例如，宾客进门时的迎宾鼓，宾客进入天井时所看到听到的土家姑娘与土家小伙子的民歌对唱，宾客离开时欢送宾客的乐曲与仪式，等等，无不是土家族民俗的动态展示，更令人难忘的要数土家族青年男女婚礼的表演，这种表演在陈设"滴水床"布置得喜气洋洋的新房里进行，留给游客的印象当然更深刻了。

参观了四层楼的展品，听了土家族青年男女颇有韵味的民歌对唱，准备告辞时，秀华山馆的主人陈楚华先生请我们到他的简朴的办公室里小叙。于是，我们一边喝着古丈毛尖沏出的香茶，一边听着陈楚华先生创业经过的陈述。陈楚华先生五旬左右，土家族，大概从下乡插队当知青时就开始搜集土家族民俗的文物，开始可能是不自觉的，后来就变成自觉的行动了。经过近二十年的积累，他同他的夫人龚道秀女士一起创办了这座展示土家族民俗的"秀华山馆"。这座山馆的名字乃是取其夫妇名字中各一个字联合而成，表明他们夫妇之间的精诚合作和珠联璧合。听他们夫妇叙说每件文物收集的经过，简直是在听一个个动人的故事。例如被喻为秀华山馆镇馆之宝的荷花果盘和一块工艺精致的石雕，一是原来农民喂猪的猪食盆，一是原来垫在猪圈里的石块，被他们慧眼发现后，一一成了镇馆之宝。可见，他们二十年的努力建成此馆实属不易啊！

秀华山馆的建成开放以来，几年之间，已逐渐显示出不俗的魅力，成了到张家界参观游览的游客们一个必不可少的参观点，成了新兴的旅游城市张家界的一道亮丽的风景线。据陈楚华先生介绍说，每年到秀华山馆参观的游客已近三十万人次，国内与海外各占一半。现在的四层楼馆址已不能满足大量游客参观的需要，正在城外另觅新址，准备筹建新馆。可以预见，秀华山馆将有更加灿烂的未来。

在准备离开张家界结束湘西之行的时候，无意之间参观可看作土家族民俗瑰宝的秀华山馆，可以说是一次盛宴之后最后的一道甜点，让人回味无穷。

　　再见吧，神奇瑰丽的湘西，祝你腾飞，我还会再来亲近你的！

2003年10月13日~14日

红河五章

2004年11月4日至14日,我与邵燕祥、王春瑜、陈四益、王学泰、伍立杨一行六人应邀到云南红河州参观访问。地处滇南的红河哈尼族彝族自治州,风景雄奇秀美,文化积淀丰厚,主人热情好客。十日之中,我们走过自治州所辖的九个县市,参观了诸如石屏湖、建水文庙、朱家花园、燕子洞、元阳梯田、大围山原始森林公园等著名景点,并在红河学院讲学两日,收获颇丰。下面记述的是此游的经历片断。

建水文庙

建水,又称临安,乃滇南重镇。此地文气颇盛,人才辈出,有"滇南邹鲁"、"文献名邦"之称。在建水的一夜与半天期间,我们曾择要登上"小天安门"朝阳楼饮茶,游过被称为"滇南大观园"的朱家花园,去个旧的路上又游了称为"亚洲第一溶洞"的燕子洞,而更为难忘的是参观了规模仅次于山东曲阜的被列为全国重点文物保护单位的建水文庙。全国各地的文庙，犹如夜空中的星星，难以胜数。就我参观过的来说，山东曲阜孔庙、台湾台南市孔庙和云南建水孔庙是三个规模最大，保存最为完好的文庙。

建水文庙始建于元至元二十二年（公元1285年），经明清两朝五十多次增修扩建，占地114亩（合7.6万平方米），仅为山东曲阜孔庙的三分之一。建水文庙不仅占地大，而且一池（泮池）、一坛（杏坛）、一圃（射圃）、二殿（大成殿、崇圣殿）、二庑（东庑、西庑）、二堂（东明伦堂、西明伦堂）、三阁（尊经阁、文星、文昌阁）、四门（棂星门、大成门、金声门、玉振门）、五亭（敬一亭、思乐亭、斋宿亭、东碑亭、西碑亭）、六祠（寄贤祠、仓圣祠、名宦祠、乡贤祠、节孝祠、忠义孝悌祠）、八坊（太合元气坊、礼门坊、义路坊、洙泗渊源坊、道冠古今坊、德配天地坊、圣城由兹坊、贤关近仰坊）均陈设齐全，保护完好，故称赞它"规制宏敞，金碧壮丽，甲于全滇"（见《新纂云南通志》）。

我们一行是从建水一中校园穿过进入建水文庙进行参观的，因此走进大成门，直奔大成殿（又称先师庙）。在殿前的院子里，发现几丛正在开放的山茶花（树下木牌子上写明是"华东山茶"），花呈白色，显得相当典雅，据说此花树亦有数百年的历史，我们纷纷以山茶花树为背景照相留念。然后走进大成殿，先看见一些人正在花殿前排练祭孔乐舞，遂走近观摩。据说建水文庙的祭孔乐舞，共用舞生四十八名、乐生若干名，均由十二三岁的儿童组成，排成六行，边唱边舞。整套唱调由九十六字组成，每唱一字变换一个动作，分为三段唱跳。每到祭孔大典时，这套乐舞即在大成殿前表演，成为此地一大文化景观。观摩祭孔乐舞的排练后，再走进大成殿，只见它高踞于丹墀之上，琉璃黄瓦山顶，由二十八根大柱支撑，其中二十二根为青石巨柱，各高五米。撑持左右前檐的两根石柱，镂刻成龙腾祥云状，称"石龙抱柱"，为石雕精品。由此即可见建水文庙大成殿之巍峨壮美。参观完大成殿和殿后的崇圣祠后，我们走出大成门，只见各种精美的牌坊罗列四周，近百亩水面的泮池烟波浩渺，使我们感受到孔夫子事业的庄严和学海的广阔无边。而这一点是我在参观别处的文庙时所未曾见到的。

据说，由于建水文庙建得如此宽大庄严，保存得如此完好，故建水文庙历来文事颇盛。明清两代出了不少名人；近年来，又历年出现"高考状元"。这大概都是同建水人重视文化教育事业有关。

湖上的晚餐

云南多高原湖泊，洱海、滇池这些高原淡水湖绵延数百里，成为旅游胜地，举世闻名。在红河自治州的石屏县县城之东，也有一个高原湖，叫做石屏湖，似藏在深闺人未识的少女也颇迷人。据说此湖面积也有上百里，列于滇池之后。

踏上红河州的土地之后，第一站是石屏县。在县城招待所吃过午饭即到几处景点参观，主要看的是城郊的文献楼、状元楼等，并在矗立着文峰塔的山坡上眺望石屏湖，还发现石屏籍的彝族老作家李乔的纪念碑就矗立在这个山坡上，于是和燕祥、阿四分别在碑前摄影留念。跑了一个下午，时近黄昏时，石屏县县委书记张碧伟把我们领到石屏湖畔的一条船上，准备在船上设晚宴款待我们一行。到了石屏湖畔一看，整齐地排列着上百艘渔船，只是这些渔船已不是用来捕鱼捞虾，而是变成各式各样的湖上餐馆了。我们上了一条预定好的船，船舱颇为宽敞，可以摆上三四桌。于是我们依次坐下。此时天色还不晚，只见天边一抹灿烂的晚霞，湖上碧波荡漾，我们的船划开两边的芦苇，向湖中划去。清风徐来，伴着船上的欢声笑语，还有清茶瓜子，使一天旅途的劳顿消失殆尽，心情也随之更加欢快起来。

天色渐黑，船上自己发电的灯亮起来了，晚宴也即将开始了。只见夜幕下，湖上的渔火与天上的星星相映衬，船上的歌声与划船的水声相交融，此时湖上的夜色确实令人陶醉。船上拿手的菜肴是鲜鱼火锅，用的是湖上现捕现捞的鱼虾为原料，除鱼之外，还有湖上的一种水中长成的菜，忘了叫什么名字了，只记得它很特别，下锅前是绿色的，一下锅顿时变成紫色的，稍为一煮，立即化于汤中，因此必须一烫就捞起来吃。此菜与鱼肉同时食用，显得特别鲜美爽口。我们一边涮着鱼鲜火锅，一边听着船家唱起当地的民歌——作为彝族尼苏人古老婚俗四大腔之一的海菜腔，晚宴渐入高潮。我们真没有料想到，进入红河州的第一天，在这个高原湖泊上，让我们度过这个难忘的夜晚！

过个旧

个旧是我国著名的锡都,位于滇南的一个山谷之中,原为红河自治州的首府。大概从我的孩提时代起就知道云南有个个旧,那里盛产锡。因为家中有一个装茶叶的罐子是锡做成的:锡的密封性能极好,用锡做的罐子装茶叶,可以防异味侵入。父亲告诉我这个锡罐是云南个旧出产的,于是我从小就想到锡都个旧来。没想到,这个童稚之梦直到年近古稀时才来圆。

我们在个旧停留的时间很短,严格地说只有一个晚上和半个早晨。但是在游了市中心的金湖和参观了别具一格的云庙,以及读了个旧市委书记杨铭书送的《锡映千秋》这本近似于地方志的书后,个旧却给我留下了难以磨灭的印象。

个旧地处云南低纬高原哀牢山脉之东侧,市区夹于老阴山与老阳山两座山之间,市区中心是碧波荡漾的全湖。经过治理的金湖,不仅起了真正调节个旧市区气候的作用,而且使锡都个旧显得更加妩媚动人。山城个旧,真是"城在山中,湖在城中,青山映碧水,湖畔是人家",可见金湖在个旧的位置和作用。个旧市委书记杨铭书在宴请我们之后,建议我们到金湖边上走走,我们当然乐于从命。走出宾馆,漫步至湖滨,已是华灯初上时节,只见湖畔游人如织,金风送爽,使人精神为之一振;金湖四周,高楼林立,霓虹闪烁,显示出现代化都市的一片繁荣。为金湖所吸引,我即离开人群,独自沿着全湖漫步一圈,饱览金湖和四边的夜色。绕湖一周,大概用了个把小时,估计湖的四周有四公里左右。令人赞叹的不仅是金湖四周灯火辉煌歌声不绝于耳,而且湖滨四周的路修得如此好,走起来可以从容舒心。

翌日清晨,当我们用完早餐准备告别个旧奔向红河之南参观举世闻名的哈尼族元阳梯田之际,杨铭书书记建议我们顺路参观一下云庙。到了云庙,只见它是一座建在街边背靠山跟的不大的庙宇。但别致的是,它供奉的不是菩萨或关帝,却是首先在锡都开矿的几个矿王。可以说,云庙是锡都个旧历史的见证,因而特别有意义。在参观完云庙之后,主人让我们题字留念。于是,我在一张宣纸上欣然命笔,写下这么一首小诗,也是我在锡都匆匆而过的心声的记录:

锡都金湖长相忆,

云庙风雨数百年。

我辈云游过个旧,

童稚之梦老来圆。

元阳梯田掠影

在北京时早就听说过红河哈尼族元阳梯田极为壮观、举世闻名。到了昆明,住进红河宾馆,又从宣传红河的专题片上看到了元阳梯田美丽壮观的镜头。于是,到元阳去看梯田,成了我们一行的共同的愿望。

夜宿锡都个旧,翌日清晨在参观过个旧的云庙后,即启程到元阳去。我们先从海拔1700米的个旧下到海拔只有150米左右的红河河谷;在观看这条由云南流入越南北方然后注入北部湾的国际河流的河谷之后,又一路攀登,登上海拔2000米的元阳的县城,在那里吃了一顿哈尼族特别风味的午餐,然后再登上哀牢山脉的主峰上观看元阳梯田。

我们站在山坡上,往一个山谷里看,四面山坡上是层层叠叠的梯田。梯田的形状是不规则的,有的呈月牙形、有的就是半圆,有的是矩形、重重叠叠,从山坡到山谷,形成一种极其壮美的图案。看起来既像一层层台阶，又似一张地图。尤其值得赞叹的是，勤劳的哈尼族农民不仅开垦出这壮美的梯田，而且筑就了完善的灌溉系统，因为梯田种的是水稻，无论是单季稻，还是双季稻，都是需要引水灌田的。这样，自流性的排灌系统就很重要。再看梯田四周的山坡上，罗列着一些哈尼族的村寨，种梯田的哈尼族农民就住在这些村寨里，他们下田劳作，要走相当长的山路；收了粮食，也要爬着山路背回村寨里，可见他们的耕作何其辛苦。据说，在这些梯田里，大都放养着泥鳅和黄鳝；这些养在稻田里的泥鳅和黄鳝，不仅能帮忙松土，收获稻谷之后，又可以成为哈尼族农民餐桌上的美味佳肴，成为他们所需要的动物蛋白质的主要来源。前些年，鼓励哈尼族农民在梯田里施放化肥和农药，毒死了不少泥鳅和黄鳝，他们还表示过抗议呢！

在山上观看过哈尼族农民几百年来祖祖辈辈的杰作元阳梯田之后，我们驱车下山的路上曾折进一个哈尼村寨参观，看了他们迁徙史和发展史的图片展览，在广场上欣赏过他们的民族歌舞表演，对生活劳作在祖国西南边疆哀牢山脉的兄弟民族哈尼族有了进一步的了解。然后，带着收获与倦意，向着这一天也是这一次旅行的另一个重要目的地红河州首府蒙自进发。

蒙自南湖情思

　　蒙自是一座历史文化名城，它位于哀牢山东部，是滇南重镇，也是云贵高原上难得的一个小平原。19世纪中期，法国人经中越边境的河口进入蒙自，在蒙自设立领事馆、海关，成立从事贸易的公司。一时间，蒙自成为中法（越）进行贸易和文化交流的口岸，也带动了毗邻的锡都个旧的发展。抗战初期，西南联大在昆明成立，将其文法学院设立在蒙自南湖畔，闻一多、朱自清、冯友兰等著名学者都曾在蒙自居住工作过。前些年，因为蒙自是一个高原上的坝子，具有较大的发展空间，红河州州委和州政府由个旧迁至蒙自，给蒙自带来一个发展的良好机遇。2003年，在原蒙自师专的基础上，成立了具有十个院系的多种综合性的红河学院，使蒙自走上了一个发展的新时期。我们一行应红河学院之邀来到蒙自，除了在红河学院讲课参观外，似更多地钟情于位于蒙自市区的风景优美的南湖。

　　蒙自的南湖，就是云南著名的小吃过桥米线诞生之地。提起过桥米线，接待我们的东道主不仅让我们吃到最正宗最美味的这种风味小吃，还再次向我们讲述了隐藏在过桥米线中的美丽传说，即一个秀才娘子为其在南湖小岛上温习功课赶考的秀才别出心裁地制作了过桥米线的故事，这种小吃既能让秀才吃上美味可口营养丰富的饭食，又能让他不花费时间回家吃饭而保证备考的充足时间。当我们闲暇时间漫步在南湖的小岛时就会想起这个充满温情的美丽传说。

更吸引我们的是南湖之滨的西南联大文法学院的校舍旧址。我们到保存完好的文法学院旧址的院里参观，穿越那些半个多世纪以前的旧建筑和树木葱郁的庭院，当年文法学院师生激昂的抗战斗志和辛勤读书的身影仿佛呈现在我们眼前。我们又到曾作为闻一多、朱子清、冯友兰诸先生宿舍的公司旧楼里参观，并看到诸位先生在这儿居住工作留下的相片陈列展览，更是让我们好像回到半个多世纪前那段不平凡的岁月。

当然，更加吸引我们的是刚刚诞生的红河学院。这所朝气蓬勃的学院前身蒙自师专的校舍也在南湖之滨，它可以看作是当年西南联大文法学院的延续。虽然拥有1600亩地设备齐全的新校舍在蒙自城外八公里处，我们希望红河学院能与西南联大文法学院一脉相承，办成虽身处西南边陲,却达到水平一流的新型综合大学。凭我在红河学院短短两天的逗留所看到、听到和感受到的,我坚信这一点能成为现实。

2005年春节

海南三章

白石溪晨曲

距海口市五十公里的白石溪是东昌农场场部所在地。半个世纪以来，已由一片荒原建设成一个颇具规模生机勃勃的小城镇。我和林希、肖克凡应东昌农场之邀于2005年12月9日晚抵达白石溪。接待我们的农场党委书记孙丰华告诉我们，如果想看割胶，第二天必须起个大早。因为到十二月底橡胶树落叶时即将停割，而且下雨天也要停割，于是我们决定第二天起个早，去胶林里看割胶。

12月10日清晨，我们起了个大早，大概不到七点钟，就赶到距镇子不远的一片胶林里。只见淡淡的晨雾笼罩着胶林，一位年纪四十左右的女割胶工正在精心地割胶。放眼望去，在晨雾中的橡胶树七零八落，不少橡胶树或只剩断枝残桠，或只剩一个根部，矫健地刺向天空的橡胶树稀稀落落地分布在胶林里，在晨风中摇曳着。听孙丰华书记介绍说，2005年9月25日，取名"达维"的强台风袭击东昌农场，将近三万亩的胶园被毁近七成，给农场造成极为严重的损失。国营东昌农场创建于1952年，拥有土地11万多亩，职工四千多人，农场总人口达12000人，年产干胶1500吨左右，香蕉1500吨，此外，还有近万亩的胡椒园和一万多亩的荔枝园；农场还建有年产3000吨的橡胶标准生产线和年产2500吨的乳胶生产线等两条橡胶加工生产线，以及一条年产2万吨的"绿舟"牌橡胶专用肥生产线。经过五十年的努力，以白石溪为中心的东昌农场已出现以橡胶种植、采制和加工为中心，多种经营的繁荣局面。但是，一场三十年不遇的强台风却使五十年来的努力几乎毁于一旦。看到在晨风中摇曳的橡胶林和被台风摧毁的橡胶树的断枝残桠，我们的心情无比沉重。但是，看到正在精心割胶的女工沉静的神态和孙书记介绍台风过后农场上下一致战胜风灾的动人事迹，我们对东昌农场的发展前景又充满了信心。

下面是我同制胶女工的简短对话：

问：你管理多少橡胶树？

答：大约一千株左右。

问：每天采割多少株？

答：大约四百株左右。

问：受台风灾害后,你们的生活怎么过？

答：虽然橡胶减产了,收入降低了,但家里还种了几百株胡椒,还有收入。

问：风灾过后,你们准备怎么办？

答：台风虽然打垮了橡胶园,但我们对生活还是充满了信心。

这位朴实的割胶女工的话,大概正道出了东昌农场四千名干部职工的心声。为了不影响她的工作,我们在胶园里稍作停留即向她告别离去。

离开胶园,我们一行来到位于白石溪镇中心的农贸市场,加入赶早市的五光十色的人群,去感受小镇生活的另一面。我发现,当我们跨进市场时,那琳琅满目的各种商品,包括鱼、肉、蔬菜和日常生活用品等,十分丰富；还有在市场的各种早点摊里安闲吃早点和穿行于鱼、肉、菜蔬各种摊位前采购商品的小镇居民的身影,讨价还价以及商贩叫卖形成的市景,使我们感受到南国早晨的盎然生趣,感受到生活的乐趣,看不到任何一点受灾的痕迹,这一切让我们在胶园里面对风灾肆虐之后留下的场面而感到的沉重的心情一扫而空。白石溪早市,似乎正在告诉我们:不管发生什么,白石溪的脚步依然按照原来的节奏前行;风灾算什么,在东昌人面前,没有什么战胜不了的困难。

橡胶园里割胶女工朴实而掷地有声的话语和白石溪早市的景象,似乎组成一组动听的白石溪晨曲,让我们这些来自北国的访问者感到振奋,体味到生活的美好。

祝福你,胶园里的割胶女工!祝福你们,白石溪的东昌人!

在海口,听爱乐女歌唱

到了海南省省会海口市,才得知海口除了有五公祠等名胜和椰风海韵等优美的自然风光外,新近几年又增添了一道亮丽的风景线,那就是十年来有近千名爱乐女加入过,现在仍然有近一百五十名爱乐女的海南爱乐女子合唱团和她们在南海边上的优美的歌唱。

应合唱团团长邢增仪女士之邀,我们一行于12月10日晚由东昌农场驱车赶到海口观赏海南爱乐女子合唱团的彩排。据说，这个合唱团的部分演员刚在韩国釜山参加国际合唱节归来，准备近期同清华大学合唱团联合在海口演出。彩排在她们租用的一座旧宾馆的四楼大厅里进行。反复排练的是《孟姜女》、《椰寨情歌》、《流水恋歌》等具有民族风格、民歌韵味的合唱歌曲。这三首合唱歌曲都被处理得很好，也都传达出其独特的艺术韵味。《孟姜女》抒写的两千多年前民女孟姜氏为被征去修长城的丈夫送寒衣最终发现他成为长城脚下的一捧白骨的悲剧故事，此曲把叙事与抒情很好地结合起来，于叙事中抒情，一唱三叹，几个声部的演员把悲切怨叹的感情表达得淋漓尽致；《椰寨情歌》歌唱的是海南黎家姑娘痴情不改的恋爱故事，热烈、欢快、富于南国风情，这首歌曲被处理得更加出色；《流水恋歌》用的是京剧中的西皮曲调讲述一家人如痴如醉喜爱京剧的故事，具有浓烈的民族韵味，歌唱演员边唱边辅之京剧表演的动作，更是别具韵味。应我们的要求，又演唱了《江姐》的插曲《我为共产主义把青春贡献》等几首比较流行的歌曲。一个多小时的观赏，让我们享受了一次审美的盛宴。

  合唱，尤其是多声部合唱，是一种唱功要求颇高的高雅艺术，它最能体现声乐艺术之美。据介绍，海南爱乐女子合唱团的团员"来自社会各界，是一群热爱音乐、有进取精神的职业女性"，她们之所以如此热爱合唱艺术，利用业余时间参加合唱团的排练和演出，是因为她们希望用艺术陶冶人生，用音乐放飞灵魂，用优美的歌声让社会更和谐，生命更丰富。在这一共同的目标下，集合着一群痴爱合唱艺术的女子，在她们的团长邢增仪的带领下，十年来取得了骄人的成绩。她们参加过两次国家合唱节、一次国际合唱节和许多次大型演出，多次代表海南出岛、出国执行公务演出。在2004年的第七届中国合唱节上获得了金奖，被社会各界誉为"海南女性的精神家园"和"南海边最闪亮的珍珠"。

观赏了合唱团一个多小时的彩排，听了邢增仪团长关于合唱团的有关介绍，我们兴奋不已，当场发表了观感，诗人林希还为合唱团写了团歌的歌词《在海边歌唱》。我们真的没有想到，在海口还能听到如此优美动听的合唱。可以说，在海口听爱乐女动人的歌唱是这次海南之行最重大的收获之一。

因为要赶回距海口六十公里的东昌农场，我们只好告别正在继续排练的爱乐女，但我们激动的心久久不能平静。

三角梅盛开的地方

三角梅是三亚市的市花。沿着海南岛东线高速公路，驱车过了作为气候分界线的牛岭，一进入三亚市的辖区，发现到处都是三角梅在怒放：高速公路的隔离带上，盛开的三角梅形成一道独特的风景线，让人消除了旅途的疲劳，让人感到振奋；在亚龙湾，在大东海，在天涯海角，鲜艳夺目的三角梅几乎是无处不在地盛开着，与碧海蓝天相映成趣；在三亚的大街小巷，到处也都盛开着三角梅。有些人家的阳台上，盛开的三角梅像瀑布一样泻下来，更是南海边一个令人难忘的街景。在刚刚开辟不久的南山佛教文化苑，在文化苑中的长寿谷入口处，一丛盛开的三角梅尤其鲜艳夺目，它组成一个蘑菇状的花丛，吸引不少游人在花前摄影留念。

三角梅学名勒杜鹃，花呈玫紫色，成三角状，故俗称三角梅。它的花开得繁密，层层叠叠，非常热烈，加之颜色鲜艳无比，故相当诱人。尤其是在北国天寒地冻、千里冰封之际，到了南海边一看到如此热烈鲜艳的三角梅，人们的精神不禁为之一振。据说，国内除三亚外，还有不少地方把三角梅作为其市花，例如我的家乡厦门。但它们的三角梅都不及三亚的三角梅开得如此灿烂、如此鲜艳。

盛开的三角梅象征着三亚市的繁荣和发展。

自从20世纪80年代中期以来，我大约十年访问三亚一次，这一次是第三次到三亚了。距上次来三亚十余年时间，三亚已经变得认不出来了。就说从大东海到接近天涯海角的三亚湾路吧，这条长达十多公里的滨海大道，就是这十年来新开发的。这条大道，一边是一望无垠的碧蓝的大海，一边是一家连着一家的星级度假酒店，其壮观、其美丽、令人赞叹不已。我相信，再过几年，当这条滨海大道完全建成时，不仅大大超过黄浦江边的外滩，超过泰国的芭堤雅海滨大道，也超过世界上任何一条大道！这一次，我们下榻于三亚湾路西端的一家新建的四星级海景度假酒店。我们无论是躺在床上或是坐在阳台上都可以看到碧蓝的大海，真是令人心旷神怡。这种得天独厚的自然环境，恐怕是举世难寻的！再说举世闻名的天涯海角景区吧，原来只是一个沙滩几尊石头，现在不仅扩大了几倍，而且建成了一些纪念性的园林和雕塑，改善了景区的休闲设施，也让人更加刮目相看了。新开辟的南山佛教文化苑,不仅占地面积大,而且自然环境清幽。矗立于南海中的三面观音雕像高过纽约的自由女神;而长达数里的长寿谷则更是让人流连忘返。大东海海滩,亚龙湾景区也都十年大变,变得更漂亮,让人相看不相识了。

三亚匆匆三日之游,我只是作为一个游客走马观花式地看三亚,已感受到她巨大的变化,惊奇地发现她那异常的美丽。我想如果再做些深入地探访,诸如同有关部门的官员交谈,或同一些三亚市民聊聊天,也许可以进一步了解到三亚十余年来的巨大变化和她发展的前景。

祝福你,美丽的南中国海的明珠三亚!

2006年3月

莆田三章

莆田位于闽中。北有兴化湾,与福清接壤;南有湄洲湾,与惠安交界。东部为曲折的海岸线,西部为山峦起伏的丘陵地带;木兰溪蜿蜒流经全境注入台湾海峡,壶公山矗立于荔城之旁,成为一个地标。壶山兰水养育了莆田数百万人民,妈祖文化又使莆田名扬海内外。五十二年前,即1956年初秋季节,我曾从漳州乘长途车到福州报到集中,准备出省到上海复旦大学上学,途经莆田的涵江镇时,曾在那儿小憩并吃过一碗美味的兴化米粉,后来又曾多次乘车路过莆田、均未能在此处停留。直到五十二年后的2008年秋天,应邀参加第二届莆田文学节,才有机会在莆田逗留数日。我为迟到五十二载而后悔不迭,也为眼界大开而兴奋莫名。于是有记录此行的小文三章。

盛大的文学节

莆田文学节,首届于2004年举办;时隔四年之后、又举办第二届。作为一个地级市，实属首创。尤其是在文学被逐渐边缘化的当下，由政府出面举办文学节，以促进一个地区文学事业的繁荣，尤其难能可贵。

莆田的文学土壤是丰腴的。远的不说，就说当代吧，在散文和戏剧文学方面，莆田在省内外都具有广泛的影响。在散文创作方面，以郭风先生为领军人物，然后，徐怀中、陈章武、陈章汉兄弟、林丹娅、朱谷忠等形成梯队，在省内外都是颇有影响的。近年来，杨金远的小说创作、郑国贤的报告文学创作，也都具有全国性的影响。杨金远的短篇小说《官司》被改编为电影《集结号》，使他一下子成了有全国影响的小说家。更值得一提的是莆田的校园文学蓬勃发展，几乎每校都有文学社，其中，莆田五中、莆田一中的文学社，还有仙游榜头中学的未萌文学社、莆田学院的文学社，更是人才辈出，为莆田文学的发展输送后备人才。说到莆田文学的发展，不能不提一下云里风文学奖的设立与颁发。此项文学奖是由旅居马来西亚的莆籍人士云里风先生出资创办的，专门奖励莆田文学创作中成绩优秀者和校园文学中的新秀，到2008年，已连续举办了十五届，可谓其功不可没矣！

莆田文学节正是在这样的背景下举办的。

第二届莆田文学节于2008年10月中旬举办。我应邀参加。金秋时节，我先到福州，再转莆田，参与盛会。参加这次盛会的，不仅有省内各地作家，省委宣传部和省文联领导，省外的嘉宾，更有来自海内外的华文作家云里风先生、女作家朵拉等，可谓济济一堂，盛况空前。

荔城古谯楼前广场上举办的隆重而简朴的开幕式，精心设计异彩纷呈的文学之夜，别开生面的新书发布会，还有中外人士参加的文学论坛，都给人留下了深刻的印象。但是最令人难忘的还是校园文学蓬勃发展的景象，在古谯楼前那条步行街上，陈列着校园文学的上百块展板，这些展板设计精美，展示的是各校文学社的作品，有诗歌、散文、小小说，还有杂文、随笔和文学评论。我在步行街漫步着，仿佛穿行在文学幼苗的苗圃之中，同在古谯楼上参观莆籍作家书展有着不同的感受：在楼上的书展里，看到的是一串串硕果，因此让人感到欣慰；在楼下步行街的校园文学展览中，看到的却是朵朵绽放的花蕾，似乎看到莆田文学的明天，更让人受到鼓舞！在莆田学院举办的文学报告会上，我和来自马来西亚的华文作家朵拉女士分别做了文学讲座,其热烈的气氛和听讲者提的各种问题,也让我似乎看到了莆田文学的希望。

美味兴化粉

兴化粉是莆田的一种美味小吃。它是一种由大米的米浆制成的细粉丝,再用海鲜、韭菜或者青蒜或炒或煮而成的小吃。有的还加适量的香菇丝和黑木耳。由于粉丝细而富于弹性,海鲜味鲜,无论炒或煮,均十分可口,故成为名闻省内外的著名的风味小吃。估计这种小吃原产于兴化湾畔的渔村小镇,故称之为兴化粉。五十二年前,当我乘长途汽车由漳州到福州途经兴化湾畔的涵江镇时,就曾在那儿吃过一碗兴化粉,至今难忘;以后多次乘车路过涵江镇,也曾多次在那儿吃过地道的兴化粉。因为地道的兴化粉不仅要求粉丝细而韧,而且要求作为佐料的海鲜用当地出产的鲜海蛎。近年来,我回乡大都直飞厦门,很少有机会再途径莆田,因此也就多年没有吃到地道的兴化粉了。

2008年金秋十月,应邀到莆田参加第二届文学节、除享有文学的盛宴外,还有一个小小的打算,那就是好好地品尝地道的兴化粉。可是当我们住进当地最高档次的四星级的东方国际大酒店之后,当晚餐桌上出现的却是标准的星级酒店菜肴,全不见兴化粉的踪迹。这使我感到失望,也使不少与会者感到失望。应邀回乡参加文学节的莆籍作家、原福建作家协会主席陈章武先生尤其感到失望。于是我们一起向会议主办者提出建议,要求饭桌上上一点兴化粉,以满足我们的愿望。会议主办者解释说,酒店管理者原以为兴化粉系地方小吃,不能登大雅之堂,故未列入菜谱,既然客人要求上,那完全没有问题,可以满足客人的要求。

第二天中午午餐时,我们桌上果然上了一盘兴化粉,用的是鲜海蛎作为配料,兴化粉既细且韧,炒的火候也掌握得好,喷喷香。可惜每人只分到一小碗,我和章武又提出要求,给我们添点兴化粉。酒店餐厅管理人员得知后满足了我们的要求,在我们这一桌加了一大盆兴化粉,让我们每人都吃上几小碗。这一餐,我几乎是吃兴化粉吃撑了肚皮。

在莆田吃兴化粉,居然是通过一番争取、一番周折才吃上的。和章武每提及此事,都哈哈大笑起来。

会议的主办者得知我们对兴化粉情有独钟,于是在莆田逗留的四天中,几乎餐餐都有兴化粉吃,而且每一盘兴化粉,都加了大量的海蛎子。海蛎子嘌呤高,吃到最后,我发现手关节红肿疼痛,坏事,痛风症要发作了,于是急刹车,不敢再吃海蛎子炒的兴化粉了。

湄洲岛去来

美丽的湄洲湾和湄洲岛,以及在那儿诞生传播海内外的妈祖文化,是莆田的一张名片。到莆田,是不能不游湄洲湾与湄洲岛的。第二届莆田文学节闭幕后,我在莆田多逗留一天,在市委宣传部郑祖杰副部长的陪同下,畅游湄洲湾与湄洲岛。

去湄洲岛之前,我们先在建于荔城一隅的妈祖文化研究院做了一番考察。这是一组颇具莆田民居特色的建筑群,关于妈祖文化比较深入系统的研究已在启动,展望不久的将来,他们将取得丰硕的研究成果。

然后我们驱车奔湄洲湾,准备渡海登湄洲岛。在不到一小时的车程中,郑祖杰部长对妈祖与妈祖文化做了简括的介绍。妈祖,亦称天妃、天后,姓林名默,生于北宋太祖建隆元年(公元960年),其父林继悫,系五代闽国的都巡检(相当于现在的海上派出所所长)。林默是他的第六个女儿，善游泳、乐助人，她的家乡就在湄洲湾上的一个渔村里。相传北宋雍熙四年（公元987年）林默升天为神，从此在海峡两岸经常显圣。她的祖庙建在湄洲岛上，然后在我国漫长的海岸线上，北起丹东、秦皇岛、天津、烟台，南到上海、宁波、福州、厦门、广州、澳门等地，都建有妈祖庙或天后宫。记得我第一次瞻仰天后宫，是二十年前在烟台。烟台的天后宫，建得庄严巍峨、香火极盛。在宝岛台湾，全岛共有大大小小的妈祖庙510座，其中仅台南一地即有116座，可见妈祖在台湾影响之广，香火之盛。

到达湄洲湾码头，我们舍车登舟渡海，但见湄洲湾一片繁忙景象，一打听，原是中铁十六局在此投资进行水、路等基础建设，料想不久之后，环湄洲湾将建起一座美丽的海滨新城，到那时，湄洲湾将可同海湾的迪拜以及美国旧金山的湾区相比肩，变得更加美丽。

登上湄洲岛之后，我们直奔妈祖庙。北宋雍熙四年，27岁的林默在一次海难中为救人而献身。湄洲湾父老乡亲为纪念这位英年早逝、善良的姑娘，于湄洲岛上建庙祀奉香火，后来历代修葺扩大，颇具规模，可惜在文化大革命中被毁，现在的庙宇是"文革"后重建的。

在庙中的高坡处，塑有妈祖像，高达14.35米，（这是因为湄洲岛的面积是14.35平方公里，以此来定妈祖神像的高度），她眺望大海，守护着故乡的平安。我的朋友、著名散文家陈章武先生曾把妈祖称为"海峡和平女神"，是很有道理的。妈祖以及妈祖文化在台湾海峡两岸的统一大业中已经显示出并继续显示出她不可替代的神力。我们在瞻仰妈祖神像之后，沿着妈祖像前方的一组新建筑群拾级而下，这样上山、下山共用了近两个小时的时间。

剩下的时间，我们在岛上管委会有关同志的陪同下，对湄洲岛作了一次环岛游，并在岛上的一个度假村里吃了一顿全海鲜的丰盛的午餐。湄洲岛之旅，是这次莆田之旅的高潮，也是一个完美的句号。

2009年2月中旬

西藏三章

尼洋风光好迷人

经过46小时的长途跋涉、穿过神秘的青藏高原,我们乘坐的北京至拉萨的列车于落日余晖映红雪山的时分抵达终点站拉萨。在拉萨车站宽敞的站台上,迎候我们一行的主人献上了雪白的哈达,然后就热情地为我们安排在西藏的行程,建议我们第二天就到有西藏江南之称的林芝去。因为林芝的海拔只有3000米左右,先到那里适应一下高原的缺氧生活;再说,作为西藏江南的林芝地区,风景秀美,尤其是尼洋河谷的风光十分迷人。因此到西藏旅行的游客,大都把林芝作为入藏旅游的第一站。

翌日清晨,我们就离开拉萨向林芝进发。从拉萨到林芝的八一镇,行程500公里左右,我们乘坐马力大的"丰田越野4500"沿着川藏公路驰骋,大约两个小时左右就越过海拔超过5000米的米拉山口。米拉山口是拉萨河与尼洋河的分水岭。米拉雪山融化的雪水，向西北而流就是拉萨河，向东南而流则是尼洋河。车过米拉山口，看到涓涓细流逐渐形成奔腾的尼洋河，我们的车始终沿着尼洋河谷向东南奔驰，大概走过300余公里，才到达林芝地区的行政中心八一镇，由八一镇再向东走近30公里，才到尼洋河流入雅鲁藏布江之处亦称两江汇流处，那里形成一处好几平方公里的湿地，称为"尼洋风光"。

  当我们驱车沿着尼洋河谷向东南奔驰时，一路景色十分迷人。在尼洋河激流中矗立着一块刻有"中流砥柱"的巨石，它的存在竟吸引了不少游客驻足留影；在尼洋河畔的工布江达县城小憩吃午餐时，看到由我的故乡闽南泉州市援建的具有闽南风格的小县城时，别有一番滋味在心头；到了巴河镇，沿着巴河到达巴松错饱览藏东圣湖风光和在巴湖小镇一家四川餐馆享用巴河鱼美味时，更是领略到西藏江南独有的韵味。沿着尼洋河谷一路走下来，奔腾的河水、皑皑的雪山、青翠的森林，还有那些点缀其间的红色或绿色屋顶的藏民村寨，这些独具神韵的景色，美的静谧而超然，寻不到一丝一毫的喧嚣气息。这种恍若仙境又近在咫尺的感觉，让人沉醉又窒息!

  然而,迷人的风景还是尼洋河流入雅鲁藏布江处的"尼洋风光"。为了供游人观景方便,在两江汇流处的湿地旁的坡地上建了一处观景台,称为"尼洋风光"。我们驱车到达时,将近黄昏,只见观景台上有两对来自四川成都的青年男女在那儿照相留念。因为观景台离八一镇近30公里,不通公交车,到此处游玩需自驾车,于是游客稀少。我们登上观景台,但见好几平方公里的尼洋河口湿地,河汊纵横交错,各种各样的灌木丛生,有时还可发现林芝地区特有的躯体近于袖珍的藏香猪穿行于其间觅食。夕阳的余晖照在湿地上,湿地上一片宁静澄明,偶尔有几只鸟儿飞起,才稍为打破这种宁静。这是一片未经开垦的处女地,也是一片不受任何污染的圣地,它让长期处于喧嚣都市的游人得到片刻的宁静,也让远方来的游人享受大自然拥抱的甜美。在两对来自成都的青年男女走了之后,我坚持在观景台上静坐近一小时,看看这块迷人的"尼洋风光",让思想暂时停止,尽情享受大自然的赐予。

  在八一镇留宿一夜之后,按原计划是乘船游雅鲁藏布江并探寻雅鲁藏布江大峡谷之神秘,我谢绝了主人的美意，只要求送我去观景台再看一眼"尼洋风光"，可见"尼洋风光"已经令人达到流连忘返的地步！

漫步布达拉宫广场

布达拉宫是拉萨的地标，也是西藏与藏族、藏文化的象征。凡是到拉萨旅游的人，都把参观布达拉宫作为一项必不可少的活动。我们到达拉萨后，接待我们的拉萨铁路公安处的同志们就着手为我们联系参观布达拉宫的事宜；待我们从林芝返回拉萨后，就被告知暂不安排别的活动，等待通知随时可能到布达拉宫参观。一天中午，当我们吃完午饭在宾馆休息时就接到电话通知，要我们赶到布达拉宫门口准备参观。大概二时左右，我们进入布达拉宫前门，然后一步步沿着盘旋的山路登上布达拉宫，先白宫后红宫，参观这座城堡式的巍峨的建筑，穿行于各个殿堂与密室，去领略具有神秘色彩的藏族宗教与文化，在两个多小时中，好似穿越了好几个世纪的历史的隧道，沟通了历史与现实，有一种大彻大悟之感。

参观布达拉宫是一次心灵的震撼，也是一次心灵的洗礼。但是，让我留下更加深刻印象的还是晚上漫步于布达拉宫广场的见闻。

入夜,我们来到布达拉宫广场。强烈的灯光光柱打在布达拉宫的建筑物上,布达拉宫显得更加巍峨壮丽。在清凉的夜风送爽中,人们从四面八方涌向宽阔的布达拉宫广场。他们中,既有拉萨各族的市民,又有来自全国各地和五湖四海的游客;有活泼的孩子和潇洒的青年男女,又有上了年纪的老人;他们有的穿着色彩绚丽的民族服装,有的则穿着新潮的时装和休闲服。各种肤色的人,不同年龄和不同民族的人,把布达拉宫广场变成欢乐的海洋。我留心一看,广场中央的纪念碑前,一群人正在和着广场播放的舞曲翩翩起舞;在广场的一侧,有不少孩子和青年男女正在滑旱冰和玩滑轮;而更多的人,或是在广场的角落里的树荫下的长凳上聊天,或在广场上随意漫步。在这儿,各族人民、各地游客在尽情地享受和平幸福与团结和谐的生活,在倾心赞美祖国美好的今天和更加美好的明天。

在拉萨逗留的几天里,我连续几天晚上都到布达拉宫广场漫步,去倾听那里人们发出的幸福的歌声,去领略雪域圣城的安宁与祥和。我完全忘记了身在边疆的他乡,漫步于布达拉宫广场就好像漫步在北京天安门广场一样。

到那不措去

离开拉萨返回北京的前一天,我们驱车到藏北高原的圣湖那不措去,进行这次到西藏漫游的最后一次活动。之所以把去那不措放在最后,是因为那里海拔高,从当雄县城去那不措的路上,要翻越一座那根拉山口,海拔5190米,是我这次漫游西藏的制高点,故要在西藏适应一周之后,才有那不措之行。

藏北高原真美!从北京乘坐火车进藏路过藏北高原时,就从火车窗口领略过藏北高原的美景:蓝天、白云、雪山、草原、牦牛群以及从藏北高原上穿过的青藏铁路,构成一幅在内地生活惯的人们难以看到的图画,让人看了豁然开朗。但是在火车上欣赏藏北高原的美景终归要受到种种限制,车窗的朝向、列车行进的速度都要限制你的视野,让你不能随心所欲。现在不同了,我们驾着车沿着青藏线奔驰,视野开阔,想在那儿停下来就停下来,把藏北高原的美景看个够。你看这有多美丽!

离开拉萨沿着青藏公路奔驰了近百公里,有一座终年积雪的雪山进入我们的视野，开车的老王告诉我们，这就是念青唐古拉。我们在雪山下一处停了下来，恰好有一列从拉萨开出的列车沿着青藏铁路开过来，于是，雪山、草原、牦牛群和奔跑的列车构成一幅美丽而又颇有意味的图画。雪山、草原和牦牛群意味着藏北高原的古老和原生态，而奔跑的列车又昭示着藏北高原走向了现代化。传统与现代的融合，就是这幅在藏北高原随处可见的图画的主题。

大概从拉萨向北170公里左右，我们到达藏北重镇当雄。当雄与那曲，是藏北的两座重镇，作为一座县城，当雄的规模相当大。到达当雄时，天下起小雨，这是我到西藏近十天碰到的第一场雨。细雨滋润着藏北草原，草原显出勃勃生机，我们在细雨中走进一家四川人开的饭馆，享用了一顿由牦牛肉与青海湖运来的红烧小黄鱼，以及从拉萨运来的蔬菜做成的可口的午餐，然后再向那不措进发。

当车越过5190米高的那根拉山口之后，眼前出现的是一片葱绿的草原；这草原，越接近圣湖那不措就显得越发翠绿，也更整齐。还没到那不措，我首先被这一片美丽的藏北草原吸引住了。到了那不措，我急忙下了车走到湖边,去亲近湖水。站在湖边,抬眼望去,只见一片碧波连接天际。我没有查看资料,不知道那不措的面积有多大,只知道它是西藏第一大湖,它在草原与雪山之间展现那宽阔的胸膛,微风过处,水波不兴。这么大的湖,出现在藏北高原上,真让人赞叹不已!联想前些天在林芝的工布江达县境内看到的藏东第一大湖巴松措,两个湖风格迥异:那不措豪迈而静穆,巴松措秀丽而婀娜;巴松措固然可爱,但在青藏高原,我却更爱那不措,因为它更能表现出青藏高原的壮美来。环视湖边,只有举着相机照相的游客和牵着牦牛招揽游客的藏民。因此,万里迢迢来到那不措,只看了那么一眼就告别它登上归途了。

在西藏漫游多日,发现高原上并不缺水。沿着拉萨河和尼洋河去林芝,一路上伴随我们的是河水;从巴河上溯到巴松措,看到的更是清澈的高原之水。沿着蜿蜒于雅鲁藏布江河谷去日喀则,一路与雅鲁藏布江同行,感受到的也是水;现在看到高原上第一大湖那不措,也是一望无际的湖水,西藏是不缺水的,问题是为何开发水资源,充分利用水资源呢。在巴河上看到梯级电站的工地,听说有一个宏伟的开发计划,真令人感到振奋。

在藏北高原上静静地等待了千百年的那不措,是到了充分开发利用它的时候了。

在回拉萨的途中,过当雄县城不久,在念青唐古拉雪山下,我们发现了一个刚刚开发不久的天然温泉,于是泡了一个舒舒服服的温泉浴,洗去了些许的征尘与疲劳,高高兴兴地回到了拉萨,也结束了将近旬日的西藏之旅。

2009年9月1日~2日

大洼三章

　　大洼县为盘锦市所辖的四县区之一，地处大辽河下游，为大辽河及双台子河（辽河）的入海口，濒临渤海，系退海之滩涂，素有"南大荒"之称。改革开放三十余年来，尤其是盘锦建市二十多年来，随着辽河油田的开采，盘锦大米的大面积种植，稻田养蟹的成功，尤其是红海滩作为旅游胜地的声名远播，大洼越来越受到人们的瞩目。秋风送爽之际，有机会与几位文友一起应邀访问大洼，作三日之停留，让我看到一个生气勃勃的大洼在辽河入海口兴起。今日之大洼，再也不仅仅是稻香蟹肥的鱼米之乡，也再不仅仅靠神奇的红海滩和莽莽苍苍的芦苇荡吸引游客的旅游区了。我们看到的是一个正在兴起的既有优美的自然环境又有现代化工业的美丽富饶的新大洼。下面记下的仅仅是此行的所见所闻的片段。

如诗如画的辽滨水城

到大洼,主人带我们参观的第一个景点是"盘锦辽滨沿海经济区"。这里于三年多前的2005年12月开发,最早称为"盘锦船舶工业基地",后来改建成此名,并规划在其中建设辽滨水城。

我们先到辽滨会展中心了解辽滨沿海经济区和辽滨水城的规划。"有水的地方就有梦。"站在水城的沙盘前,讲解员的这么一句诗一样的解说词把我带进如诗如画的十五年后的辽滨水城之中。"上善若水",有水的地方就有好梦。辽滨沿海经济区位于大洼县的东南隅,隔大辽河与营口市相望,渤海与大辽河在此相交汇,三面环水,可以说真是一块得天独厚的风水宝地。大洼人准备在这大辽河与渤海相交汇的110平方公里土地上大做文章。建设蓝图已经绘制出来了,在辽滨会展中心,我们看到了宏伟美丽的辽滨水城的沙盘,又听到讲解员如诗如画的讲解,十五年后的美丽水城让人觉得触手可及。那"一带两轴两圈五区"的规划,那"色彩明快、形态简洁、富有时代感、体现北方滨海特征"的建设理念仿佛已变成一座渤海之滨的美丽新城,吸引来自四面八方的客商和游客。金帛湾水城、临海工业区、新港口工业区、河畔水乡居住区、原生态体验区等五个功能区和水城中的海岛生态住区、商业娱乐群岛、滨水生态住区等处固然很吸引人,而更吸引人的是可以称为世界名桥博物馆的诸多世界名桥将在水城中翻版荟萃,到那时,在纵横交错的大小河流上,千桥拱立,争奇斗艳,将是何等景象!而苏州各种园林北移于水城之中,也堪称一绝。总之,仅从规划书和沙盘中看到的未来的那充满海韵河风的辽滨水城,就已经十分美丽诱人了,难怪同行采风的散文家彭学明君迫不及待地向陪同我们参观的主人打听水城的房价,难道他准备在此买房并移居此地吗?

　　水的确能让人有梦,但在敢于打拼的大洼人面前,辽滨水城的规划不只是一场梦。三年多前,大洼人就把梦境付诸实践。他们已投入五十多亿进行水城的基础建设,我们所到之处,看到的是一片繁忙的建设景象:填海造地的吹沙工程和防波堤建设工程正在紧张施工;全程4.44公里、投资13亿元的辽河特大桥自2008年8月11日开工以来,进展顺利,已经初见身影;最早入驻经济区的辽宁宏冠船业有限公司于2007年5月16日成功下水第一艘1.68万吨成品油轮加里曼丹号之后，加紧建造的公司办公大楼正在封顶；此外，环岛路、污水处理厂、热源厂、商住小区、星级酒店等重要的基础设施和配套工程正在紧张有序地施工之中；据介绍，截止最近，园区共签约入驻项目110个，投资总额达902亿元。照目前这个速度，要不了十五年，辽滨沿海经济区和辽滨水城就可以建成，大洼人的美梦便可以成真。

芦苇荡与红海滩

辽滨水城毕竟是大洼人正在园的一场美梦，而在当下作为吸引游客的旅游胜地乃是那是数十万亩连片的芦苇荡和神奇瑰丽的红海滩。到盘锦，到大洼来的人，大都是冲着芦苇荡和红海滩而来的。

芦苇荡和红海滩都在地处大洼西南隅，正在双台子河（辽河）出海口的赵圈河乡境内。到达大洼的第一天，除了参观辽滨沿海经济区的规划与建设工地外，就是到赵圈河乡参观芦苇荡和红海滩。

在赵圈河乡乡政府用完丰盛并富于地方风味的午餐之后，我们一行被带到离乡政府不远的芦苇荡里，登上小汽船，泛舟于一片面积达二十余万亩的芦苇荡之中，别有一番感受。大洼地处双台子河(辽河)与大辽河的出海口,地势低洼,大部分土地是沿海浅滩,故芦苇扯天连地、绵延成片,便成一奇观。芦苇古称"蒹葭",《诗经》里有"蒹葭苍苍,白露为霜"这样美丽的诗句,便是描绘芦苇连片成长之状的。据说,芦苇每年四月中下旬开始发芽,春风又绿大苇塘,转眼间,到了五月中旬,苇塘里便是一片绿油油的了。到了小满时节,芦苇长成了三米至四米多高,便成了百鸟齐聚的乐园。据说,这芦苇荡里,最多时有二百六十多种珍禽水鸟聚集到苇塘中栖息。因此,泛舟于芦苇荡,一是欣赏苍苍之芦苇丛林,更重要的是聆听百鸟的歌唱。芦苇一身都是宝,芦根可以入药,有利水消炎之功用;苇身可以编成苇席,也可以化为造纸的纸浆;当然,还有其他种种用途。据导游介绍,泛舟芦苇丛中,往往想看一些野鸭和各种野鸟,它们在此产卵、孵化,到芦苇丛里捡野鸭蛋也是此地人的一种营生。有趣的是,野鸭往往要把它产的卵积集到十颗时才一起孵化,如果人们捡出三颗只剩七颗时,它们一定要补齐十颗后再开始孵化。为此人们捡卵从不一窝端,而是一窝捡起几颗,让野鸭补足再孵化。我们的小船在蜿蜒于芦苇丛中的小河里穿行,看见一队队野鸟惊叫飞起,阵阵秋风吹来,惬意极了!我们一行十来人分乘两艘船,另一艘船的乘客大都是年轻人,可能是想让船到芦苇丛里捡野鸭蛋,结果搁浅了。为此,我们也颇等了一段时间。上岸之后,同行的《美文》副主编穆涛君急忙买了一篓野鸭蛋准备带回西安好与家人共享。

红海滩地处赵圈河乡的西南湿地里,绵亘数千亩地,在秋阳的照耀下,显得更加壮观,更加神奇美丽。为了便于人们的参观,在红海滩上建了曲曲折折的廊桥,人们可以沿着廊桥走到任何一处从不同角度参观红海滩,也可以凭栏照相。其实,红海滩是由一丛丛名叫碱蓬草的小草经海水浸泡而成的。这种碱蓬草不怕海水泡,相反却越泡越显得红艳艳的。这种当地老百姓叫黄碱菜的小草,春天呈浅红色,每到秋天颜色便变为深红,连成片了,远望就像是海滩上铺了一件宽阔无边的大红地毯。神奇的红海滩就是这样造成的。人们为了让它披上更加神秘的色彩,便编造了美丽海神红袖与芦生的凄美的爱情故事加以渲染,并在红海滩上建起了"天后官",把我故乡的海上女神妈祖娘娘请到此地供奉。我倒是更加欣赏美丽神奇的自然景色和人们凭栏吊小螃蟹时怡然自乐的神态。

田家镇掠影

田家镇位于大洼县北部,与盘锦市区相接壤。我们此行即下榻于田家镇一家星级宾馆。田家镇是大洼县实行小城镇建设的样板,主人安排我们于最后的半天参观田家镇的小城镇建设,也给我留下相当深刻的印象。

作为田家镇经济建设之龙头的华润雪花啤酒(盘锦)有限公司是我们的第一个参观点。这座颇具规模的啤酒厂是盘锦、大洼以至田家镇的龙头企业,让我们看到这个小城镇的经济活力。

刚刚建成的带状公园给小城镇的居民提供休闲与娱乐的场所,表明这个小城镇的文明程度;而在它周围一座已建成的四星级的昆仑饭店和即将建成的一座五星级酒店都标志着小城镇现代化的步伐加快了。

给我留下更深刻印象的是亿居新城小区和刚刚建成的田家学校。

亿居新城是一个用地面积2.71万平方米、总建筑面积5万平方米的居民小区。但由于小区九栋住宅楼错落有致,布局与结构均相当精巧,庭院设计又别出心裁，绿化设计注重景观的渗透与视线的流畅，将现代风格的园林设计与简约明快的建筑风格融为一体，物业管理又突出以人为本的理念，服务周到，故已成为田家镇、大洼县以至盘锦市区居民首选的小区。在参观过程中，有不少老年居民告诉我们这里是他们选为养老的好去处。而庭院中的精巧布置也让人流连忘返。我真没有想到在这么一个小城镇居然能找到这么一处美丽舒适的居民小区！这表明田家镇的小城镇建设已上了一个新的台阶。

田家镇学校的建设更让我感到意外！当我们站在占地面积9.4万平方米，校舍建筑面积达4.5万平方米，校园绿化面积达2.3万平方米，具有两座铺上塑胶的现代化运动场的田家学校新校舍里时，我不禁感叹说：这样的地方，"这样的设备，办一所大学都够了！"田家学校从硬件上来说，已经上水平了；而从学校领导介绍的情况看，教师293人，其中高级教师184人，具有本科学历的教师97人，县级以上优秀教师84人，这样的教师队伍还是相当不错的；而从各种规章制度（比如让家长参加学校管理的家长会与家长委员会）、课堂教学与课外活动的开展等方面看来，这所新型的学校的教学质量也是有保证的。从九年一贯制的田家学校似乎可以看到大洼县领导对精神文明建设的重视,看到田家镇与大洼县美好的明天!

2009年10月11日

二访方屋排

一

　　方屋排是定南县历市镇车步片中圳村的一个居民点。全村农户78户，总人口368人，耕地面积678亩。后依虎形山，前望笔架山，村前是一片以种植茭白为主的农田，景色幽美，村容整洁。村中且有一座沉积客家文化的虎形围，吸引着来自四面八方的游客；近年来，在新农村建设中，又做出了显著的成绩。故此，在我们采访团到达定南的第二天下午，殷勤周到的主人就带领我们到方屋排参观访问，不仅参观村容村貌和虎形围，而且在村支书家喝客家米酒，聊建设新农村情况。第一次参观有点匆忙，意犹未尽，故此在离开定南北还的那一天，我要求到方屋排补充采访，县里领导答应要求，遂派县文化局副局长王泉花和历市镇委宣传员李继明陪同我重访方屋排，历时两个多小时，做了一次比较深入的补充采访。

二

方屋排距离县城只有九公里左右，我们的车一出城，穿过神仙岭隧道就到了。村口，竖着一块镌刻着村名的巨石，还有几丛翠绿的竹子，当然还有供村民休闲聚会的石条凳和小广场，以及一捆捆码放整齐待运动茭白。这一切，显得幽雅而娴静、富庶，一下子把我吸引住了。我和王副局长、李委员下车后，沿着修得很平坦洁净的村道向村子里走去，只见两条平行的水渠环村而伸展开去，陪同我的李委员说，这两条水渠一条是污水渠，一条是灌溉渠，但渠水同样清澈可鉴。沿着村道和渠水向村里走去，又见荷塘与垂钓用的鱼塘，还有正在拆除清理的宅基地上新建的统一设计的新农村两层小楼房。李委员说，这种楼房，一座建筑面积有200平米左右，还配有院子，每座房子建筑费用只需六七万元。村里的房子，有的是村民自己拆旧重建和修建的，有的就是这种统建房，几年内将让村民都住上新房。我们沿着村道还是来到村支书家小憩，这是一座新式的围屋，两层楼，兄弟三家合住，但两个弟弟进城工作了，不常回来，于是村支书一家（老两口同他们的儿女）住起来就相当宽敞。记得两天前初访时一走进他们家门,我就要求检查厕所,支书带我到位于院子角落的新建的厕所,虽然面积小了点,却颇干净,而且有冲水的设施,可见农民的生活质量大大提高了。

我们在支书院门里坐下,一边喝茶,嚼着支书儿子为我们新采的莲子,一边聊起新农村建设的情况来。

方屋排队村民都是方姓,他们的祖先大概于明初从北边的信丰迁来此处安居。五百多年了,原来的房子破烂不堪,村道也都是烂泥路,人畜混居,卫生条件很差。几年前,在县委县政府号召和组织指导下,实行社会主义新农村建设,进行三清(清垃圾、清淤泥、清路障)、三改(改水——由饮用井水改为饮用自来水、改路——把村路由烂泥路改为硬面路、改厕)、一拆(拆篱笆)、一分(人畜分离)、一绿化,村容村貌发生了根本的变化。我们一进村看到的就是改造后的新村容一角。村支书和陪同我来访的王副局长、李委员告诉我,在"三清三改"中,政府为方屋排投入140万元,拆除空心房86间3680平方米,拆除破旧烂危房和厕所39间1826平方米;硬化村组道路2600米,硬化便民小道1320米;改水52户,改水率96.5%;改厕所51户,建六蹲位公厕一个；硬化水沟790米，硬化房屋檐阶1860平方米，新砌水渠568立方米，整理粉刷墙面9720平方米……一个社会主义新农村的雏形已在我们面前展现出来。更值得一提的是，由于道路硬化了，汽车可以开到家门口，村里有不少幼儿可以进城上幼儿园，早送晚接，颇为方便，住在村里，也可以享受城里人一切的方便了。

除了"三清三改一拆一分一绿"外，新农村建设另一重要的内容是突出主导产业，实施"一村一品"的战略，发展生产，让农民富起来。村支书和陪同我访问的王、李两位告诉我，方屋排近年来发展的是茭白和脐橙种植业。近千亩地都种上由浙江金华和安徽安庆引进的茭白良种，收获的茭白销往广东，每斤批发可达1元左右，每亩茭白一年收入近4000元，仅此一项，就让村里大多数农户富了起来，再加上脐橙的收入和一部分青壮年外出务工，村民们已过上温饱生活并且准备奔小康了。

两次访问方屋排，看到建设新农村的初步成果，方知新农村建设在江西定南绝不是搞形式、走过场，而是扎扎实实地做一些因地制宜、让农民富起来、让农民过上文明生活的事。这真让我由衷地感到高兴！据说在定南，像方屋排这样的新农村建设示范点有上百个，其中有村庄整治型、生态农庄型、拆旧建新型、生产依托型等各种因地制宜的模式，限于时间，不能一一去参观访问。但是，二次访问方屋排，已经让我看到定南县建设新农村的可观成果，也就心满意足、不虚此行了！

三

二访方屋排，另一个重要的目的是考察远近闻名的虎形围保护与开发状况。定南县有关部门把虎形围的保护与开发放到新农村建设中作为一项重要的工作来抓，把文化遗存的保护与新农村建设结合起来，这是一种值得赞许的思路与举措。

作为由中原迁闽、粤、赣的客家，大多是聚族而居，因此大都建有土楼与围屋。闽西南一带，如永定、南靖等处，以土楼著称于世，漳州市南靖县的田螺坑土楼群，申遗已经成功，成为联合国文化遗产的保护单位。赣南一带的客家，则大多建有各种各样的围屋。据定南县有关部门调查统计，县境内仍保存各类客家围屋130座，在赣南五个保存客家围屋的县份中，位居第二。定南的客家围屋有封火墙和外出立面出檐两种类型，而且以纯黄土夯筑带有四角雕楼的歇山大屋檐围屋最具特色。定南的客家围屋，在建筑史上和客家文化史上，均具有很高的价值。而在定南众多的客家围屋中，位于方屋排村中的虎形围，不仅地理环境与建筑式样独特，其文化蕴含量也特别丰富，因此更具研究会保护的价值。在近年建设新农村的部署中，虎形围堵价值已被发现，定南县有关部门已拨专款对其进行保护和初期的开发。

我们在方支书那座新型围屋的家中喝茶聊天之后，即移步到虎形围进行考察。

方屋排村后是一座虎形山，整座山如一只猛虎下山状，虎形围就建在虎头之上。围屋的大门就像是虎嘴，大门之上多个屋门罩象征虎额上的王字图案，边上的两个圆形窗户像是两只大的虎眼，正面两侧的两个高耸的雕楼就是虎爪，而围屋后立面的一只雕楼当然也就是虎尾巴了。从围屋的大门进去，是前厅，然后是天井，最后是后厅，也就是正厅了。正厅供奉祖宗牌位、也作为会客之用；至于天井的用途就多了，一是透亮、渗水，还有一个特殊的用途，就是用来作为聚居于围屋中的百来口人洗澡之用。建筑中路的两侧各有两列的厢房，供居住用。据说，最多的时候，虎形围里可以住上上百人。聚族而居，人丁兴旺，可见当年方家兴旺的状况。围屋前有一对联："虎踞龙盘，面对秀美山川；形神兼备，方显英雄本色。"可见其猛虎下山状之威风，也道出其面对笔架山的秀美。据说，围屋建成若干年后，主人大概觉得这个虎形围过于威猛，于是在大门外加了一座院门，将院门朝向东方，门楣上书"常临光辉"四字，使大门正对笔架山的主峰，期望从文昌劢。

据介绍，方家的这座虎形围，筹建于明末，请了当地著名的风水大师赖布衣的第十三世孙赖名山查勘风水，依地形设计而成。但设计好之后，许多建筑工匠见过设计图纸，却无人敢于承担这项工程，原因在于难以达到设计要求。于是，虎形围建造延宕至清乾隆年间，建成至今，已有二百多年了。

虎形围存在的二百多年间，养育了成千上万的庄稼人，但也出了一位颇有点名气的文人，那就是1893年出生于虎形围堵方其道。方其道，小名罗安，四岁时由祖父方吉澍教授四书唐诗，十三岁随舅父黄炳焕在信丰读书，后以方兴为名考入江西陆军大学，与熊式辉等同班,因学潮被开除返乡,乃易名其道、字致之,入江西法政专门学校法律科。1917年毕业后,曾任中学教师、《大江报》记者。1921年,任《中庸报》经理时住南昌毛家园47号刘和珍家,与就读于江西女子师范学校的刘和珍感情日深,订下婚约。1923年夏,刘和珍受方其道资助到北京就读北京女子师范大学,方其道也于1925年到北京女师任教务员。1926年春,刘和珍在"3·18"惨案中英勇牺牲,之后,方其道郁郁寡欢,浪迹上海卖文为生。北伐战争中,又到刘峙部任中校秘书,直到1940年,始终追随刘峙,官至少将军法处长。终因与刘峙意见不合被免职回到赣州。1945年冬被选为江西省参议员,未及开会即于1946年春病逝。总观方其道一生,可谓坎坷;然从赣南一个偏僻小山村方屋排走出,官至少将军法处长和省参议员,又有一些文名,又可谓不易矣。更值得一提的是,他是鲁迅先生在《纪念刘和珍君》一文中痛悼的刘和珍烈士订婚六年的未婚夫,且与刘和珍感情甚笃,刘和珍牺牲后曾写下热血沸腾的挽联:"生未同衾,死难同穴,疆场共有约,六载订婚成一梦;内除国贼,外抗强权,劳燕异分飞,白宫溅血泣黄泉。"之后,又认刘母为岳母,侍奉在侧,与刘家一直往来，实属重情重义之辈。方其道的为世人所重，其主要原因恐在此矣！

　　虎形围与方其道，成为赣南山区偏僻山村方屋排的骄傲，成为它可以夸耀于世人的文化瑰宝。在建设新农村中，虎形围被发现，据说县里已拨首批款项30万元，用于虎形围的保护与开发。我们到虎形围考察时，发现有关部门已经着手保护与开发工作；原住在虎形围中的住户已基本迁出另行建屋安置，只有右侧廊房中留下一户待迁出安置；虎形围屋内与屋前场院已经清理，可供参观。当然，虎形围保护与开发可做到工作还很多，诸如整修清理并且做到整旧如旧，布置必要的图片展览，清理场院，编印有关介绍资料等。我想，在不久的将来，虎形围将以新的面貌迎接八方游客。

四

　　到江西定南的三天采风活动中，可谓大开眼界，大饱眼福，收获不少。而三天之中两次访问方屋排，也感慨良多。

　　方屋排仅仅是赣南崇山峻岭中的一个名不见经传的普通小山村，为什么引起人们的注意。其间，固然因为它有一座颇有特色且有二百多年历史的虎形围和从虎形围走出的曾同刘和珍订婚六载的未婚夫名人方其道，但更重要的原因恐怕在于党的建设社会主义新农村的战略部署和定南县委政府建设新农村的扎实工作使这座小山村变了面貌，让山村农民得到实惠。由此可见，建设社会主义新农村的举措确是惠民富民之重要措施，尤其是把建设新农村与保护开发客家文物结合起来的思路与举措，更是值得赞许。

　　善哉，方屋排！

　　善哉，新定南！

2008年10月2日

鄂尔多斯的绿

在新建成的鄂尔多斯机场下飞机,第一眼看到的是绿;在鄂尔多斯各处参观访问,主人们介绍的也是鄂尔多斯如何让沙丘披上绿装的经历;同鄂尔多斯市委书记云峰交谈,他谈得最多的也是如何建设"绿色大市",让鄂尔多斯变绿的战斗经历。绿成了鄂尔多斯的第一主题。对此,我深有感触。十八年前,我曾同王蒙、林斤澜、蒋子龙、谢永旺等一批文友应邀访问鄂尔多斯。那时候,目力所及之处,大都是沙丘遍地,更不要说从陕北榆林驱车返回鄂尔多斯时在毛乌素大沙漠的边沿车陷沙丘受阻的经历了。现在到处看到的是绿草如茵,初长成的各种小树迎风婀娜;听到的都是鄂尔多斯如何变绿的故事,是如何从改善生态起步、建设"绿色大市、畜牧业强市",使这片古老的荒原变绿、变富,这种感觉真是好极了。匆匆的几天访问,绿在我脑子中留下深刻的印象,在给云峰书记写的一幅字中,我口占了这么一首顺口溜:"昔日黄沙何处去,唯见高原绿茵茵;科学发展创奇迹，鄂市争说云峰君。"鄂尔多斯变绿的确是150万鄂尔多斯儿女在以云峰为首的党政领导一班人带领下践行科学发展观创下的奇迹，而云峰就是鄂尔多斯变绿的第一功臣。

然而，在短短的八年间，要让鄂尔多斯被沙丘和两个大沙漠（即北端的库布其沙漠和西南端的毛乌素沙漠）占据的8.6万平方公里土地变绿，是谈何容易的一件事！

云峰和他带领的市委领导一班人，面对高原上的漫漫黄沙，面对这片每年降雨量只有400毫米却要挥发2000毫米的干旱沙地，下定决心治沙绿化，从改善生态环境开始发展经济，彻底改变捧着金饭碗讨饭吃的经济格局，让鄂尔多斯这个资源富足的区域真正富起来。这期间，有过几年下决心、搞规划的谋划期；有过五年的禁牧期，想想看，在一个以畜牧业为主业以放牧游牧为传统的地区实行禁牧，阻力与困难有多大；还有过四十多万人口的生态移民。这一切，有多么了不起！而更了不起的是草要一片片地种，树要一棵棵地栽。靠统一的意志，坚强的领导和百万鄂尔多斯儿女的共同努力，终于让鄂尔多斯高原变绿，终于托起一个生机勃勃的绿色大市！据我的学生、鄂尔多斯作家肖亦农在他的长篇报告文学《鄂尔多斯记忆》中告诉我们的，鄂尔多斯变绿有这么一组数字："自2000年至今，鄂尔多斯退耕还林502.7万亩，退牧还草3013万亩，人工造林1016万亩，飞播造林828万亩。全市森林覆盖率由2000年的12.2%增加到当前的18%，植被覆盖率由35%提高到75%。流沙面积由277万公顷减少到142万公顷。绿色鄂尔多斯已经成为中国西部一道最亮丽的风景。"这不是一组枯燥的统计数字，而是一首绿色的诗篇，也是鄂尔多斯百万儿女在十年来，尤其是近八年来奋斗的记录。

鄂尔多斯变绿，靠的当然不仅仅是云峰和他的一班人下决心、搞规划和坚强的领导，靠的更是百万鄂尔多斯儿女的共同奋斗，尤其是一个又一个治沙模范的带头与坚持，从当年的宝日勒岱到王果香，从治沙女状元殷玉珍到乌云斯庆，还有给治沙女状元们以有力支持的温州籍女老板施美珠，等等，她们治沙的事迹，都是一首首动人的诗篇！

当然，最令人鼓舞的消息是毛乌素沙漠即将"消失"的喜讯！十八年前，我们一行曾因车陷沙丘、被阻于毛乌素大沙漠的边沿，领略过毛乌素大沙漠的威力；

现在、听到由于一代代治沙模范带领鄂尔多斯儿女的共同努力,让毛乌素沙漠也披上了绿装,逼使沙漠消失,这真是本世纪的一个壮举!

鄂尔多斯由于禁牧治沙,践行科学发展观而变绿,而变绿的鄂尔多斯正在富起来!看到东胜西区的建设和老城新貌,看到康巴什新区的建设速度和宏伟规划,我感受到鄂尔多斯正在富起来;参观上湾煤矿的井下综采工作面和鄂尔多斯集团展厅展出的羊绒衫新产品,抑或到成陵旅游区参观,或在鄂尔多斯假日酒店享受五星级的服务,都感受到鄂尔多斯的富裕和现代化。

祝福鄂尔多斯!

2008年8月19日

忆包河

合肥向以"三国古城,包拯家乡"而称于世。自20世纪以来,我数次应邀到合肥开会、讲学和访友,遍访这座"南楚都会"的名胜和景区,包括三国遗迹逍遥津、清末重臣李鸿章的府邸以及长达8.7公里长、占地137.6公顷的环城公园各个景点,处处让人流连忘返。而其中,最令人难忘的还是包河景区。

据合肥城建的有关资料介绍:"包河是护城河的一段。因当年宋仁宗皇帝将其赐予告老还乡的包拯而得名。这里,河中小岛点点,四周碧水萦回,最大的岛叫'浮庄'。庄上绿荫匝地,亭榭翼然。园林建筑皆青瓦粉墙,临水而建,云影波光,一派江南景色。令人神往的是,这里水面与地面落差仅20厘米,隔岸望去,浮庄犹如一片柳叶漂浮水上,飘飘忽忽,宛若仙境。"这个描述一点也不夸张。2001年秋,我和几位文友应合肥市文联主席完颜海瑞先生盛情邀请,到合肥参加全国部分城市文联工作会议,就曾游览过环城公园中的包河景区，看到的不仅有"宛若仙境"的浮庄，还有位于浮庄西面，传说是当年包拯踩下的脚印而今在小岛中央形成一脚印状水池的脚印岛，还有当年包拯幼年读书处的书院，明代嘉靖年间改为包孝肃公祠的香花墩，以及同香花墩包公祠相对的位于包河景区东南岗头上新近落成的包拯墓园，这些同包拯联系在一起的景点，处处吸引着敬仰包拯的我辈和众多游客。

包拯（公元999~1062年），字希仁，庐州合肥人。天圣年间中进士，仁宗时，曾任监察御史，建议"练兵选将，务实边备"，以御契丹。后任天章阁待制、龙图阁直学士，累官至枢密副使。知开封府时，执法严峻，当时称为"……节不利，有阎罗包老"。卒谥孝肃，世人称为"包青天"。包拯作为名垂千古的清官，在戏曲、小说中广为宣传，深入人心。因此，人们自然对作为包公文化载体的包河各景点有着浓厚的兴趣。我辈之游包河，大致也是出于对包河的景仰和对包公文化的兴趣。当我们一行步上香花墩上的包公祠，就被这座朴素的粉墙黛瓦的四合院吸引住了。只见包公祠大门南开，入门向北，有条宽敞平整的大道，两旁垂柳依依，旧称直道坊，取名于包拯的"直道是身谋"诗句之意。祠门有"忠贤将相,道德名家"八个篆字镌刻于上,横额则是"包孝肃公祠"五个大字。四合院之北为五间正殿,中置包拯古铜色塑像,气宇轩昂,栩栩如生,相传按包拯肖像摹刻。正殿右墙内壁镶嵌着清人雕刻的"宋包孝肃遗像",石质黑亮,寓脸黑心正之意。正殿左边陈列着龙头、虎头、狗头等三种作为刑具的铡刀,营造出一种肃穆的气氛。殿内楹联甚多,具有文采,多刻于精选的竹木之上,难以尽记。最引人注目的是立于正殿东壁的碑文《包拯家训》,兹录于下:"后世子孙仕宦,有犯脏滥者不得放归本家,亡殁之后,不得葬大茔之中。不从吾志,非吾子孙,仰珙刊石,竖于堂屋东壁,以诏后世。"包拯严于律己、严于律家的高风亮节,在此"家训"中尽然体现出来。我以为,瞻仰包公祠的过程,就是一次包公文化,尤其是廉政文化的洗礼,受到的教育是很深刻的。瞻仰包公祠之后,接着瞻仰包公墓园,也同样受到一次廉政文化的洗礼和教育。因此,包河不仅是欣赏那些赏心悦目的景色,更重要的是受到一次重要的廉政文化的洗礼与教育。

据说,包河景区到了解放前夕,已成合肥郊外的一片荒野之地,成为包家子孙种藕养鱼以糊口之处。更难以容忍的是,香花墩上的包孝肃公祠,一度为国民党驻军的兵营,马溺蝠粪,灶烟蛛网,不堪入目。

  新中国成立后曾对包河进行多次疏浚整治,20世纪70年代末80年代初,万里主政安徽时,倡议修建合肥的环城公园,遂将包河作为环城公园的一段进行整治,建成面积为20公顷的包河公园,对包公祠与包公墓园进行修葺,使之有了今天见到的面貌。

  当然,说起包河,最让我流连和难忘的是她的夜色。我们在白天游过包河之后,又在合肥文联的朋友们热情引导下夜游包河。这时,包河的夜色更妩媚多姿,显得更加诱人了。只见沿着河边建成的一排排茶楼酒肆之前,都挂着红色的灯笼,这些红灯笼与河水交相辉映,形成一种绝美的景色。因为是吃了晚饭之后来游包河的,我们对酒肆似不太关心,可是对很多的茶楼都很有兴趣。安徽是我国出产名茶的省份之一,它的黄山毛峰与猴魁,还有六安瓜片都是享誉海内外的名茶。安徽的名茶乃我之所爱,不过比较起来我似更喜欢六安的瓜片,这可能同我年轻时喜欢蒋光慈的诗有关。20世纪20年代末30年代初活跃于文坛的名人蒋光慈(又名蒋光赤)是安徽六安人,由蒋光慈而得知他的家乡六安盛产瓜片，因此我早就喜欢上瓜片了。另外，在绿茶之中，瓜片味醇且香，耐冲泡，也是我喜欢喝瓜片的更重要的原因。我和朋友们选择一茶楼紧靠包河岸边的露天茶庄，在送爽的秋风之中，要了一壶瓜片，边喝边聊，在包河之滨度过一个难忘的夜晚。

　　在包河的茶楼里夜饮六安瓜片茶，这可能是我难以忘却包河美景的另一个重要的原因。

2009年12月6日

茶　赋

茶被称为"国饮",是因为它在我国有很长的种植历史和饮用历史,而且人们在种植和饮用茶的漫长历史中创造了灿烂的茶文化。

同各种作物一样,茶树原来也是野生的,只是在被人类发现之后,才成为茶园中的种植物,成为一种可以向人类贡献出全身的饮中之珍品。前年,我在云南边疆访问,就曾在景迈山上的千年古茶园里听到一段关于茶的美丽传说。据说,一千多年前,现居住于景迈山上的布朗族的祖先因部落争端被迫从中南半岛向北迁徙,当其中一支队伍走到澜沧江上游沿着景迈山攀登时,由于长途跋涉的辛劳,加上天气炎热的煎熬,不少人支撑不住躺在路边休息。这时其中一人无意间采了路边一种植物的叶子放进口中咀嚼,立即感到口里生津,再也不感到口渴,而且精神倍增。这位首先品尝到茶叶的汉子把这一发现报告这支队伍的首领,于是,首领下令所有的族人采摘路边的茶叶放进口中咀嚼,这些族人的精神倍增。于是,这支由中南半岛迁徙而来的部落把这片茶树保护起来,成了布朗族的神树,也就成了出产今天火遍全球的普洱茶的古茶园。

茶作为一种饮料,饮用相当简便,只需把制成的茶叶取少许放入杯中,用开水冲泡即成。北京曾经流行的大碗茶,制作就更简便了。当然,也有讲究的喝法,如带有表演性的茶艺,还有用紫砂茶具和乌龙茶泡制的功夫茶,那当然更具有文化含量了。但无论如何泡制,茶汤均具有去虚烦、开心窍、助消化、提精神的功用。好的乌龙茶,如武夷山岩茶之上品"大红袍",还有养胃健脾的作用。以我的饮茶经验,茶和音乐是分不开的,午后一杯清茶,一阕音乐,即可以使人精神振奋,文思潮涌;当然,客来时共饮紫砂茶具泡制的"大红袍",便是人间最美的享受了。

向人类索取甚少,而为人类贡献颇多;不事声张,默然奉献;柔和滋润,不追求刺激;与果树花木为伴成长,同紫砂茶具相匹配,追求一种儒雅的精神境界。这大约就是人们所崇奉的"茶的精神"。

我国作为茶的古国,无论是茶的培植,抑或茶的制作,均有悠久的历史,并形成一种传播海内外的茶文化。长江流域、岭南地区、云南边疆、甚至山东半岛的沂蒙山区,还有宝岛台湾,都有大片大片的茶园,产有各种名茶,如龙井、碧螺春、婺绿、狗牯脑、信阳毛尖、六安瓜片,洞庭君山、夷州翠芽、阳羡雪芽、大红袍、铁观音、洞顶乌龙、祁门红茶、宜兴红茶、普洱茶、沱茶,等等,不胜枚举。当然,也创造了多种饮用方法,如功夫茶、白族的"三道茶"、湘西的擂茶、西北的"三炮台",内蒙的奶茶,等等。在诸多名茶中,最让我难忘的还是出产于宜兴南部太华山深处的那片茶园里的"茗鼎茶",因为它最能体现茶的优良品质和茶的精神!

2008年3月12日

雅庄小记

红河学院位于滇南小城蒙自之东郊，其文脉可以上溯至抗战初期搬迁于此的西南联大文法学院。其后，由蒙自师范、蒙自师专到红河学院，而今已发展成一所拥有近两千亩校园、近万名学生、十几个院系的多科性综合大学。

丁亥年秋日，我应邀到红河学院讲学，为人文学院中文系近百名学生开设《小说文体学》，卜居于雅庄宾馆之专家别墅。雅庄位于老校区（即里仁校区）之东南隅，由八幢格局各异的别墅和一座宾馆大楼组成，占地近百亩。庭院之间，遍植各种亚热带的树木花草，并辟有一片花园，其间小桥流水和如茵绿草、葱茏花木相映成趣。晨昏之间，漫步于庭院和小花园，桂花之香阵阵袭来，尤感心旷神怡。我在备课或写作之余，往往在别墅露台上凭栏远眺，看到庭院和花园的树丛中，绿地上，大学生们三三两两，或专心读书，或喁喁倾诉，尤其感受到生活的温馨与美好。院领导告诉我，雅庄是为便于进行学术交流,延聘国内外专家来院讲学而建。我想,环境优美的雅庄是有吸引力的,这个"筑巢引凤"之举确乎一明智之举措。

雅庄不仅环境优美,草绿花香,而且书香颇浓。尤其是晨曦之中,当我漫步于雅庄别墅的庭院之间和我所居住的九号别墅后面的小花园中,即可看到不少学生或盘膝于草地之上,或身倚小桥栏杆上,或坐在"中越友谊石"之上,专心诵读。他们不仅读英语,也读刚开设的"基础泰语"。有一次,我见到一位选我的课的女学生正在诵读着,走近一问,这位来自大理洱海之滨的白族姑娘,正在津津有味地诵读《普通话教材》。这使我心中一喜,云南边陲一些少数民族的大学生,都把学好汉语,学好普通话当作一桩神圣的任务来完成。这位专心致志进行晨读的白族女大学生朗读普通话教材,即是一例。

在红河学院雅庄,我虽然是客居,却已把这儿当作家来看待。在专家别墅那宽敞、明亮、舒适的客厅里,我既招待来自昆明和红河州州委州政府的客人,也招待不少人文学院的青年教师和选修我课的大学生,还接待过《滇南晨刊》记者的采访;既冲泡来自我的故乡武夷山的大红袍,又冲泡来自太湖之滨的"太湖雀舌";既品尝州里送来的"云腿月饼",又品尝从厦门特快专递来的家乡月饼。我们一边品茗吃月饼,一边畅聊从文体学到红河学院未来的各种话题,其乐融融,真是神仙般的日子啊!

我在红河学院讲学只有两个月的时间,在雅庄客居的时间也只有短短的五十天。但雅庄的一切,从她崭新的专家别墅建筑群落到幽美的环境,从沁人心脾的阵阵花香到浓浓的书香,都已注入我的生命之中。雅庄,无疑已经成为我生命之旅中的一个不可或缺的驿站。

我爱雅庄,并将永远记住她!

2007年10月1日

听音乐的故事

十天前，虚度七十，儿孙以及老友们一起来祝贺，其乐融融。一下子迈进古稀的门槛，可以说进入生命的一种新的境界，从此，可以更加自由地消费生命了。

回忆起七十载的人生旅途，也不是一帆风顺的，且不说别的，就是同各种疾病斗争的经历，也可以写成一本书。二十出头时得急性全肺播散型肺结核，又被误诊而拖延了治疗，可以说与死神擦肩而过；五十多岁时又得糖尿病并发高血压，一下子又落到生命的低谷。同各种疾病做斗争重新获得健康，当然要靠药物治疗，但更重要的是靠调整心态，靠一种乐观的生活态度。而这种心态的获得同我喜欢听音乐有关。每当烦躁或失望时，或每当工作繁忙感到身心疲惫时，我就听让人感到振奋或轻松的乐曲。我的经历证明，这种音乐治疗是相当奏效的。

我第一次走进音乐厅听音乐会，是1961年春参加第一届"上海之春音乐会"。那是我还在上海复旦大学中文系读书，由复旦所在的五角场到上海音乐厅所在的延安路距离相当远，但是从购票到听音乐会，我硬是乘有轨电车跑了两趟。再说，一个刚从偏远农村来的"土小子"，听起西洋古典音乐来，也有点"赶鸭子上架"。但我还是硬着头皮听下来了，并且产生了兴趣。好在那场音乐会除了西洋名曲外，还有小提琴协奏曲《梁山伯与祝英台》的首场演出。而两位作曲者还是上海音乐学院的学生，比我大不了几岁。过了一年，我大学毕业到北京工作了，还是坚持听音乐。那时北京的物质生活比较艰苦，可是精神生活相当丰富，位于西长安街六部口的北京音乐厅每周都举办音乐会，我是一场也不落下的。此外，中山公园的音乐堂也是经常举行音乐会的。20世纪80年代末90年代初以后，北京音乐厅与中山音乐堂都改建了，条件更好，音乐会也是常常有的。此外，保利剧场、二十一世纪剧场，也都是听音乐会的好去处。这些地方的音乐会，我都争取去现场欣赏，有时还带着孙子去，让他受点音乐的启蒙教育。但是毕竟家住得远了，年纪大了，晚上老出去也不方便，更多的是在家里听音乐。

　　条件不够时，在家听音乐主要是收听收音机或电视机里播出的音乐节目。后来就买了一台较好的音响，买了一些好的碟，这样听起音乐来就比较随心所欲了。我所选择听的音乐，大都是西洋古典乐曲或中国民乐，声乐选择较严，时下一些流行歌曲是不听的。一般来说，上午工作前要听一段长笛演奏的曲子，它们清脆、嘹亮，可以振奋精神；晚上入睡前要听一些萨克斯或小提琴演奏的名曲，它们舒缓、抒情、有时还有点伤感，可以放松心情。

坚持听音乐，不但可以调整心态，战胜疾病，保证身体大体健康，获得多工作几年的重要物质条件；同时，也可以提高艺术鉴赏力，这对于我们从事的文学批评工作也是有意义的。

新春在即，让我们沐浴着春光，欣赏着美妙的音乐，放飞心情，过好新年里的每一天！

2007年11月12日

心态、运动及其他

自从二十多年前得了高血压病以及十二年前被戴上糖尿病的帽子以来,二十余年中,尤其是十几年来,我一直在同威胁健康的各种慢性疾病斗争着、并维持着一种比较理想的健康状态,生活并工作着。十几年来同慢性疾病斗争的经验告诉我,年纪大了,不得这样那样的慢性病是很难的,关键是用什么态度去对待它,战胜它。以下是我十多年来同慢性疾病斗争的一些经验和体会。

心理调控是关键

知足常乐、随遇而安是一种中庸主义者的生活态度,对于一个在事业上的奋进者也许是不足取的,但是用来对付慢性疾病,或者对于老年人的养生来说,却是一种最佳的心理状态和生活态度。

毛泽东在给王观澜的信中劝他对待慢性病要持一种"既来之,则安之"的态度,在养病中要采用"战略上藐视敌人,战术上重视敌人"的策略,是一种科学的态度。十多年来，在对待慢性病上，我一直采用这种态度和策略，并收到较好的功效。

记得十二年前的1995年春天，突然出现"三多一少"的症状并随即被诊断为患糖尿病之际，不啻是一个惊雷，打得我天旋地转，顿觉生活前景一片暗淡无光。这大概是初患大病时的一种共同心态：惊慌失措，无所适从，烦躁异常。后来，当医生或当过医生的朋友讲解糖尿病的成因以及对策之后，在初步治疗控制病情之后，我的心态也就调整好了，遂制定了"遵嘱服药，坚持运动，节制饮食、定期测试"的十六字方针来对付糖尿病，果然取得了不错的效果。十二年来，虽然血糖时有波动，但都很快控制在比较低值的范围内，并发症也一直未见发生，体力精力也均较佳，可以坚持读书写作、出差出国，取得了比前十几年前更多的学术成果。由于气色好、体力好、无病态，也常被人讥讽为"伪糖尿病患者"。由此看来，心理调控在对付慢性疾病中是至关重要的。而像"知足常乐"，保持一种较好的心态，不仅是对付慢性病的法宝，也是人们应具有的一种健康的心态。

坚持运动是法宝

在我十几年的养病生涯中，尤其在对付糖尿病的战斗中，我更深刻地体会到"生命在于运动"的真谛，尝到了坚持运动的甜头。

糖尿病（一般指Ⅱ型糖尿病）大都是由于缺乏必要的运动以及饮食缺乏节制导致胰岛素分泌失去敏感而产生的，因此，对付它的办法除了遵医嘱坚持服用必要的药品以及节制饮食（尤其是节制富含碳水化合物的各类粮食）外，坚持运动就成了一个重要的方面。自从十二年前得了糖尿病之后，我就在医生和朋友的劝说下，采用了运动疗法。我通过反复摸索发现，散步是一种不需要器械，也不必准备场地的最好的运动方式。于是，我坚持每天傍晚在吃过晚饭半小时至一小时后到我们小区中心花园散步一小时左右。小区花园约有百亩，环它的四周走五圈，大约三公里多一些，如果走快一些，需四十分钟左右，走慢一些，将近一小时，冬天正好可以走到微感发汗，夏天则可以走得大汗淋漓，畅快至极。自去冬开始，我又在中午加上四十五分钟至一个小时的散步，这样效果更好。

在运动上，最重要的是坚持，最要不得的是三天打鱼，两天晒网，一曝十寒。于是我在坚持上下工夫。尤其是在酷暑和严寒的岁月，或是刮风、下雨下雪的时候，也更需要坚持。我常常是在雨雪天打着雨伞坚持散步，在外出（包括出国）时在陌生的地方在闹市区里散步。一天不散步就像缺了什么似的，成了一天生活中不可或缺的内容。这样做的结果是，不仅血糖得到了有效的控制，血脂也有所下降。

多年的坚持散步，不仅可以较好地对付糖尿病，也有利于心身的健康。因为有规律的适当的运动，可以加快血液循环，改善代谢机能，强身健体，好处是多多的。

清心寡欲与生活规律

生活在这个五光十色的社会里，处处有各种诱惑和陷阱，要想没有什么欲望做到清心寡欲是很难的。而作为一个正常的人来说，没有欲望几乎等于没有动力。但是，能否超越欲望，应对种种欲望的挑战，做到清心寡欲、又是保持健康的一个重要的条件。

清心寡欲可以说还是属于心理状态的调控范围，而生活的规律化则是一桩需要耐心操作持之以恒的事。

所谓生活的规律化,包括起居饮食、作息出行的定时定量,也包括尽量减少不良的生活嗜好,诸如烟、酒等各种嗜好,我都一概免去,只保留喝点好茶提神这一嗜好。这样做的结果是使我面临多种慢性疾病摧残的身体终于有了转机,到年近七旬之际,仍然能够以较充沛的精力进行读书写作,应对各种复杂的事务,完成我预期的研究课题和工作。

2007年5月

漫话我的读书生活

我从五岁上小学,到现在年近古稀,从读书、教书到写书,一辈子都在同书打交道。因此,说起读书生活来,倒是有不少话题呢!

近二十年来,我的读书,大都是为了工作,很少有自己选择的机会,也就是说,很少有读书上的自由。就拿九月份刚刚过去的二十几天来说,我读的几部书,大都是为了赶参加作品研讨会的场,或是为了给朋友的书作序或写评论,只有一部书是出于自己的兴趣读的,那就是已故老作家汪曾祺的儿女汪朗、汪明、汪朝合著的《老头儿汪曾祺——我们眼中的父亲》一书。此书早于2000年由人民大学出版社作为"追忆文丛"之一种出版,我也早已得知,可是作者于日前才寄赠于我,故于日前才抽出边角时间读起来。此书一打开读起来就舍不得放下,因为作者们最了解他们的父亲,通过一些生动的生活细节把已逝的汪老复活了,也真正道出了汪曾祺的人品和文品。这是一本想了解汪曾祺、研究汪曾祺的文学创作不可不读的书，当然，我作为工作需要于九月份读的几部书中，也有几部真正打动了我的。浙江女作家王旭烽新近由宁波出版社和华夏出版社联合出版的纪实文学作品《让我们敲希望的钟啊》，我就是含着热泪一口气读完的。这部书写的是去年元宵节前因病去世的宁波市海曙区残联副理事长王延勤生前关心扶助残疾人的动人事迹和他逝世后几百位残疾人自动为他守灵的动人场面。它不仅动人好读，手法新颖，语言精美，而且从人性高度仰视主人公王延勤的美丽人性和展示残疾人群体高尚的灵魂，为人道主义唱了一曲赞歌，而且从政治上阐明了王延勤的平凡工作同构建和谐社会这个庄严任务之间的关系，是很值得一读的。此外，来自四川以为农民代言为己任的农民作家贺享雍的长篇小说《苍凉后土》也是值得一读的，此书十年前由重庆出版社出版，但连一直关注长篇小说创作的我也漏读了，最近读到它，窃以为是近年来反映农村现实生活最厚重、最优秀的作品之一。

　　我一向以为，读书是人们精神生活中最重要的一件事。像我这种以读书、写书为业的人生活中是离不开书的。而一般有读书能力的人，也理应把读书作为生活中不可或缺甚至说最重要的部分，因为读书不仅可以让人们开阔眼界，增长知识，培养高尚的情操，同时也可以从读书中获得最大的乐趣。很难想像，一旦失去读书的条件和机会，人们的精神生活将会变成什么样。三十七年前，即1969年初夏，文化大革命如火如荼时，我乘火车南下探亲，在北京站上车时，发现邻座的一位在国防科委工作的军官带着一本《红楼梦》上册。我立刻从他手中借过来，并约定长江以北归我读，过了南京就还给他。于是，就着车厢里并不明亮的灯光，我如饥似渴地从北京到南京的近二十个小时中读完了《红楼梦》的前四十回。也不知道这是第几次通读《红楼梦》了，但仍然是那么新鲜，那么有魅力，因为从1966年夏天以来，已有整整三年不能读《红楼梦》了。可是，当列车跨过长江大桥，我把书还给邻座那位军官后，他只读了一会儿就被在列车执行军管任务的一位小排长没收了。无论我们如何同他争辩，他一口咬定我们在列车上不读毛主席著作而读"封资修"文艺小说就是不对。我们真是百口莫辩。到了江西的鹰潭站，看着那位小排长带着那位邻座的军官下车，准备到那个小排长所在部队的师部去"说清楚"，我真是百般无奈，感慨万千啊！这件事过去三十七年了,可每当我回忆起它,就感到可以自由地读书是多么幸福啊!

我年轻时读书,大多是把精读与博览结合起来。和我的业务有关的书籍,例如人民文学出版社编辑出版的"中国古典文学理论批评专著选辑"和"古典文艺理论译丛"两套丛书,以及20世纪80年代以来翻译介绍过来的西方20世纪文论著作,尤其是有关叙事学方面的译著,我都是找来精读的,对中国和外国的小说名著也作了比较系统的阅读。此外,我的书读得很杂,随笔、散文、小品,关涉历史、哲学、艺术的书也读了一些。20世纪90年代以来,还读了不少侦破纪实小说,因为读这类作品,一方面是为了休闲,另一方面与我的工作也有点关联。

顺便向读者推荐我今年以来读到的一些文学作品:长篇小说方面,铁凝的《茶花》(人民文学出版社)是我今年来读的一部比较有分量的作品。此外,像福建实力派作家杨少衡描述半个多世纪以来海峡风云的《海峡之痛》(湖南文艺出版社)、青年作家汪洋的青春励志小说《在疼痛中奔跑》(北京十月文艺出版社)、旅居英国的女作家凯妮的在中英两种文化冲突背景下对一对中英结合的婚姻全过程进行解剖的文化小说《婚姻本不浪漫》（群众出版社）、福建女作家赖妙宽描述著名妇科专家林巧稚人生轨迹的长篇传记小说《天堂没有路标》（鹭江出版社）、贵州仡佬族作家赵剑平的《困豹》（人民文学出版社）、安徽作家完颜海瑞写施琅收复台湾的长篇历史小说《归去来兮》（人民文学出版社），等等，都是值得一读的。散文方面，朱增泉将军的《观战笔记》（长江文艺出版社）、裕固族女作家阿拉旦·淖尔的《萨日朗》（人民文学出版社）以及俞天白、俞可父子的《留德家书》（上海远东出版社）也都是值得一读的。

2006年9月22日

承认"平庸"也是一种进步

前一段时间，广东文艺创作尤其是文学创作的现状引起媒体关注。论者大都确认广东文学创作呈现的是一种"平庸"的状态。从文过饰非、大唱高调到承认"平庸"，确乎是一个不小的进步。

问题是这种"平庸"是怎样造成的？尽管新当选的广东文联主席刘斯奋先生在广东人文艺术研究会会员大会上以"一种师承、一团和气"等"六个一"道出了某些缘由，不过，我以为，与其视为原因，不如看作其种种表现更为贴切。根本的原因，诸位论者还是没有触及，或者说是不愿意触及。

我以为，造成广东文学创作"平庸"的主要原因，也是主要责任，在于广东文学界的领导机关。有论者认为"作协是群众性的人民团体，和每一个人的写作并无直接关系"。非也，从中国作家协会到每一个省市的作家协会，它们都以领导全国和各地的文学创作、发展繁荣文学创作为己任，它们的群众性人民团体的属性正在弱化，而作为官方或半官方的文学领导机构的功能正在强化。因此，有成绩应归功于它们正确的领导，出问题也应由它们来担当责任。这才是公平的。

言及此，我想起一桩往事。四年多前，也就是2004年夏天，我在北京接受《羊城晚报》记者的电话采访，谈论广东文学创作的形势，可能是我比较关心广东的文学创作的缘故，于是说了真话。大体是认为"广东文学创作的现状同它作为改革开放的窗口，作为一个经济发达的经济大省的地位是不相适应的"，还认为"广东文学节"推出的作品大都平庸有的甚至是"文化垃圾"，广东作协只出经验、不出好作品，等等。这些意见，的确是出于对广东文学创作的关切。没想到访谈发出来后，广东省作协某些领导大光其火，召开会议，对我进行批判，并声称准备以诬陷罪到法院起诉我；然后，又采取各种措施，企图对我进行"封杀"。

仅此一例，即可以见出其工作作风。善于作秀、追风、搞大活动、造声势、出经验等华而不实的作风，只出经验、不出好作品，搞小圈子，而不去认真扎实开掘文学资源，继承优良传统，如此这般，怎么能繁荣创作，出人才，出好作品呢！

广东具有优良的文学传统，又有丰富的文学资源，是我国的一个文学重镇。但愿作为广东省文学创作领导机构的广东省作家协会切实挑起发展繁荣广东文学创作的担子来，作出应有的贡献。我将拭目以待！

2008年11月

主编手记

小品文，渐行渐远，渐行渐近，又渐渐地远去了，如潮涨潮落散落在沙滩上的碎贝，在苦涩海水的冲刷下，少了引人的各色花纹，多了平实的光泽。这光，不耀眼，但即使在夜里，也会闪出一些光来。它们或被拾走，或又被冲回大海，或静静地散落在沙滩上，散落在草原里，散落在撒满灰尘的书架上……散落在大自然的各个角落里。

每一片碎贝，珍藏的都是磨难的时光，千百年前的，当下的，都需要珍藏。当我把这些散落人间的、经历多少风雨的碎贝拾起，缀成古朴的项链时，"一声何满子，双泪落君前"时时在我心中回荡，打湿我的双眼。

这海潮声声，松涛阵阵，真不知今夕何夕，历史？现实？令你掩卷长叹。

吉霞
写于《中国当代小品文丛》出版之际